# 古典詩歌研究彙刊

第四輯

龔鵬程 主編

第 17 冊

## 詩話別響與新調：晚清林昌彝詩論抉微

林淑貞 著

國家圖書館出版品預行編目資料

詩話別響與新調：晚清林昌彝詩論抉微／林淑貞 著 -- 初版
-- 台北縣永和市：花木蘭文化出版社，2008〔民 97〕

目 4+202 面；17×24 公分
（古典詩歌研究彙刊 第四輯；第 17 冊）

ISBN 978-986-6657-47-4（精裝）
1.（清）林昌彝 2. 學術思想 3. 詩話 4. 詩評

821.876 97012118

ISBN - 978-986-6657-47-4

古典詩歌研究彙刊
第四輯 第十七冊 ISBN：978-986-6657-47-4

詩話別響與新調：晚清林昌彝詩論抉微

作 者 林淑貞
主 編 龔鵬程
總 編 輯 杜潔祥
校 稿 于珮婷、胡晏涵
出 版 花木蘭文化出版社
發 行 所 花木蘭文化出版社
發 行 人 高小娟
聯絡地址 台北縣永和市中正路五九五號七樓之三
電話：02-2923-1455／傳眞：02-2923-1452
電子信箱 sut81518@ms59.hinet.net
初 版 2008 年 9 月
定 價 第四輯 20 冊（精裝）新台幣 28,000 元 

# 詩話別響與新調：晚清林昌彝詩論抉微

林淑貞　著

## 作者簡介

林淑貞，台北市人，國立台灣師範大學文學博士，現任中興大學中文系教授。研究方向以中國詩學為主，旁涉寓言、唐傳奇、現代文學；撰有《近五十年台灣地區古典詩學研究概況：以 1949 ～ 2006 年碩博士論文為觀察範疇》、《詩話論風格》、《中國詠物詩「託物言志」析論》、《寓莊於諧：明清笑話型寓言論詮》、《表意．示意．釋意：中國寓言詩析論》等書，與林文寶等人合著《台灣文學》。

## 提　　要

林昌彝是一位晚清的經學家，他以涵經鎔史的學養、寓寄美刺的比興傳統，把時代的關懷、風化的良窳、論詩的的見解、時人的詩作，一一記載在《射鷹樓詩話》、《海天琴思錄》、《海天琴思續錄》之中，有異於一般詩話的「論詩及辭」、「論詩及事」，堪稱詩話中的別響與新調。本文欲透過林昌彝的論述探討知識份子在面對時代鉅變時，如何關懷時局？是否能宏觀世界，或有其局限？並藉由昌彝記錄當時有關中英雅片戰爭的詩歌作品進行檢視，進而闡述昌彝詩論的重要觀點及其批評的態度，並歸結論說的要旨。

本文第一章略論昌彝時代背景，進而了解他對時局的認知程度。

第二章論述昌彝採取何種論詩的形式完成詩論體系，並探究昌彝詩話的主要內容。

第三章分析昌彝詩論，以明悉論詩要旨，反其詩學觀念的沿革和整體的概念。

第四章討論昌彝論詩歌的價值及其詩話的價值並闡述昌彝創作理論的主要見解。

第五章就昌彝對詩體及詩類的認知，了解創作時應如何運用、掌握詩歌體裁、類型等問題。

第六章批評論，首先標舉昌彝的批評理論，再論批評的對象與方法，其次論述他對歷代詩風及詩家的看法，最後論述他對各個批評者的詩評部份進行批評。

第七章由昌彝的詩歌創作檢視他是否能與自己的詩論相互印証，以達到詩教的效能，匡正社會風俗。共分為內容與形式二部份來檢視。

最後，對昌彝的詩論視域及其價值作檢討與省視，以作為本論文的總結。

目次

# 緒　論

## 第一節　林昌彝及其著作

人，生活在時空的坐標中，時間提供流動的生命，讓我們編匯歷史長流；空間展示生存的活動場域，使我們呈展文化成果；居處在時空轉換的歷史舞台之中，人類的自覺性使我們能前後相承完成文化傳遞的神聖使命，同時也順著歷史場景的變換，薪火相傳並互享成果，因此，人類必在歷史中，尋找並擴展自己的視野與洞見能力，希望能站在歷史的巨流中展望未來，避免錯誤的示範，爲後人提供前進的目標，所以絕對不能孤立的自摒於歷史文化之外，必與歷史文化、社會環境密切相關。心靈深刻而睿智的哲人，常能在人類思想迷航之際，指引前進的方向與目標，期能走出海闊天空的未來，而時代巨流的洶湧浪潮中，也能淘洗出英雄人物，帶動歷史思潮的躍進，導引人類不斷創造奇蹟，所以人與社會環境是在互動的情境下互相拉拔與牽引的。

歷史文化、社會背景是不可脫離、背棄的，知識份子乃透過自己的識見、素養去關懷人類、社會、國家、個人的前途，展示人文的祈嚮。知識份子，是中國社會的主幹，也是歷史、文化得以發展過程中的主流，當一般人民汲汲營營的爲衣食奔走之際，他們躍進仕途參與政治活動，成爲政治運作的主體，具有擔負時代、社會的重責，或者在民間形成一股領導民眾從事人文活動的力量，並且成為溝通上層階級與下層民眾的橋樑。

清朝，是中國社會文化劇變的時代，上承歷史文化蘊積而來的智慧，下開民國以後文化運動的視域；內有文化實質運作的劇動，以展開經學往上逆溯，尋找經典實用的意義；外有西方文化的衝擊，在這個變革時代的知識份子，他要承負時代轉運的重責比前代有過之而無不及，憂國憂世的情懷、以及要求經世致用、變法圖強的觀念，已成為時代的共識，並在意識覺醒中激盪出許多奔放的思潮。

## 一、林昌彝生平概述

林昌彝，字惠常〔註1〕，又字薌谿，別號硃砨山人、茶叟、五虎山人〔註2〕等，福建侯官（今福州）人，生於清朝仁宗嘉慶八年（1803），卒於德宗光緒二年（1876）〔註3〕。道光十九年，（1839）舉人，後來八度上公車，仍未能成進士，咸豐三年（1853）四月進呈《三禮通釋》二百八十卷，賜官教授，任福建建寧、邵武二府司教，同治元年（1862）至廣州游歷，同治二年（1863）在廣州課徒無量寺。郭嵩燾署廣東巡撫時延他課子，同治五年又受廉州守戴肇辰之請，掌海門書院，晚年大致往來於福建、廣東二地〔註4〕。

〔註1〕關於昌彝的字，《清史・文苑傳》卷四及《侯官縣鄉土志》卷三，頁48作「惠常」，而王鎮遠的點校本作「蕙常」，不知所據為何，今從惠常。

〔註2〕昌彝自稱硃砨山人，在〈衣讔山人詩集・苦寒吟答家松門茂才〉中說明：「余署曰硃砨山人，『硃砨』見《仲蒙子・硃砨篇》。又《鴻雪聯吟》頁52〈被褐篇八首寄箴老〉的第八首自稱：「莞爾人間世，何者為我有，茶叟好飲茶，飲茶甚飲酒」自稱茶叟，且往來聯吟亦以茶叟自稱。

〔註3〕有關林昌彝之生卒年，大陸學者曾專文作過考辨，例如官桂銓的〈林昌彝生卒考辨〉主張生於1802年，見《文學遺產》第六期，1987年；該文一刊出，即引起吳宗海質疑，撰〈昌彝生年補證〉力主昌彝生年仍為1803年，見《文學遺產》第三期，1988年。

〔註4〕《海天琴思錄》、《海天琴思續錄》各刊於同治三年、八年，書中偶有記載自己的事蹟，詳見附錄有關簡表部份。

昌彝身處社會鉅變、內憂外患的時代，以《射鷹樓詩話》傳述對時局的看法，抒發悲愴的憂懷。在中英鴉片戰爭揭開中國閉關自守的門戶時，知識份子已警悟到世局的變化，昌彝在面對鴉片戰爭所帶來的衝擊時言：「英夷不靖以來，洋煙流毒中國，甚於洪水猛獸。海口五處通商，實非久計。」（《射鷹樓詩話》卷一，頁 2）慨談鴉片流毒中國及五口通商之弊，並曾繪〈射鷹驅狼圖〉以表示己志。關於此圖，據清史所載：「家有樓，樓對烏石山寺，寺爲飢鷹所穴，思欲射之，因繪〈射鷹驅狼圖〉以見志，鷹謂英吉利也。」當時題詞者甚眾〔註 5〕，可以窺出文人對時局不靖時的襟懷，例如宜黃陳偕燦詩云：

> 男兒七尺好身手，安忍得失隨雞蟲。揭來海上一馳馬，獅花騰踏橫雕弓。黃雲壓陳渤澥北，赤手射日扶桑東。秋氣成陰出鷹翮，封狼跋扈尤頑凶。鴟鶚熱鴿鵰鶚隼，犬羊虎豹豺貙狨。呼朋引類恣噉食，弱肉易盡窮檐窮。一發再發英風起，連天殺氣消氣虹。雷鳴伏鏑撼山岳，電掣鎩羽羅豣豵。天狼墮地鬼狐沒，一掃厲氣秋宇空。（《射鷹樓詩話》卷一，頁 1）

面對鷹、狼入侵中國，人人莫不思大顯身手，欲引箭射鷹驅狼，以弭平跋扈頑凶的鴟隼。昌彝用《射鷹樓詩話》來記載有關鴉片戰爭的言論及詩歌，欲以該書來闡揚自己及當時文人對鴉片戰爭的意見。並且具體的提出平夷之策：「余前有上某大府平夷十六策，邵陽魏默深司馬源見之，決爲可行。」（《射鷹樓詩話》卷一，頁 3）林則徐及魏源皆讚其《平夷十六策》爲可行之計，《清史列傳・文苑傳》卷四也記載：林則徐與英人在海上作戰時，以昌彝的《平夷十六策》、《破逆志》逼退英船進擊，可見他的策略並非一般迂儒淺見，是可以見諸實行的。林則徐對此事有一詳盡的說明：「弟在粵東，五圍夷鬼、三奪夷船，其兩次夷船退出外港，不敢對陣，皆此法也，閣下以命世之才，

---

〔註 5〕題詞者有陳偕燦、溫訓、林則徐等人；《射鷹樓詩話》錄有陳偕燦之詩，《衣讔山房文集》錄有溫訓之詩。

終當大用於世，待時焉可耳」（〈家文忠公少穆宮傅書〉，收入《射鷹樓詩話》頁 8），盛讚昌彝的破敵法可以退敵，以此長才當為世用，奈何他八上公車，終未能成進士，仕途困蹇之餘，使他能潛心著作，並浪遊天下：「既累上公車不第，乃歷遊南北，遍交海內賢士大夫，以是兩戒以內，進賢冠中人物無不知有昌彝。」（《侯官縣鄉土志》卷三，頁 48）。昌彝雖仕途迍邅，然遍遊大半天下得以結交名士，例如魏源、張際亮、張維屏等人皆與之訂交，又秉性好讀書，其摯友粵東長樂溫訓（字伊初）嘗言：

> 閩中林薌谿孝廉以沈博絕麗之才，為經天緯地之學，庚戌夏，余從都下識孝廉於葉潤臣內翰座中，內翰謂余曰：「林君學博詞雄，今之顧亭林、朱竹垞也。」嗣讀孝廉所著《三禮通釋》二百餘卷，及《小石渠經說》、《溫經日記》、《說文二徐本辨偽》諸書，精深博奧，殫見洽聞，近世罕有其匹。餘與孝廉同行五時餘日，計程四千餘里，孝廉舟車之中，手不釋卷，至四鼓就寢，枕上猶暢談經史或詩古文詞，亹亹不倦。（《射鷹樓詩話・序》）

葉名澧因其著作繁富，用力甚勤，所以將之比為顧炎武、朱彝尊；溫訓也盛讚其舟車之中手不釋卷，有經天緯地之學、沈博絕麗之才。

## 二、林昌彝著作簡述

昌彝精於經、史、詩、詞、古文，考查其著作，除了溫訓在咸豐元年撰寫《射鷹樓詩話・序》時已見過《三禮通釋》、《三石渠閣經說》、《溫經日記》、《說文二徐本校證辨偽》、《平逆志》、《平夷十六策》六種著作之外，尚有許多著作陸續完成或刊刻。簡述他的作品於下。

### （一）論詩的著作及選集

《射鷹樓詩話》刊於咸豐元年，歷十餘年才完成，共有二十四卷，著作的動機是肇因於鴉片戰爭，沈葆楨說：「夫子詩話之作，意在射鷹，非同世之泛泛詩話也，故集中前二卷專言時務，末卷以饒歌結之，其用意深哉。」（《射鷹樓詩話・例言》）所謂射鷹，即前面所說的射鷹驅狼之意。

《海天琴思錄》刊刻於同治三年，是繼續《射鷹樓詩話》而寫的論詩著作，共有八卷，主要是論述「詩教得失之旨，兼採粵中風雅。」《海天琴思續錄》八卷，其體例亦承《海天琴思錄》而來，刊於同治八年。考查昌彝一生，八上公車不遇，後因呈《三禮通釋》二百八十卷，賜官教授，任福建建寧、邵武二府司教，其後更歷遊各地，尤以往來於閩粵二地爲甚，故所著詩話存錄許多閩粵兩地詩人的作品。請詳本章第二節所述〔註 6〕。

《敦舊集》有八十卷，據沈葆楨所說：「夫子別採海內詩人及師友交遊之詩，名《敦舊集》，嘉慶、道光二朝，搜羅頗稱詳備，以書至八十卷，一時難於付板。」（《射鷹樓詩話・例言》）故此書雖可爲昌彝重要詩選著作，但是難以尋閱。

《詩友存知詩錄》有三十卷，昌彝在《師友存知詩錄小傳》中說：「余輯《師友存知詩錄》三十卷，凡一百八人，作傳者約三十餘人，以交誼之淺深別之」（《林昌彝詩文集》頁 323），可知該書的體例乃存錄昌彝師友的作品，今不及見，據王鎮遠所說仍未刊版。（同上，〈前言〉）

後二書是昌彝採編的選集；文學選集可窺出選者的文學理念及文學主張，本文並未忽略此一研究路徑，然因《敦舊集》、《詩人存知錄》尚未刊刻，不得而見，故暫且以前三書爲主要論述主體。

〔註 6〕《射鷹樓詩話》咸豐元年刊本，今有二十四卷本，爲昌彝家刻本，十二卷本爲沈葆楨刻本，今中央圖書館所藏爲二十四卷本。另外新文豐出版社《清詩話訪佚初編》收錄的《射鷹樓詩話》爲十二卷本。上海古籍出版社由王鎮遠、林虞生標點者爲二十四卷本，於 1988 年 12 月出版。《海天琴思錄》八卷，有同治三年廣州刻本，《海天琴思續錄》八卷，有同治八年刻本，今藏史語所。上海古籍出版社據同治三、八年刊本由王鎮遠、林虞生標點，於 1988 年 3 月出版，合編爲一冊，本文採用此本。

## （二）詩歌作品

《衣讔山房詩集》道光三十年時林則徐曾題詞，並於同治二年六月開雕於廣州，所以王鎮遠說該書結集甚早，因爲有阮元、湯鵬之評贈，而二人於道光年間均已下世。

《鴻雪聯吟》不分卷數，刊於同治七年，主要內容是昌彝與當時詩人往來唱和的詩作，包括方濬頤、文樹臣等人，其中與方濬頤酬唱的作品最多，幾佔全部，是他晚年的作品，由詩中可窺知其生平志趣及詩學素養。昌彝也自稱：「戊辰，將挾銓兒回閩，篋翁又挽留唱和，共得詩二百餘首，名曰《鴻雪聯吟》。」（《海天琴思續錄卷五，頁 365》）

《東瀛唱答》，昌彝曾言：「次歲丙寅，余將回閩，篋翁挽留唱和，共得詩百餘首，名曰《東瀛唱答》」（《海天琴思續錄》卷五，頁 365）又《林昌彝詩文集》錄有《東瀛唱答・弁語》，知該書內容爲昌彝與方濬頤往來酬唱的作品。

另外據《侯官縣鄉土志》載昌彝尚有《遂初樓詩鈔》，今人曾克耑〈論閩派詩〉一文中錄閩派知名作者六十四人，表中亦列昌彝的詩作爲《遂初樓詩》（《文學世界》三十期，1961 年 6 月）。今《東瀛唱答》、《遂初樓詩鈔》二書俱不及見。

## （三）文集及其他

《小石渠閣文集》刊於光緒五年，據王鎮遠說，本書卷末有〈補遺四臣表〉，疑爲昌彝手訂本，而刊刻時他已下世，主要的內容有治學的見解，及對時事的論見〔註 7〕。

《硯桂緒錄》有王家齊在同治二年十一月冬寫的序言，在同治四年季冬有方濬頤的序言，同治五年秋，刊於廣州省城。該書的內容據自序所言：「凡經史子集之得失，及天地鬼神之屈伸，旁至格言醫方，下及草木蟲魚有疑義異聞者悉載之，多所論辨，其有關於心身性命可

〔註 7〕《衣讔山房詩集》八卷、《小石渠閣文集》六卷、賦鈔一卷、詩外集一卷，今由上海古籍出版點校合編爲《林昌彝詩文集》，1989 年 8 月一版，本文採用此本。

爲世戒者，尤詳記之，名曰硯桂緒錄。」是書包括五大部份：一、有關經史、子、集得失的論著。二、有關天地鬼神的說法。三、有關格言、醫方的妙方。四、有關草木多魚的異聞。五、有關心身性命，可以作爲警戒的說法。共有十六卷，卷一至卷五爲經部，卷六至卷九爲史部，卷十至卷十四爲子部，卷十五及卷十六爲集部，可以據以考查昌彝重要的思想及理念，因爲該書是採自篋中，與《射鷹樓詩話》、《海天琴思錄》、《海天琴思續錄》有論詩之意見互見的情形出現，沈葆楨嘗言，其師爲恐佳構雋句流失，不憚辛勤的採集，因而與上述三書偶有重複之處。

《三廉贈別錄》，刊於同治七年，是昌彝收錄學生贈別戴肇宸等人的作品。

除了上述已刊刻的作品之外，另有許多作品，爲當時人所見，例如方濬頤於同治四年寫《硯桂緒錄》弁言時，已見過昌彝一些著作，包括：《西甌文集》、《母德錄》、《小石閣經說》、《溫經日記》、《四維堂經問》、《群經測篙記》、《周易邃讀》、《周易寡過》、《今文尚書考定》、《六朝經國萃編》、《書傳逸禮考》、《詩經概》、《衛氏禮記集說補義》、《辨萬充宗周官公羊禮說》、《爾雅邵郝說折衷》、《禮記章句辨正》、《儀禮天文闕妄》、《算學存眞》、《算學中西法抉微》、《毛西河全集刊謬》、《十四史刊僞》、《西甌金石考》、《南詔碑註釋》、《達德錄》、《聖學傳心錄》、《三畏錄》、《七閩藝文錄》、《防淫種德錄》、《參同契淺註》、《近代十二家文選》、《師友存知詩錄》等三十一種著作。除了與前面敘述重複者外，昌彝在《海天琴思續錄》卷八自言著作尚有：《龍鴻閣文鈔》、《讀易寡過》、《今文尚書二十九篇定本》、《左傳杜註刊僞》等著作。

方濬頤曾說昌彝「邃於經，精於禮，通於樂，性於詩」（《海天琴思錄・敘言》），昌彝正是以經學傳統的詩教來創作詩話，並且表達他對時局的看法。

# 第二節　本論文研究旨趣與範圍

## 一、研究動機與目的

中國是一個愛詩的民族，自《詩經》以降，詩歌循著同源異流的方向往下開展，無論是詩、詞、曲、賦皆歸於詩歌的大源流。在這個源遠流長的詩歌國度裡，中國人對詩歌的熱愛一直未減，歷來對於中國詩論的探討，繽紛而繁富，自鍾嶸《詩品》開始，中國的讀書人即以詩話的論詩方式，解析詩歌的內容與形式〔註8〕。

昌彝非常肯定詩話的價值，他說：「凡涉論詩，即詩話體也，詩必愈論則愈精，昔人謂詩話作而詩亡，豈通論乎？」（《射鷹樓詩話》卷五，頁95）〔註9〕本此觀點，駁斥前人評論詩話作而詩亡的說法，並且殫精竭慮的從事詩話的著述工作，曾經耗費十餘年精力撰寫《射鷹樓詩話》，其成作始末據沈葆楨言：「夫子竭十餘年搜輯之功，編詩話既成，庚子至庚戌，六上公車，皆攜帶行篋。庚戌會試，嘗命葆楨爲凡例。」（《射鷹樓詩話・例言》）他花費十多年的時間編寫《射鷹樓詩話》，其重視的程度可見一斑。該書的主要內容根據沈葆楨說：「詩話詳於射鷹，而有關風化者次之，論詩又次及之，採師友又次及

〔註8〕對於詩話的起源略有四說，一爲清代的何文煥力主詩話始於三代，二爲清代的章學誠主張詩話本於鍾嶸的《詩品》說，三爲今人羅根澤在《中國文學批評史》中論到詩話時，認爲孟棨的《本事詩》是詩話之始，四爲清人吳琇的《龍性堂詩話・序》中指出「詩話出於詩律之『細』說」，參考蔡鎮楚的《中國詩話史》頁1。然而蔡氏對此四說皆不滿意，他提出的結論是：詩話的名稱約取法於唐宋民間詩話之名，詩話的體制源於六朝的筆記小說，詩話的內容「論詩及事」的《本事詩》出於六朝的筆記小說，「論詩及辭」則始於鍾嶸的《詩品》。而劉德重、張寅彭合著的《詩話概說》則認爲詩話主要有兩條發展的線索：一是有關論詩著作，一是有關詩人言談軼事的記述，二者相結合的產物。

〔註9〕言詩話作而詩亡者如李夢陽《麓堂詩話》：「唐人不言詩法，詩法多出於宋，而宋人於詩無所得。」（《歷代詩話續編》頁1371）吳喬《圍爐詩話》：「唐人工於詩而詩話少，宋人不工於詩而詩話多，所識常在字句間。」（《清詩話續編》頁603。）

之。」(《射鷹樓詩話・例言》)，我們考察它的內容亦包括此四部份：

一、志在射鷹。「鷹」即「英」之諧音，主要是記錄有關中英雅片戰爭的史實、詩歌作品等，包括林則徐、魏源、龔自珍、張維屏、朱琦、張際亮等人的作品。

二、匡正風俗。詩話中記載風俗民情、時事、警世……等詩歌，主要是針對日益澆薄的世風，予以正面批評。

三、論詩之旨。大量收錄前人有關詩論的作品予以評騭，並闡述自己對詩歌理論的見解。

四、採錄時人作品。對於當時詩人的佳作皆予以存錄，尤以閩粵詩人及師友的作品為多。

另外，《海天琴思錄》、《海天琴思續錄》二書完成時間晚於《射鷹樓詩話》，詩學理論較具系統性，其主要的論述重點有：

一、鴉片戰爭雖已結束，仍有記載反映中英鴉片戰爭的詩作，或是有關時事的作品。

二、記載當時交往對象的詩歌作品並給予以評論。

三、對前人的詩論予以評騭。

四、記載風土教化的作品。例如收錄寶鋆的〈奉使三音諾彥記程草〉組詩，以蒙古語入詩。《海天琴思錄》卷七收錄斌椿的〈海國勝遊〉、〈天外歸帆〉的歌詩，用來介紹斌椿對海外事物的見聞。

昌彝的詩歌內容與傳統詩話迥異，宋人許顗曾為詩話下定義：「詩話者，辨句法，備古今，紀盛德，錄異事，正訛誤也。若含譏諷，著過惡，誚紕謬，皆所不取。」(《彥周詩話》，《歷代詩話》頁 378）指出詩話意在辨別詩法，記錄古今有關詩歌的本事，並對錯誤的記載予以辨正，極力反對譏諷的論述。而章學誠對詩話也有論述，他說：

> 詩話之源，本於鍾嶸《詩品》。然考之經傳，如云：「為此詩者，其知道乎？」又云：「未之思也，何遠之有？」此論詩而及事也。又如「吉甫作誦，穆如清風，其詩孔碩，其

風肆好」，此論詩而及辭也。（《文史通義・詩話》頁559至570）

章氏將詩話的種類分爲二大類，一爲「論詩而及事」，專主論述本事軼聞，一爲「論詩而及辭」，即指以論述詩法、詩式爲主者。其後學者大抵依此分類，加以演述而成。例如《詩話概說》及《詩話學》〔註10〕，皆據章氏所言，將詩話分爲二大系統，一主記事，以歐陽修的《六一詩話》爲主，或稱「歐派詩話」，以記述與詩歌有關的本事、軼事、資料、見聞爲主。一主記言，以鍾嶸的《詩品》爲主，或稱「鍾派詩話」，以論詩法、體式考辨、品評良窳等爲主，頗能將詩話的類別加以統貫。而昌彝亦自知詩話有異他人的論述，曾經明確指出創作《射鷹樓詩話》的旨趣：

余所爲詩話，意專主於射鷹，及有關風化者次錄焉，其備古今，紀盛德，及辨句法，正訛誤，又次焉，體段與彥周同，而大旨又與彥周異。（《射鷹樓詩話》卷二十二，頁505）

說明詩話之作迥異於許彥周，主要的論述內容大致相同，但是側重的重點卻不一樣，以射鷹爲主，次則有關風化，與一般側重詩歌理論的方式枘鑿，故曰體段相同，而大旨卻不同。雖然如此，昌彝亦知詩話之弊，也曾明文提出對詩話流弊的看法：「余謂詩話之作，其弊有五：一則無識，二則偏見，三則濫收，四則徇情，五則好異。去此五者，其於詩話之作，思過半矣。」（《射鷹樓詩話》卷五，頁95）。一般而言，詩話之作，必須對詩歌作一品評，此關乎論者之識見，若爲庸俗之見，則不足以論斷良窳，若蔽於一己之見，或徇於常情，或標新立異，必有所偏執，要皆不足以採信，明乎此，方足以言詩。昌彝標出這五大流弊，可見其對此問題也曾深思熟慮，因而有此論見。對於「詩話作而詩亡」的說法極力駁斥：

昔人謂詩話作而詩亡，此論未免太過。近臨川太學李君宗瀛柬粵西王少鶴詩，有「論詩口訣傳都贊」之句，亦以詩

〔註10〕《詩話概說》爲劉德重、張寅彭合著，北京中華書局出版，1990年8月一版。《詩話學》爲蔡鎮楚著，湖南教育出版社、1990年10月一版。二書皆將詩話統分爲二大類：論詩及事、論詩及辭。

話爲不必作，蓋以唐人無詩話而詩存，宋有詩話而詩亡。不知唐人無詩話，至晚唐風格卑弱，已幾於亡；宋人始有詩話，而宋詩至東坡、山谷、渭南，雄視一代，而蒼然入古，是詩至宋而未嘗亡。詩之存亡關一代之運會，不關於詩話之作與不作也。(《射鷹樓詩話》卷五，頁 95)

昌彝舉出唐詩與宋詩作一說明，說明詩歌的興亡，存於詩歌本身的發展、風格的盛衰，與詩話的產生沒有因果關係，所以詩話仍具有其地位，遂寄深意於其中，力主射鷹，用以達到詩教的目的。其後《海天琴思錄》、《海天琴思續錄》二書亦承此旨，繼續發揚闡述，除了詩話的撰作之外，在昌彝的詩文集中，亦可以尋繹他論詩的一些意見。

從這些論述可以考查：一、藉由林昌彝收錄有關鴉片戰爭的作品，可以檢視當時詩人如何記錄現實，以及文人對時代的關懷。二、藉著昌彝對當時社會的觀察，可以明悉風俗良窳及世道人心。三、藉著昌彝論詩的要旨，可以探討他的詩論。四、藉著昌彝存錄當時的詩作，可以一窺晚清詩歌創作的情形。

林昌彝以涵經鎔史的學養、寓寄美刺的比興傳統，把時代的關懷、風化的良窳、論詩的見解、時人的詩作一一帶入《射鷹樓詩話》、《海天琴思錄》、《海天琴思續錄》中。本文欲透過林昌彝論詩的方式，探討知識份子在面對時代鉅變中，以詩論的方式來表達自己對時代的關懷及詩歌理論。

## 二、文獻探究

如前面所述，昌彝詩論的主要著作包括：《射鷹樓詩話》、《海天琴思錄》、《海天琴思續錄》三部詩話，另外《小石渠閣文集》、《衣讔山房詩集》等著作之中也有論詩意見可作爲重要的詩論資料。除此之外，其詩作《鴻雪聯吟》、雜文集《硯桂緒錄》也可以幫助我們理解昌彝的論詩見解，所以本論題以昌彝的原典作爲研究的對象，輔以有關時代背景的資料、歷代詩話的著作、詩話學等，以進行詩論的研究。

## 三、問題導引

本文研究的問題如下所述：

1. 中國傳統文人對面時代鉅變，如何以自己的人文素養來關懷時局？是否能宏觀世界，或是有其侷限？本文將通過昌彝記錄當時有關中英鴉片戰爭的詩歌作品進行檢視。
2. 透過昌彝的論述，對中國詩歌理論作一了解，以明悉中國詩論發展的軌轍，並探討昌彝詩論的重要觀點。
3. 昌彝選輯許多前人論詩之作，尤以清人之作爲多，並給予評騭，本文欲透過其論述，展開批評的工作，並歸結論說的要旨。
4. 對昌彝所存錄的作品，進行評論，以明其論述是否精確。

## 四、本文論述結構

1. 第一章略論昌彝的時代背景，並進而了解昌彝及時人對時局的看法。
2. 第二章論述昌彝採取何種論詩的形式來完成其詩論體系，及其詩話的主要內容。
3. 第三章分析昌彝詩論，以明悉其論詩的要旨。主要是論述其詩學觀念的沿革及整體的概念。
4. 第四章討論昌彝論詩的價值、論詩話的價值及其對於創作理論的主要見解。
5. 第五章就昌彝對詩體及詩類的認識來了解他對古典詩歌在創作時應如何運用、掌握現有的詩歌體裁、類型的問題。
6. 第六章批評論，首先標舉昌彝的批評論理，再論批評的對象與方法，其次論述他對歷代詩風及詩家的看法，最後論述他對各位批評者的詩論部份進行批評。
7. 第七章由昌彝的詩歌創作來檢視他是否能充份運用自己的詩學理論，以達到詩教的效能，對匡正社會風俗有所裨益。共分爲內容與形式二部份來檢視。

最後對昌彝的詩論視域及其價值作檢討與省視，以爲本論文的總結。

昌彝著作頗多，又甚難蒐尋，所以在理解其整體思想時，常有文獻不足的現象；而其批評歷代及當代詩人甚多，也非筆者所能完全掌握，分析不免失之過簡，凡此仍有待更進一步的探究。

# 第一章　林昌彝時代背景及其關懷

文學可以陳述、記載社會事件，但是不一定能如實的反映事實，主要是因爲作者在表達的過程中，加入自己主觀的價值判斷，無法完全客觀的描述事實，詮釋學者喜言：歷史沒有眞相。意思就是說歷史是被詮釋出來的，既然歷史都可以被詮釋，那麼文學無疑地，更容易創造出作者意圖表達的事象了，所以，文學的價值不是從它所表現的社會事件來呈顯，更不是從它的主題內容來傳達，而應該是它本身的藝術成就。如是而言，是否可以忽視一些文學來反映社會的文學家？或是將文學作品中的社會事件視爲虛構？答案是否定的，因爲文學縱使不能如實的反映社會現象，但是它卻可以反映社會的某些價值觀念及作者意圖所要表達的社會事件，故歷來文學家們仍然孜孜矻矻地以社會關懷者自居，期望能以文學達到風化的功能。

昌彝即是以社會關懷者從事文學創作，並以作品反映當時的社會景況，在詩論方面以《射鷹樓詩話》表現最爲鮮明，以反映鴉片戰爭的始末爲主，並在論詩的意見中，不斷的以詩教的風化意義來宣示自己對時局的看法。

晚清的鉅變揭開中國對外接觸的序幕；鴉片戰爭的爆發，則是它的前奏。中國向來以天朝自居，對外的政策一直是採取消極的羈縻態度，所以無法開展世界的視野，鴉片戰爭正好叩響了閉關自守的門戶，爲中國近代史寫下新的起點。

## 第一節　杌隉不安的時代處境

《射鷹樓詩話》的撰作，主要是緣於鴉片戰爭，據沈葆楨《射鷹樓詩話・例言》所言：「夫子詩話之作，意在射鷹，非同世之泛泛詩話也，故集中前二卷專言時務，末卷以〈鐃歌〉結之，其用意深哉。」所謂「射鷹」即「射英」的諧音，導因於英國人來華經商，並且大量將鴉片由英屬的東印度公司輸入中國。

林昌彝對於時代非常關切，曾在鴉片戰爭之後繪製〈射鷹驅狼圖〉，以表達驅逐英人出境，痛切當時題詞者甚多，共同反映出對英人的憤慨。他說：「余繪〈射鷹驅狼圖〉橫幅小照，題詠極多，後又繪〈射鷹圖手卷〉，粵東長樂溫伊初孝廉題云：『射隼高墉絕技聞，汝鷹何事劇翻翁。黃間白羽乘空發，雨血風毛墜地紛。爪嘴莫矜同勁鐵，乾坤從此淨妖氛。層樓海上雕孤影，已懾愁胡抉暮雲。』可謂深得杜骨。」（《射鷹樓詩話》卷一，頁 2）並且以詩話的撰寫方式，表達對鴉片戰爭的看法，並存錄時人對此事的議論，計有陳偕燦、溫訓、林則徐、魏源、朱琦、何春元、陳慶墉、張鴻基、孫芝房、張際亮、張維屏、孫鼎臣、王柏心、吳鍾嶽等人。

自乾隆以來，清廷漸漸知道鴉片足以戕害身體，於是嚴申禁賣鴉片的措施，但是不肖商人誘於重利，仍然秘密買賣鴉片〔註1〕，到了道光年間，銀元的輸出日劇，清廷始大刀闊斧解決鴉片問題，其中以廣東爲貿易中心，於是在廣東厲行禁令，當時湖廣總督林則徐因爲查

---

〔註1〕從十六世紀以來外國人陸陸續續來華經商，打開貿易之門，而影響最鉅的莫過於販賣鴉片，最早來華販賣鴉片的是葡萄牙人，葡人從印度的臥亞（Goa）及達曼（Damam）將鴉片輸入中國，但在乾隆三十八年（1773）時，英國奪取葡人鴉片專賣地：印度孟加拉（Bengal）、比哈（Behar）、窩里沙（Orissa）三地的權利，其後輸入的數量有增無減，於是在嘉慶元年頒布禁止輸入的禁令，商人爲營私利，不惜以走私方式進口。

禁鴉片甚力，成效輝煌，道光十八年冬，清廷欲借重其長才到廣東嚴禁鴉片，任爲兩廣總督，道光十九年正月抵達廣東，開始查禁的工作，飭令各國不准販賣鴉片，惟有英國領事義律態度強硬，拒絕繳交鴉片，林則徐乃斷絕英人糧食，準備與之周旋到底，義律知道並無轉圜餘地，於是具狀呈繳二萬二百八十三箱的鴉片，林則徐會同鄧廷楨親自在虎門驗收，每箱酌賞茶葉五斤，以示恩宥，爲免偷漏之弊，清廷責令林則徐在虎門銷燬。

爲永絕後患，林則徐又要求外商具結永不私自夾帶或販賣鴉片，各國悉皆應允，唯有英國領事義律不肯具結，中英之間的外交關係日益激化，先是乾隆年間使節來華受辱，繼而是鴉片遭焚，又要義律具結永不夾帶，否則以中國法令處斬，再加上林維喜被殺事件，導引英軍在道光二十年入侵廣東，謀封鎖海口，林則徐以重兵嚴守，使英人無間可乘，乃轉攻廈門、定海，繼而北上直驅天津，宣宗惟恐戰事擴大，敕令直隸總督琦善議和，英人見琦善易欺，以危言脅迫，八月，朝廷命琦善爲欽差大臣赴廣東查辦，沿海海防弛戒，九月，林則徐、鄧廷楨被革職。道光二十一年正月琦善與義律議定穿鼻草約，但是英國以爲這樣的條約內容不敷賠償損失，而琦善又不敢據實告知，朝廷亦認爲英人無理，於是展開第二次的戰爭，英軍攻佔虎門的烏涌砲台，又進船到黃埔，宣宗嚴促奕山出兵，廣州城危，義律與奕山訂立廣州和約，應英軍的要脅，並裁撤海防，英國以義律處置不當，改以樸鼎查爲全權代表，英軍抵澳，第二次揮師北進，吳淞、寶山俱失，1942 年 8 月，直逼南京，揚言將再攻天津直達北京，宣宗懼禍，命耆英、伊里布與樸鼎查簽訂南京條約，開放五口通商，條約雖然簽訂，但是中英的關係仍在繼續惡化中。

在這場戰爭中，英國稱爲通商戰爭，中國稱爲鴉片戰爭，不同的名稱，反映不同的意義與價值判斷。

根據歷史記載，明朝時期，各國商船貿易只限在廣州，而且中國官吏對待外國商人一直以天朝自居，把外國人到中國經商視爲一種恩典，雍正五年（1727），沿海稅金征斂更加嚴重，英國商人欲減輕稅則，沒有獲得回應，雍正六年增加輸出口稅，英商更加不平，朝隆元年（1736），英船又抵寧波，清廷命英人俯首聽令，英人當然不肯，關係日益惡化，乾隆五十八年（1793），英國遣使來華，清廷視爲朝貢，愈使英國人大怒。這些積怨造成中英關係的惡化。所以對於英人而言，通商問題才是整個事件的導火線，而中國卻認爲英商居心叵測，以販賣鴉片來敗壞中國的國力，致使國銀外流，所以全面查禁鴉片，並且申明鴉片不徹查，則不准英商入中國販賣商品。

原本這場戰爭起於鴉片，然而條約中並無對鴉片作一決定性的規定，加上戰爭的過程中，時而主戰，時而主和，立場不堅，致使良機喪失。英運遠渡重洋且能獲勝，中國則是軍備鬆弛，畏戰懼禍，權臣謊報戰功，朝廷昧於實情，對外不能掌握國際局勢，對內不能統籌規畫軍宜，使英人有機可乘，各國亦群起效尤，中國從此進入辱國喪權的時代。在這個阢隉不安的時代，中國人對外態度究竟如何？

在整個事件發展中，引發了幾個問題：

1. 在中國方面，是禁煙不禁商，只要英商不再私運鴉片到中國即可，但是英人義律不肯具結，導致林則徐以嚴厲的手段查禁鴉片，連商船也一律要通過查驗方准放行，以致牽連爲通商問題。
2. 在鴉片戰爭之時，中國有兩股勢力，一爲主和，一爲主戰。主戰者以林則徐爲主，主和者以琦善爲主，而道光帝搖擺不定，造成兩股力量相抗衡。主戰者基於主權完整，不容許外人以武力來犯，必須加以驅逐，主和者卻認爲中國無軍事力量足以抗拒英軍。中國到底有無能力抵抗英軍入侵？
3. 戰後開放五口通商，對中國而言，究竟是幸或不幸？到底可否因爲五口通商而重新調整中國的經濟結構？刺激經濟快速成長？或者根本是無助於中國，因爲中國原本已有一個體系完整的商業制度？

4. 當時的國人，是否具備了解世界局勢的視野，或是仍以天朝的觀念來看待外國人？當時知識份子究竟以什麼樣的態度來面對這一時代？是全面接受、部份接受抑或全面排斥？

據王爾敏所言，中國歷史上有兩種傳統，足以影響士大夫對外的基本態度。其一是以中國爲中心的優感，其二是戒勤遠略的歷史教訓。其意在說明中國對外的基本態度，是：「不求積極主動了解域外情形，而對域外來華之人，尤其是商人，即不完全擯拒，亦僅應付容忍而已。」〔註2〕在這樣的傳統之下，對於外國的國力與國情，不積極去認知，以致產生錯誤、扭曲的看法，以爲外國仍爲蠻夷之邦。

原本是一場經濟問題的戰爭，後來導致軍事力量的介入，甚而政治問題也被捲入，擴大爲中西文化價值觀的衝突，這場戰爭對中國而言究竟是幸是不幸呢？以下借由林昌彝所展現的內容，來體察當時知識份子對於時局的看法與視域〔註3〕。

## 第二節　林昌彝之時局視域及關懷重點

昌彝是一個傳統的儒士，雖然沈居下僚，無法獻策君王，但是仍然以天下的安危爲己任，以人民的禍福爲己志，並且認爲居高位者，須有仁民愛物的胸襟：

> 儒者雖窮而在下，不可無先憂後樂之意，范文正公爲秀才時，便以天下爲己任；即少陵之廣廈，白博之長裘，是不可不有其志也。古來名臣皆能副此語。程子所言一命之士，苟存心於愛物，於人必有所濟；若身居高位，而無益於民物，則當引身而退，毋致貽譏戀棧。(《射鷹樓詩話》卷一，頁2)

正可以作爲昌彝關心民生的一個註腳，更是他對社會國家的基本關

〔註2〕以上俱見。《中國近代思想史論・十九世紀中國士大夫對中西關係之理解及衍生之新觀念》，華世出版社，民國64年。

〔註3〕昌彝關懷重點在鴉片戰爭，所以本節論述以該事作爲主體。歷史性的敘述是爲了重新感受他的境遇感。

懷，所以他的詩論中，也隱含這種思想。首先揭開晚清鉅變的鴉片戰爭，即是他最關心的歷史事件，他對時代的視域，以及對國家、生民的關心可以從《射鷹樓詩話》中得知。陳偕燦〈射鷹驅狼圖題詞〉中說：「林生四十負奇氣，讀書萬卷才沈雄。請纓早蘊終軍志，投筆常慕班超功。縱橫挾策不得試，蒿目隱隱憂飛蓬。男兒七尺好身手，安忍得失隨雞蟲。」指出昌彝平生志氣，希望能挾策一試，驅逐來犯的英軍。從昌彝的論著可以知道他對於鴉片戰爭的認知、對時局的看法以及關懷的重點。

## 一、對禁煙的實質建議

昌彝對於林則徐禁煙的強硬態度非常讚賞，對於禁煙的作法，有一些實質的建議。首先他主張嚴禁國人吸食鴉片，並且全面禁止鴉片貿易，對於提供鴉片的英商採取最嚴厲的手段（戰爭）查禁，迫使英商不再把中國當成傾銷鴉片的場所，所以戰爭是無法避免，要展開攻勢，需有充實的軍備及詳盡的規畫，才能知己知彼、百戰百勝。雖然他是一介書生，但是對於運籌帷幄有具體的論見，曾著《平夷十六歲》、《破逆志》，他說：

> 余意欲革洋煙，須先禁內地吸食洋煙之士民，然後驅五口之英逆。驅之之法，則不主和而主戰。余前有上某大府《平夷十六策》，邵陽魏默深司源見之，決爲可行。默深負命世才，書生孤憤，與余有同志焉。（《射鷹樓詩話》卷一，頁3）

其次是開放長久以來的海禁問題，使中國能通貿易於各國：

> 洋煙流毒中國，元氣已傷。救之之法有二：一則絕通商，一則開海禁。絕通商，非主戰不可，主和則苟安於目前，過此伊於胡底矣！開海禁，是彼國之人，可商於我國；則我國之人，亦可商於彼國。蓋海禁一開，則天下之利分於百，不能獨歸外地！（《射鷹樓詩話》卷一，頁13）

所謂「絕通商」是指杜絕鴉片販賣，「開海禁」是打開自由貿易之路，使各國能自由在中國貿易，而中國人亦可到各國自由貿易，如此中外利益方能平等均分，不會被少數國家所壟斷。

## 二、對鴉片戰爭的看法

宣宗昧於時局，先是對林則徐查辦鴉片的精神非常欣賞，並賦予重任，待戰爭一起，懼戰事擴大，乃將林則徐革職，遣戍伊犁，此令一出，不僅廣東沿海居民同感憤慨，昌彝也忿忿不平：

> 道光十九年，家文忠公奉指辦理粵東夷務，陛見時，即懇陳五海口要害，須得精兵嚴守，庶夷人不得竄入，甫出京，途次又連陳數摺。至粵東，責夷人繳煙若干萬箱，並令其永無闌入，已有成議。嗣夷人中變，先生屢焚其舟，夷人竄入浙西，及定海失守，部議咎及先生，乃遣戍伊犁。(《射鷹樓詩話》卷一，頁15)

定海失守，非林則徐之罪，但是宣宗遂有主和的傾向，命琦善接任林則徐之職，琦善力主和議，昌彝對此事甚爲不滿：

> 英逆之變，主和議者是誠何心？余嘗見約一冊，不覺髮爲之指。陸渭南〈書志詩〉云：「肝心獨不化，凝結變金鐵。鑄爲上方劍，釁以佞臣血。」讀此詩，眞使我肝心變成金鐵也！(《射鷹樓詩話》卷一，頁11)

基本上昌彝認爲中國是一個主權獨立的國家，對於夷人不應俯首稱臣，乃至割讓香港，貽笑外人，遂力主戰爭，而忽視當時的中國是否具有發動戰爭的實力，並且還存有天朝上國的想法，以爲用大黃、茶葉與英人貿易，算是對英人的一項恩典，而英人不知心存感激，還以鴉片來毒害中國：

> 中國以大黃、茶葉救夷人之命，夷人反以鴉片流毒之物，賺去中國財寶，此天怒人怨，天理所不容，人情所共憤。余嘗有詩云：「但望蒼天生有眼，終教白鬼死無皮」。(《射鷹樓詩話》卷一，頁5)

當時人的意見，一致認爲大黃、茶葉是外夷賴以維生的必需品，如果斷絕其貨，則外夷必不能生存，這種見識甚爲淺薄，但是當時確有許多人深信不疑，昌彝亦認同此一說法，可見他們對於外人缺乏認知：

英國禁食鴉片煙，獨能流毒其物於內地，英國禁奉天主教，獨能廣傳其教於中華，此存心慘毒，眞堪切齒。延平曾雨蒼孝廉世霖詩云：「黠哉英吉利，變幻似狐鼠。洋煙毒中國，生靈付一炬！」此詩可謂沈痛。（《射鷹樓詩話》卷一，頁20）

譴責英人居心叵測，爲了賺取中國的財貨，將煙害禍及中國，存心慘毒無以復加。昌彝對英人以軍事力量介入中國查禁鴉片一事。非省不滿，故力主以戰爭來解決，至於是否考慮中國的軍備武力，則已非要務了。當時以詩歌記錄該事作者甚夥，擇要錄之：

▲朱琦〈感事詩〉：「鴉菸入中國，爾來百餘歲。粤人競啖吸，流毒被遠邇。……豈料堅主和，無復識國體。擅割香港地，要盟受欺紿。況聞浙以西，醜虜陷定海。焚掠爲一空，腥臊未湔洗。」（《射鷹樓詩話》卷一，頁6）

▲同里何乾生孝廉春元〈詠洋煙〉七律八首，摹寫無遺，其詩云：「海門一舸紅夷，賺出黃金竟不知。」（《射鷹樓詩話》卷一，頁11）

▲英逆之變，各海口死節及殉難諸君，可稱忠勇。余友桂林朱伯韓侍御，皆有詩以記之，表揚忠節，感泣鬼神。（《射鷹樓詩話》卷一，頁11）

▲海口不靖以來，定海婦女被毒最慘，有帶至鬼國者，有鬻與他人者，有肆淫後投之於水者，有送與漢奸者，陳少香先生所有「紅粉千行航海去，白旛一片上城來」之句。然各海口官兵之害，猶之逆夷。（《射鷹樓詩話》卷二，頁21）

以中國而言，鴉片流毒中國，受害者爲中國人，知識份子面對英人以軍事力量干預鴉片販賣，至爲痛恨，對於因戰而死的烈士寄以無限的感懷，對英軍之殘暴甚爲憤慨，紛紛以詩歌來表達自己的見聞。例如張維屏的〈三元里〉已成爲反映當時慘烈情景的代表作，昌彝亦將這些作品選錄在自己的詩話當中。從昌彝的選文中，可以知道他關注的重點是以反映社會民情爲主。其中有：

1. 描寫鴉片危害中國者。例如有朱琦的〈感事詩〉、何春元的〈詠洋煙〉等詩。

2. 描寫戰爭慘烈者，例如有朱琦的〈關將軍輓歌〉、〈定海知縣殉難詩以哀之〉、〈朱副將軍歌〉等詩。
3. 描寫主和者的立場居心叵測。例如張鴻基的〈讀史有感〉之一寫：「議和議戰究誰差？聒耳官私兩部蛙。閉戶豈能摧寇燄，揭竿尤恐起群譁。」
4. 描寫英人之殘暴者。例如陳少香「紅粉千行航海去，白旛一片上城來」的句子，描寫海口不靖以來，定海、寧波婦女被毒慘重。
5. 描寫當時人對時局的看法與見識。例如周瀛暹的〈有感〉詩寫出對耶穌教流入中國的情況。

昌彝主戰，所以選錄的作品以有關此立場者為主，擴及有關描寫戰事慘烈及人民荼毒的情形，乃至於對於引入中國的外國宗教亦予以排斥。從這些記載中，可知當時人對英人的看法，普遍的存有外寇入侵中國的憂慮。況且通商應是建立在互相願意、平等的立場上，而不應以軍事、政治力量介入，以求解決問題。

事實上，在主戰與主和兩股勢力傾軋之下，中國並無能力與船堅砲利的英人對抗，一則英人遠道而來，尚未集中火力攻擊中國，中國已無力抵抗，再加上西方的軍事力量遠在中國之上，幾次圍攻，徒然顯出中國軍力的匱乏，所以昌彝主戰，是基於中國主權的完整性及天朝自居的立場，並未認清中國的武力裝備。

## 三、對戰後五口通商的看法

鴉片戰爭結束後，中國與英國在道光二十二年（1842）簽訂不平等的南京條約，主要的內容是：割讓香港給英國，開放廣州、福州、廈門、寧波、上海五個通商港口，賠償焚燬鴉片及軍事的費用，兩國往來以照會的方式。其中以割讓香港及開放五個通商口岸的影響最大。昌彝對開放五口通商的看法是：

▲英夷不靖以來，洋煙流毒中國，甚於洪水猛獸。海口五處通商，實非久計。(《射鷹樓詩話》卷一，頁 2)

▲至議和既定，海口通商，夷人闖入福州省垣重地，盤據烏石山。(《射鷹樓詩話》卷二，頁 27)

▲余家有書屋，東北其户，屋有樓，樓對烏石山積翠寺，寺爲饑鷹所穴，余目擊心傷，思操強弓毒矢以射之。(《射鷹樓詩話》卷一，頁 1)

到底五口通商可否爲中國經濟帶來新的衝擊，刺激經濟快速成長？基本上，中國的經濟體制自成規套，外來的經濟模式，以及五口通商口岸並不能撼動整個完整的經濟結構，甚至對於外來的貿易方式加以抗拒，以維護自給自足的生活模式，因此英人以武力強行與中國通商反而引起排外的情緒高漲，然而英人以武力強行通商，固然值得批判，但昌彝將通商所需的中外往來、居住問題等，視爲強佔國土、破壞主權，也非常值得反省。〔註 4〕

## 四、對外國、世界局勢認知的程度

昌彝對於外人的認知程度缺乏了解，以至產生錯誤的見解：

天主教開禁而後，各海口設立教堂，每七日一膜拜，誘掖愚民。福州南城外，去城不及一里，設立天主教堂，男女蝟集八千餘人，其所祀之天主曰耶穌，其教頭多西洋人爲之，亦有中國人爲之。行其教者，爲花旗國。其書荒唐紕繆，近刻十條誡注，妄詆孔、孟，直爲狂吠。其堂峻宇雕牆，窮奢極侈，男女溷雜，至不可問。癡民多爲所惑，爲救貧耳。不知稍有人心者，豈肯斬其宗祀，淫及妻子乎！道光二十五年，英逆和議，而後廣東總督耆英奏請佛蘭西國夷呈請天主教勸人爲善，非邪教，請弛漢人習天主教之

〔註 4〕有關通商口岸對中國經濟是否造成衝擊，論者甚多，本文參考《中國現代化的歷程、通商口岸與中國現代化：走錯了哪一步？》，Rhoads Murphey 著，林維紅譯，時報文化出版企業有限公司，75 年 10 月初版五刷。

> 禁。……查西洋之天主教不可知，若中國之天主教，則方其入教也，有吞受藥丸領銀三次之事；有掃除祖先之事；其同教有男女共宿一堂之事；其病終有本師來取目睛之事。其銀每次給百二十兩，爲貿易貲本，虧折則復領，凡領三次，則不復給，贍之終身，此見於奏摺之大略也。（《射鷹樓詩話》卷二，頁 24）

天主教傳入中國，在其眼中是「誘掖愚民」、「荒唐紕繆」的事，當時人也有類似意見，昌彝內弟周瀛暹曾寫詩曰：「太息耶穌妄說天，毀儒訕佛謗神仙。世無原道昌黎子，誰挽狂瀾障百川！」（《射鷹樓詩話》卷二，頁 24）這種想法是根據中國本位主義的理解而產生的，又說：

> 外夷奇器，其始皆出中華；久之中華失其傳，而外夷襲之。王伯厚《小學紺珠》薛季宣云：余謂渾天儀、自鳴鐘，中國人皆能爲之，何必用於外地乎？他日洋煙絕其進口，並西夷所製器物，勿使入內地焉可也。（《射鷹樓詩話》卷三，頁 43）

昌彝主張西學源出中國說，理論雖淺薄，但卻具有時代意義，反映出中西文化接觸時中國人的心理反應，仍是以天朝自居的觀念來看待。

除了鴉片戰爭之外，昌彝的作品中也記載其它的內憂外患，包括洪、楊太平軍之亂，法國入侵台灣等事蹟。清朝自嘉慶年間開始，變亂迭始，道光以後，後亂更劇，除了外有鴉片戰爭之外，內部始終是亂動迭起。1842 年初，湖北人鍾人杰戕官據城，建號稱王，是年廣西、湖南、河南、山東、安徽、浙江、江西、雲南均有動亂；1843 年起，兩廣、湖南三省的變亂特別多，1844 年湖來耒陽人民抗糧包圍縣城，廣東民亂四起，1845 年，廣州天地會擄官勒贖，1846 年廣州焚掠事件層出不窮，1848 年廣西亂事愈烈並與廣東天地會聯合，北擾桂林，西擾潯州，以及賓州，1850 年廣西十一府有八府爲洪秀全所佔據，洪秀全乃在廣西金田村舉事，1851 年建號太平天國，立國達十二年之久。（參考郭廷以的《近代中國史綱》）

從 1850 年起，中國經歷了各種民亂的騷擾，包括太平軍、捻亂，乃至各地回民之亂，戰事最烈者尤以兩廣爲最，其次爲四川、河南、陝西、山西、山東、直隸，在這些動亂，不僅對政治經濟造成重要的傷害，而且禍及無辜的庶民。清廷一方面要應付外敵，一方面要對付太平軍及各地民亂，實是欲振乏力了。

昌彝在這些戰事中，礙於地域區隔，對北西北西南苗、回之亂不及言之，但是對於太平軍之亂有很深的感受，並曾數度從戰亂中逃出，故而對太平軍之亂大發浩嘆。例如他的詩作〈愚衷〉三首（《林昌彝詩文集》頁 192）自註云：「粵匪不靖十有二載，未克消滅」，即指太平軍之亂。昌彝對於民亂抱持何種態度？一、檢討軍政之失，欲重振朝綱，並曾獻策。二、矜憐人民在戰禍荼毒之下民不聊生。然而《中國詩話史》言昌彝的《射鷹樓詩話》有二個新觀點，一為反帝國之侵略（指英人入侵），二為對農民起之污蔑（指洪秀全）（參見頁 326 至 331）實則洪秀全等人非為農民起義，以神道設教來妖言惑眾以達到極權統治的目的，曾國藩已指出這樣的行徑是破壞綱常名教，不足為法。太平天國的組織以宗教為主軸，貫串軍事、政治、經濟為一元化的社會，且以兵、民合一，實則是為了滿足個人的享受而已，並非真有遠見。

# 第二章　林昌彝詩論形式與詩話內容

本章第一節論述昌彝的詩論形式，第二節論述詩話的內容，以了解他論詩形式的情況及詩話整體呈現的內容。

## 第一節　林昌彝詩論之形式

林昌彝的詩論，依其不同的論述方式，可區分爲三類：一爲詩話，包括《射鷹樓詩話》、《海天琴思錄》、《海天琴思續錄》三部份。二爲論詩詩，包括論詩絕句一○五首及其它各種詩體的論詩方式。三爲其他有關詩論的方式。本章將分別探究此三大類的語言形式、理論型態、結構方式等。〔註1〕

### 一、詩話之論詩方式

詩話的分類有以：內容、形式、流派爲分類標準。若以內容爲分類標準，又可以區分爲「論詩及事」、「論詩及辭」二種，前者以品評詩歌、作品爲主。後者以記載詩歌的本事爲主。二者各有所偏，

〔註1〕據蔡鎮楚的《詩話學》所言，詩話的語言形式可區分爲韻文和散文兩種書寫方式，韻文指論詩絕句、論詩詩二種，是採用「以詩論詩」的方式去評騭詩人、詩歌或揭示詩歌理論，吾人則認爲論詩絕句、論詩詩自有體例，亦有傳統，不屬於詩話的範疇，應該分別論述。參見該書頁80。

亦有所擅。〔註 2〕若依形式來分類，又有依語言形式分爲韻文、散文二種書寫方式；若依編撰形式而分，又有自己撰寫、輯錄式、補輯式三種詩話的形式。至於以流派爲分類標準，是指宗尚某一詩學派派爲主。

昌彝的《射鷹樓詩話》、《海天琴思錄》、《海天琴思續錄》的內容，以「論詩及辭」爲主，兼及一些「論詩及事」。「論詩及事」是指以記事爲主，以明詩歌本事。「論詩及辭」是指以論述爲主，重在評騭、品藻詩歌，有以揭示詩歌理論、藝術價値爲主，論辭類又可以分爲闡釋型、考據型、評論型、專門型數種，依蔡氏所言，昌彝的《射鷹樓詩話》是屬於專門型的歷史事件，因爲他的內容是以描寫鴉片戰爭爲主。(《詩話學》頁 87）然而若以此來範囿昌彝的詩話，實不能盡得其旨，因爲根據內容來看，《射鷹樓詩話》包括四部份：

> 按詩話之例，大旨有四：一則志在射鷹，故前數卷記海口事，不憚再四言之。次則借詩以正風俗，意有維持風化，其用心亦良苦矣。又次則主於論詩，一歸正始，懼騷雅之不作，恐風月之銷沈。……又次則專重師友淵源。(《射鷹樓詩話》溫訓序言)

既然詩話的內容包括四大部份，便不可用「歷史事件」來概括全部內容，況且「志在射鷹」固然爲首要部份，但是他論述的分量仍以論述詩歌的理論、評騭詩人的作品爲多，若以「歷史事件」來範囿，實爲失當。

又因爲昌彝的詩話中亦有關涉闡釋型者，例如他在論述才與學的關係時，闡述學問不求淵博，則賦稟雖高，不能鍊成洪爐元氣（見《海

---

〔註 2〕此種分法首出於章學誠的《文史通義‧詩話篇》，然而並未能詳盡的概括詩話的一切分類，其後有不少人針對此提出新的分類方式。例如郭紹虞的《詩話叢話》即以章氏氏的分法爲基礎，再將之細分爲五類：超於辭與事之外、匯萃眾說類聚區分、詩話叢書、輯昔人之成說自成一書、從縱橫交錯論述詩論主張、派別、演變歷史。見《小說月報》二十卷第一號民國 18 年 1 月。

天琴思錄》卷八，頁 184）。有涉及考據者，例如他考證〈北鋋〉乃歌舞名，而岑參詩作「鋋」是「鋋」之誤。又如考證朱竹垞的〈謁劉處士墓〉詩中有一句：「馬後焦桐一輛隨」，楊謙注云：「未詳所出」，昌彝乃據《詞苑叢談》考證出此詩句的典故是寫劉過赴省試時，所遇女子乃一琴也（俱見《海天琴思錄》卷六，頁 152 至 153）。又如評論型，則為例更夥，例如評論詩歌的價值、品評詩人的風格者比比皆是。故昌彝的詩話不可以「論詩及事」、「論詩及辭」來規範，而有交叉融攝情形，任何單一的歸類皆有其危險性。

本文將從數方面來討論昌彝詩話的理論型態及結構方式、表現方法〔註 3〕，以明悉其詩話的整體結構、形式。

## （一）詩話的型態

詩話型態可以分為表層結構及深層結構二種。蔡鎮楚為表層結構定義為：「屬於狹義詩話階段上的結構體式。其基本形態是詩性與故事性的有機結合體……就是『論詩及事』。」（《詩話學》頁 104）他指出狹義的詩話階段，即是表層結構，然而詩話所要表現的並非只有「詩的故事性」即可，它最可貴的地方，是在字裡行間透顯出詩學理論的吉光片羽，所以蔡氏亦認為表層結構，只是詩話發展過程中的階段，其價值仍在於深層結構，所謂深層結構，亦即「屬於廣義詩話的結構形態。……是章學誠所說的「論詩及事」與「論詩及辭」的二合為一。」指出「詩話形態的深層結構就是詩話的詩歌理論形態。」（同上，頁 105）。

依蔡氏所言，則昌彝的理論結構，實應同時含括表層及深層結構二種，因為他的詩話中不僅記錄一些詩歌的本事，而且還兼及典故的敘述。有關表層結構的記載例如引用汪志伊的〈述懷詩〉：「欲酬大旱

〔註 3〕本部份所應用的理論，係根據蔡鎮楚的《詩話學》第一章詩話型態學加以闡述，蔡氏分為三節敘述，一是討論詩話的表現對象，二是討論詩話的結構型態，三是詩話的表現方式，本文所論，不以他的論述順序為不變的矩矱。

雲霓望，遍瘞荒郊暴露棺」說明南方富人惑於風水有停棺不葬的習慣（《射鷹樓詩話》卷四，頁 87）。又如說明近代有王式丹年六十方得鄉榜，沈德潛年六十六才中舉，桂馥五十五登第（《射鷹樓詩話》卷九，頁 197）。

至於深層結構，蔡氏乃指有關「詩言志」、「緣情說」、「感物說」等詩學理論，亦即牽涉詩歌的理論部份（詳該書頁 105 至 106 頁）。在昌彝的詩話之中，有其深層結構，及由此發展出來的結合人事典故、事件而呈現的表層結構。有關詩學理論（深層結構）的部份請詳下列數章的論述。

## （二）詩話結構方式

詩話的結構方式，依《詩話學》所分，有並列式、承遞式、複合交叉式、總分式四種，所謂並列式是指詩話的內容是由一條一條不相干的詩論連綴而成的。承遞式是指以時間的先後為序，把詩論對象作有關連性的時間縱向組合。複合交叉式是將詩論從時間、空間作交叉縱橫的組合方式。總分式是指詩論具有論詩的主旨，能夠多方面展開思維，以表現作者的詩學理論（以上所述參考《詩話學》頁 115）。

考察昌彝的詩話，在論述過程中，乍看屬於並列式，前後條列的詩論並不相承，亦無關涉，然而將其詩論統合之後，可以建立他論詩的要旨，並且可以明白他的詩論具有深刻的教化意義。

## （三）詩話的行文現象分析

昌彝的詩話表現方式，可以分為下列幾種：

### 1. 語錄條目

採取隨興、漫談的方式記錄詩學理論，把前後不相干的論述連綴在一起，其中並無字數句數的限制，每一條的內容可多可少，頗具有彈性，此為其優點，然而正因為是隨興的記錄方式，較難窺其系統性的論述，必須全面掌握之後，才能了解其意蘊，此為其缺點。

昌彝雖然採用語錄的方式來記錄詩論，但是在《射鷹樓詩話》之中，仍有其體系存在其中，例如前面二卷，大都以記錄鴉片戰爭的詩歌爲主，其後則記錄有關警世、教化的詩歌，再其後則以論述詩論或評騭詩歌的良窳或詩家的得失爲要。

《海天琴思錄》、《海天琴思續錄》二部詩話與《射鷹樓詩話》相比較，其隨興、漫錄的情形更甚，不似《射鷹樓詩話》，尙有一個承接的體系，以「射鷹」爲該詩話的重心之一。然而從詩學理論的角度來審查時，可以得知《海天琴思錄》《海天琴思續錄》更具有理論的系統，能夠正式的提出詩學上的問題來討論，使詩學的觀點更能朗現。

2. 摘句批評與全詩摘錄式批評

在語錄條目之外，昌彝對於詩歌的品評，或是採用摘句式的批評，或是採用全詩摘錄的方式，使讀者能夠明悉昌彝所論的詩論是否公允。全詩摘錄時，通常是整體論述在前，錄詩在後，例如品評宋湘的詩，昌彝稱讚說：「余尤愛其五七律，氣體渾雄，爲嶺南之秀。」（《射鷹樓詩話》卷九，頁 212）之後即引宋湘的五言、七言律詩共有十四首之多，引詩後面並未再對詩歌作細部的分析或品評，此時引詩是爲了應證昌彝品評詩家的風格，兼有欣賞之用，以存佳構雋句。

3. 論詩分辨詩體及詩類

每一種詩體都有它的體要，使它能呈現詩體應有的詩歌藝術本質、特徵，例如昌彝對絕句要求必須具備「神韻不匱」、「風神婉約」的藝術美感。昌彝詩話所論除了針對各種詩體提出體要的要求之外，對於各種詩類，也提出自己的見解，例如要求懷古詩必須要了解一邦的沿革，對於詠史詩要求必須抒發詩人的議論。在議論詩類時又援舉代表詩人的作品。

4. 與他人的詩論結合

昌彝評騭詩歌或詩家的得失時，常會引用他人的詩論或是他人的批評，作爲自己批評的根柢，例如他評田上珍的詩歌時，引用劉彬華的《玉壺詩話》來評田氏的詩作，自己並未對田氏作一評論，但是從他引用他人的評論時，可以窺見昌彝的用心（《射鷹樓詩話》卷九，頁 215）。

5. **比喻論詩或印象式批評**

以比喻或印象式批評的方式論詩，是詩歌評論家常採用的方式之一，昌彝亦用之，例如批評龔自珍的詩「詩亦奇境獨闢，如千金駿馬，不受絓絏，美人香草之詞，傳遍萬口。」（《射鷹樓詩話》卷十，頁 217）即是。用比喻方式論詩，可以將抽象的事物予以具象化，亦可將具象化之事物以予抽象化，其目的在使讀者易於明瞭所比喻之理，例如昌彝論作詩之旨，「如玄酒太羹，不必求人人皆知，正惟知我者希則我貴」（《射鷹樓詩話》卷十，頁 220）。〔註 4〕

## 二、論詩詩

論詩詩，就是以詩歌的類型來評論詩歌、詩人或是建立個人的詩學理論。論詩詩的體裁可包括：論詩絕句及其它的詩歌體裁；其中以論詩絕句最爲詩家喜用，因爲它有悠久的歷史傳統，能夠自成一種獨立的論詩型態〔註 5〕。最早的論詩絕句以杜甫的〈戲爲六絕句〉爲首出，自茲以往，後人不斷地以論詩絕句的形式來討論詩學與詩藝等問題。本文所指稱的論詩詩包括以絕句論詩及以各種詩體論詩。

昌彝的論詩詩若依詩體而分有：一、論詩絕句，包括自成體系的一○五首論詩絕句，是整個論詩詩的主體，其他尚有〈論詩〉二首、〈題嚴山人詩卷〉四首。二、其他各種詩體，有律詩〈題敝帚詩草〉，五古〈書荃兒詩卷〉等等。這些論詩詩有以詩歌的形式與時人談論詩

〔註 4〕此五種論詩的行文現象並無並列的關係，亦無共同判別的基準，且有相互融合的關係，故在論述時難免有強加分解的情形出現，本文爲避免此弊，以行文現象言之，而不表現的方式論之，其理在此。

〔註 5〕蔡鎮楚在《詩話學》中指出詩話若依語言形式來分類，可以分爲散文、韻文兩種，其中，韻文即指論詩詩、然而吾人認爲「詩話」之「話」字即含有隨筆閒談之意，與論詩詩以精簡、含蓄的表達方式截然不同，故而將詩話與論詩詩各自獨立論述。請參見該書頁 80。

歌理論或品評各位詩人的得失；亦有閱讀他人詩卷或詩集之後，對於詩歌或詩論有所議論時，所題寫的詩歌作品，種類大約有此二種，本文將依此形式結構來探討昌彝的論詩詩之方式。

昌彝的〈論詩一百又五首〉前的詩序說：「偶閱近代詩家詩戲作。其人存者不與，未見者不與，見而無容軒輊者不與。自順治至咸豐，成一百又五首，以視遺山、阮亭又加贅焉。」從這段話可以分爲三部份來說明：一、昌彝論詩絕句前面的小序自云：「偶閱近代詩家詩戲作」標明爲戲作，但是我們從一○五首的作品來看，若非有一整體性的構思，如何能鋪排出如此巨製，並且自稱比元遺山的〈論詩絕句三十首〉、王漁洋的〈戲仿元遺山論詩絕句三十二首〉更多。考查王氏所作以論人爲主，而元遺山的論詩絕句雖以「揚北抑南」爲疏鑿的標準〔註6〕，基本上，仍以評騭詩人爲主，昌彝雖然說是戲作，但是從他的作品中，可以尋繹出他早已預設以評論詩人爲主軸，所以寫出如此宏篇鉅製，不可以視爲一般的戲作等閒視之。二、論詩絕句共有一○五首，他選了一○五人作爲評騭的對象，根據他的詩序所說，臚列四個選擇的標準：1、其人存者，不予以評騭。2、未見其詩集、作品者，不予以評騭。3、見過其詩集，而不容軒輊者，也不予以評論。4、時間從順治迄咸豐年間。在這四個矩度之中，昌彝總共選了一○五人作爲評論的主體人物，且專以論述清朝各代詩家爲全部內容。在評論詩人的過程當中，除了有批評者本身的詩學、藝術觀點呈現出來之外，而且還涉及到批評者對各位詩家的詩歌流派、詩學的主張，產生價值判斷，如果所論之人甚多，則貫串這些被批評者的文學背景及時代的文藝思潮，可勾稽出清朝詩學史上的某些重要觀點及論爭。三、從論詩絕句的內容而言，昌彝的論詩絕句有一○五首，完全用來評論詩家，並且專論清代詩人，從清初的顧炎武，一直到清末的魏源、張維屏、林夢蛟等人，評論的時間始於順治終於咸豐年間，區域性包括

〔註6〕請參見周益忠《論詩絕句・元遺山的論詩絕句》，頁245至279，金楓出版社、1987年5月初版。

整個國家，不以閩粵為主。由於所評論的詩人甚多，又橫跨大清朝，對於各詩家背後所代表的詩歌流派、詩學主張有提示作用，並且寓含昌彝對於各種詩學與詩藝的基本看法。

考查昌彝的論詩詩，可根據周益忠所言，區分為兩大類：

一、說明詩歌理論。例如昌彝特別重視才學之間的關係，在〈論詩〉二首中，明確的指出多讀書可以豐厚學養，唯有先充實自己的學養，才有天籟出於心胸，不須雕飾（《林昌彝詩文集》頁 63）。又說作詩之道，必須出於眞性情（同上，頁 169）。

二、評騭詩家。在評論詩人時，有評論其詩歌風格者，例如評論沈歸愚的詩「由來骨格貴崚嶒，未詣蕭台第一層。風雅別裁傳缽在，宛如禪定一孤僧。」（同上，頁 160）。又如評論蒙古夢麟的詩「七言激楚復悲涼，五字蕭寥又老蒼。」（同上，頁 161）皆是論其詩歌的風格，又有評論詩家的詩學淵源，例如評吳錫麟的詩「漢魏齊梁儼一家，佳人臨鏡笑拈花。」指出吳氏詩學出自漢魏。又有專言詩家專擅的成就，例如評論楊芳燦的詩「絕艷驚才接玉谿，王楊盧駱亦家雞。」（同上，頁 162），指出他的詩作擅長以艷麗的辭藻出之。又例如評論彭兆蓀的詩「厭談風格分唐宋，亦薄空疏語性靈。」昌彝亦同其說法，認為強分唐宋詩的說不足為法。

詩昌彝的論詩詩之中，可以尋繹他對詩學與詩人的評論意見。基本上，他的論詩詩以討厭詩歌的理論或詩人為主，內容較純正，不似詩話所論述的內容非常龐雜，昌彝以詩話來談論詩歌的風土教化的內容較多，而論詩則以評騭詩人、談論詩理者為多。

## 三、其他詩論方式

昌彝的詩論除了詩話及論詩詩二大部份是形式結構完整、自成體系之外（例如詩話有《射鷹樓詩話》、《海天琴思錄》、《海天琴思續錄》，論詩詩有一〇五首），另有一些收錄在《硯桂續錄》及《小石渠閣文集》之中的論詩文章或札記，屬於各自獨立的論詩意見。《硯桂續錄》

共有十六卷，分爲經史子集四部份，第十五、十六卷爲集部，乃談論有關文學的札記，（其中有部份與詩話重出），因爲是隨筆記錄所以較無體系可言，而《小石渠閣文集》的文章，大多爲題他人詩集、文集的序文，或是題自己作品的弁語，因是文章的形式，較具完密的論說體系。雖然各篇文章與札記之間，多無連屬，然而若能提綱挈領，亦能明其論詩的旨趣。

此種零星分佈在各書之間的作品，內容可分爲二部份：1、以評論詩人的作品爲主，其中有考究他的學承淵源、有判別他的流派、有闡述他的風格取向。例如昌彝寫〈林子萊詩集小傳〉時說他的詩：「上自漢魏，下至唐人高、岑、王、李諸家，莫不登其堂而嚌其胾」（《林昌彝詩文集》，頁 328）。雖然不免有過譽的情形出現，卻依然可以作爲論詩的意見，窺出昌彝評論詩人的觀點如何。2、主要以闡明詩學理論爲主。例如說明詩歌應以詩經爲根柢，當以宣揚風雅、感發意志爲本，而分判詩人有學人、才人、詩人、志士的區別（《林昌彝詩文集．四持軒詩鈔序》頁 279）。這些論見，皆可以和昌彝的論詩詩、詩話相互發明，以抉發昌彝論詩旨向。

## 四、林昌彝論詩方式的省思

詩話的本質應以討論詩歌爲整體對象，然而昌彝的詩話性質亦有與詩歌的內容無涉者，例如詩話中，有談痘殤者，有談福建地方志者，也有談醫藥良方者，更有談清朝的駢文大家，或是談論桐城古文不足爲法。這些內容皆超出詩話所能涵蓋的範圍，而昌彝亦不以爲忤，其體例駁雜不純可見一斑。

昌彝的三部詩話之中，最能獨標特色者，以《射鷹樓詩話》爲然，書中首二卷以描寫、記錄鴉片戰爭的詩歌爲主，是一部負載歷史意義及警世風俗的詩話。其餘二部詩話則以記錄詩論爲主要內容。這三部份詩話，皆以蒐集各地風俗民情的作品最爲有特色，例如收錄寶鋆的採風詩作，殊爲奇特，開視詩話新的視域。

昌彝用詩話、論詩詩、及其它論詩的文章、札記來表達自己的詩學理論，其中，昌彝是有意識的要用這些理論來達致風化的效能，期能以此匡正社會風俗，他對風俗教化非常重視，曾在〈與溫伊初論轉移風俗書〉中談到：「天下之安危，繫乎風俗；而正風俗者，必興教化。」(《林昌彝詩文集》頁311）昌彝認爲要矯正風俗必須先興教化，而教化又非一蹴可幾，昌彝除了剴切的提出矯正風俗的方法必須去欲、去利之外，尙需以天子爲天下的表率，然後才能下化公卿、士庶，使風俗丕變；並且嘗試以詩論來闡述風土教化的意義，對於陋俗皆一一指正，甚至選詩的標準亦以能達到這樣的效能爲尙。

然而文學的價值並非在於它的功能，而在於藝術價值，否則文學淪爲社會教化的工具，無法成就它原有的美感價值，一切的價值將被功利化，則文學已無本質意義可言。昌彝雖然將之視爲匡正風俗的谿徑，卻不因此而悖棄文學本身的美感價值，他仍然從詩歌的風俗、各種詩體、詩類來要求詩歌的體要，成就詩歌的藝術價值。

## 第二節　林昌彝詩話內容

林昌彝對於詩話的重視，並非僅把它視爲一般的論詩著作而已，還用以作爲寓寄風化之戒，他曾經說：

> 武進汪叔明孝廉昉，精繪事，得三王筆。性狷介，壬子相遇京師，爲余繪〈一燈課讀圖〉，見者皆目爲三王復生。一日，見余《射鷹樓詩話》忽謂余曰：「君本色人也，何以作此設色之事，甘爲人役也？」余曰：「吾所爲詩話，爲世戒，不爲人役也。況詩者韻『世戒』，亦即用以作爲警世之用。」

所謂「本色」、「設色」是指什麼呢？他在文中援引汪禹九的話說：「理者，本色也；韻者，設色也。」，汪氏將天下文章分爲兩大類，一爲說理者，一爲韻語者，說理的文章應該統括所有的經、史、子、集，而韻語則應該包括所有的詩、詞、曲、賦，在這兩大類中本色爲正，設色爲副，汪叔明認爲作文章應以本色爲主。昌彝並不同意汪氏的說法，他以爲詩歌雖是「設色」，但是本於風雅，不啻是詩教之遺，豈可視爲等閒之作，猶如日月星辰爲天空之本色，而雲霓虹霞則爲設色；君臣父子爲本色，佛祖仙道則爲設色；水墨煙雲爲作畫之本色，而丹鉛金碧則爲作畫之設色，所以詩話雖爲設色，但是由於有了設色才得以突顯本色之正：「正有奇，經有權，本有末，質有文，經史本色，文章設色也，詩賦詞曲設色也」，由是可以知道本色、設色不可以偏廢。此正是昌彝不蔑棄詩話的撰作，且以之爲「世戒」的谿徑，故他的詩話中有一些迥異其他詩話的特色，不僅包括與詩有關的論述，尚有一些與詩無關之作，亦置於其中，其詩話論述的範圍已非一般詩話所能範囿了〔註7〕。

## 一、以詩話補方志之闕

昌彝詩話所記載的內容並非完全關於詩歌的論述，有一些與詩歌無涉的內容也載入，存爲記錄，所以顯得非常的龐雜，像補方志之闕當中，也有完全與詩無關的記錄，純爲個人的看法，其種類甚多：

**1. 記載重要的地理位置、形勢險要的天險等等。**

例如鴉片戰爭當中，林則徐曾在福建的五虎門銷燬鴉片，昌彝生長福建，對五虎門的地理位置非常瞭解，在《射鷹樓詩話》中大談五虎門可作爲天然的屛障，是因爲「潮信一日一汐，潮退時則船擱閡不得行」（卷三，頁 43），又論及閩中省垣的地勢，用兵時應「先辨九地之形，而後扼其要，否則以地與敵耳」。這樣的記錄可以作爲兵家用兵時的參考。

**2. 記載重要名園的歸屬問題、歷史淵源及文人雅集的始末。**

例如石畫園爲宋郡西園地，宋、明、清有文人匯集於此並有詩作

〔註7〕昌彝爲何選擇詩話作爲「世戒」的媒材，而不以其他體裁、文類來表現呢？主要是因爲他認爲詩歌含有美刺諷諭的功能，可以達到「言之者無罪，聞之者足以誡」的功能，而詩話又可以對詩歌作一評介，其功能又大於詩歌，此所以昌彝不僅有詩歌創作，又有詩話的撰述。

留存。昌彝曰：「石畫園爲宋郡西園地，蔡忠惠、曾南豐皆有詩；明曹石倉、薛夢雷諸公嘗遊讌其地；國初歸林同人、吉人兄弟，爲荔水莊，後歸李，乃割西園一隅，其地爲曹石倉所建雲月，梁間題字猶存。」（《射鷹樓詩話》卷十三，頁 293）

又如「芙蓉殿爲金章宗行宮的舊址。長安客話：『玉泉山頂有金行宮芙蓉殿故址，相傳章宗嘗避暑於此。』劉友光玉泉山詩注云：『金章宗搆芙蓉殿於此山。』」援引前人論說以證明芙蓉殿的歷史淵源（《海天琴思續錄》卷五，頁 352）

3. **對方志記載錯誤者，在詩話中予以辨正。**

例如閩中有泉山，泉山共有四處，昌彝對《福建通志》、《續志》的謬誤皆一一指正（《射鷹樓詩話》卷二十，頁 458）且從整體評論《福建通志》、《續志》的疏失：「不尙體要，考訂太疏，舛訛遺漏，非止一端」共列出九點的謬誤，包括：建置沿革、山川、關隘、海防、水利、人物等。

4. **對於地理典故，用詩話予以疏解。**

例如「朝源顧祖」是陰陽家所盛言者，其言：「浙金華東州佳山，蓋南條朝源山也，而靈洞又金華垂盡處，……清淑之氣鍾爲三洞，古今多賢輩出於其陽。」（《海天琴思錄》卷六，頁 139）

5. **指出重要的地理名辭的位置所在。**

例如瑯環福地，人皆知其名而不知其地究竟在何地，昌彝在（《海天琴思續錄》卷一，頁 235）中，指出該地在福建的建安縣。

統言之，昌彝的詩話著作，非等同於一般詩話，不僅以詩證方志之謬誤，亦以詩話的形式來補方志之不足。

## 二、寓警世之戒

昌彝的詩話中蘊含大量的警世之語，以作爲日益澆薄的社會警戒，他表現的型態是摘錄前人或時人寓寄警世的詩歌，並加以疏解闡述來表達自己對世頽人心的體悟、見解、認知。從其摘錄的作品當中，可以了解昌彝的處世態度及人生觀。

## （一）人倫大義

人是群居的動物，必須生活在社群中，與群體共同生活才能在群體之中完成自己、成就別人，所以人類不可離群索居，否則無法豁顯生存的價值和意義，如是，則人我的關係有遠近親疏、上下尊卑之分，究竟應如何畫分界線，才不會逾矩？「禮」的產生，就是爲人我的分際作一規定，《禮記．曲禮上》說：「夫禮者，所以定親疏、決嫌疑、別同異、明是非也。」正是此意。

人際關係中，五倫是：君臣有義、父子有親、朋友有信、夫婦有別、長幼有序，標舉人的行爲規範，事上則有君、父、長，待下則有臣、子、幼，平輩則有夫妻、朋友。昌彝在眾多的人倫關係中，究竟有何見解？從選詩中可以一窺究竟。

### 1. 事親之道與為官之義

昌彝以邢延慶、林振濤的詩爲論，認爲居官者常刻意的討好長官而不知善待百姓，在家則多溺愛子女而不能善事父母，對此事深表感嘆：

> 濟陽張稷若爾岐《蒿菴閒話》引邢延慶云：「居官者每留心事上而不知恤下，居家多留心恤下而不知事上，眞顛倒相。」可謂至言。亡友林松門振濤詩云：「事親能如事長官，不愧人間眞孝子。」與邢君所論，同一見地。（《射鷹樓詩話》卷十八，頁426）

居官者常恐得罪上司，影響仕途發展，往往事長官過份諂媚，而事父母、長輩又不恭敬，對待晚輩不免驕縱，而對待百姓不免又視之如草芥，實是互相顛倒，不足爲式。事親之道應該有和氣、有愉色、有婉容；而爲官之義則對待百姓應能體恤。

### 2. 師生之道

韓愈的師說，指陳師生之道日益澆淺，昌彝對於師生之道，也有自己的見解，首先指出師生道薄是由於科舉制度所致，人人爲求功名，致力於八股制藝之事，對於事師之道已不復重視了：

> 近日師徒道薄，如江河日下，此則八股制藝誤之也。今之弟子求師者，徒以求工八股爲事，而於德行道義久不復講。余謂世道人心之壞，自薄於師及薄於朋友始。薄於朋友者，薄於親戚之漸也；薄於親戚者，薄於兄弟以及父母之漸也。（《射鷹樓詩話》卷十四，頁326）

而世道人心之敗壞，則由外而內，日益淺薄，能薄於師長必能薄於朋友，能薄於朋友必能薄於親戚，能薄於親戚必能薄於兄弟，乃至於父母，故師道爲建立人倫之始〔註8〕。

### 3. 交友之道

孔子曰：「益者三友，損者三友。友直、友諒、友多聞。益矣。友便辟、友善柔、友便佞，損矣。」《論語・季氏篇》）指出交友之道有三益、三損，成爲古今的交友準則，而歷來最令人感念者爲管、鮑之交。

唐朝杜甫的〈貧交行〉：「君不見管鮑貧時交，此道今人棄如土」，寫出世道人心日益沈淪之下，交友之道已不復。明朝的陸錫恩的〈過鮑叔牙故里〉：「士苟未遇時，畢生行蓬累。長風不我借，羽翼安得起。所以管大夫，沒齒感知己」，也是寫管鮑之交，由於鮑叔牙的推薦，使管仲能糾合天下，尊王攘夷。昌彝指出這些詩皆能切中古今交友之道，今人則「動以換帖稱兄弟，或數十年之交，及臨大難，竟漠然不顧，眞可浩歎！」，並且說出當時交友有三種怪現象，一、只有友多

〔註8〕 昌彝對於師徒之道，列舉荀子、惠棟、朱彝尊等人的說法作爲自己的論證，其曰：「東吳惠定宇先生棟云：『師無當於五服，然左右就養，有父道焉；服勤至死，有君道焉。故欒共子曰『民生於三，事之如一』也。漢重經師，其上章也，必稱聞諸師曰，以明所受。』于其死也，則必自表師喪，棄官行服。故經義莫明於漢，人材亦莫盛於漢。自經師亡，而仲山之古訓不存，大子之雅言亦絕，于是有施悖求佛而疾其師矣。荀卿言：『倍師之人，明君不納諸朝，士大夫不與之言。』蓋師道不立，則經義不明；經義不明，人材所以日下也。」朱竹垞雜詩云：『嗚呼在三義，有若日在中。六經各有師，不及斷梡工。昔賢服心喪，期與生我同。薄者無不薄，奚事鳴鼓攻。』（《射鷹樓詩話》卷十四，頁326）

聞的朋友而無友直、友諒的朋友。二、平時自謂交情深厚，臨小利害，則互相指責，或是擁厚貲不肯推分毫。三、朋友有託、則輕諾寡信，口惠而實不至。有此三怪，難怪要大發浩歎了。（俱見《射鷹樓詩話》卷八，頁165）

## （二）處世哲學

### 1. 強恕之道

「夫月滿則虧，物盛則衰，天地之常」（《史記》卷一〇四・田叔列傳），月滿月虧有時，物盛物衰不定，人生在世橫逆難料，所以程子云：「人之于患難，只有一個處置，盡人謀之後，欲須泰然處之」（《二程集・遺書卷二上》），荀子也說「自知者不怨人，知命者不怨天」（〈榮辱篇〉），在面對外來環境的忤逆時能夠泰然處之，則橫逆終必成爲過往。杜甫京師十年不遇，殘杯冷炙之餘猶不折其「致君堯舜上，再使風俗淳」的理想，東坡的「揀盡寒枝不肯棲，寂寞沙洲冷」的落拓，猶能化爲臨風的灑然一笑。落難、失意彷彿隨著人世遭遇而起伏不定，於是，因人而異的處世態度也大大不同，文人、哲學家、的處世哲學成爲後人心中流淌的一曲小調，使之能有「人生在世不稱意，明朝散髮弄扁舟」的快樂，也有「未妨惆悵是清狂」的瀟灑，轉折之後的橫逆，反而成爲前進的踏腳石，驀然回首時，能享有「歸去，也無風雨也無晴」的灑然快意。

昌彝洞悉人世橫逆偃蹇，乃謂：

> 閩縣龔海峰先生景瀚題涂曉村強恕圖云：「君安須念世多故，出險莫忘人向隅。」二語可以深思矣。圖繪兩舟遇風，一順一逆，大旨謂失意之時當泯怨尤，得意之時物忘患難，所謂「強恕」也。我輩處世之方，不當如是也？（《射鷹樓詩話》卷十一，頁356）

「強」就是在偃蹇橫逆時要自強，「恕」就是莫忘患難之際的省思。

### 2. 富貴、功名視如棄屣

富與貴是人之所欲，孔子告誡不以其道得之不處也，後來者，總是要侈言富貴於我如浮雲，然而空口說之，心卻繫念不忘，追逐在名與利之間，擾攘不息。仙佛之徒知道富貴無常，可以灑然斷絕，世間的人們豈有不知？然而，能勘破者又有幾人？縱使能偶開天開覷紅塵，洞識一切，可憐身猶是眼中人，也還在紅塵中翻滾，無法跳脫開來。

因此，富有睿智的思想家、道德家，或是沒世不聞的方士，也要反反覆覆、喋喋不休的告誡「夫世間功名富貴，最易埋沒人」（李贄《焚書卷四．征途與共後語》）「士之處世，視富貴利祿，當如優伶之參軍」（洪邁《容齋隨筆》，在戲中群優拱手聽命，一旦戲罷，則一切主從貴賤消歇無影，如是看待富貴方能不拘不執、不陷不泥。所以顏回能夠「一簞食，一瓢飲，居陋巷，人不堪其憂，回也不改其樂」，能不恥惡衣惡食而專注於道業。漆修綸詩云：「空拳赤手初生世，富貴何人是帶來？既不帶來難帶去，銅山鐵劵總塵埃」（《射鷹樓詩話》卷四，頁 73），張南山不禁要稱讚他「此可爲世間沈迷貪戀者作醒夢鐘聲」，昌彝也欣賞漆修綸「詩多警世之語」了。

把人世間當成一夢者，始於莊周夢蝴蝶，栩栩然然，其後遂有文學家把夢當成一種表現的技巧與手法，於是後人也把夢當成大澈大悟之後的醒悟，夢，成爲一種象徵，在夢境中的遭逢、悲喜泣揄都是將眞實的豁顯內在情思或欲求，夢醒之後，蕩然無存，因此，在夢與醒的邊緣中，有乍醒翻疑夢的迷離惝恍與迷戀難捨，自謂洞識塵氛的人士，總是娓娓地訴說富貴名利亦當如夢一場，夢中的一切，將於醒後「繁華事散逐香塵」，故不必汲汲營營的追求不忘，對於「名」與「利」、「仕」與「宦」亦當作如是觀：「世無名與宦，人心皆太古世無輪與蹄，人皆守鄉土」昌彝甚爲認同「吁嗟人間世，大夢同一場，夢同中有異，各各留心光」，不僅把富貴、名利、仕宦當成夢，且把人世當成大夢一場。「功名潭裡月，身世水中漚」，把人物當成幻遊人間的形象，「人物者，天地之幻化，圖繪者，又人物之幻化，彼富貴薰天，

功名烜赫，倏忽之頃，已爲磨滅。」〔註 9〕

這種處世哲學幾近於道佛的，與儒家「知其不可而爲之」的擔當精神相距甚遠，儒家是要在人世間豁顯生命價值，不僅要獨善其身更要兼善天下，不僅要己立己達，更要立人達人，如果視浮世如遊夢一場，則人人皆自外於人世，尙有何開務濟物可談，尙有何博施濟人可言？那麼，「邦有道則見，邦無道則隱」的生命價值，也成爲不可想望的事了。仁人志士必須要有任重道遠的擔當精神，豈可視仕宦之途裹足不前，「學而優則仕」是要我們透過仕進來施展抱負，這樣的避世觀念，又與昌彝自己的思想想牴觸：「儒者雖窮而在下，不可無先憂後樂之意」，窮而在下，猶要有先天下之憂而憂，後天下之樂而樂的襟懷，難道登上仕途不可一展長才，存心於愛物濟人？況且孔子告訴我們「富與貴是人之所欲也，不以其道得之，不處也」並未蔑棄富貴，而是要以正當的方法取得。

〔註 9〕歷來對富貴功名視若大夢一場的說甚多，昌彝詩話中亦多有引用，茲臚列數端，以見其梗概：

「空拳赤手初生世，富貴何人是帶來？既不帶來難帶去，銅山鐵券總塵埃。」此南昌漆雲窩諸生修綸詩也。粵東張南山謂此可爲世間沈迷貪戀者作醒夢鐘聲，誠爲確論。諸生著有雲窩賸稿，詩多警世之語。(《射鷹樓詩話》卷四，頁 73)

「世無名與宦，人心皆太古。世無輪與蹄，人皆守鄉土。」此襄城萬西城孝廉邦榮句也。警世之句，即昔人所謂「不婚宦情欲減半」之意。(《射鷹樓詩話》卷十二，頁 287)

粵東溫伊初孝廉自嶺南寄來番禺張南山太守松心詩略，其詩有關時務者，余已採於前。其詠懷雜詩眞樸而有道氣，尤爲集中之冠，……「吁嗟人間世，大夢同一場！夢中同有異，各各留心光。心光死不滅，心血於此藏。大者爲道德，小爲文章。」(《射鷹樓詩話》卷十三，頁 297)

楊愼名畫神品目云：「趙子玉有野莊圖，子玉嘗云：『人物者，天地之幻化；圖繪者，又人物之幻化。彼富貴薰天，功名烜赫，倏忽之頃，已爲磨滅，況韋布之士，於取聲華於虛幻之際，不幾於惑乎！所以孜孜於此，特遣興適吾胸中之丘壑耳。』」亡友陳秩庭德懋有句云：「功名潭裡月，身世水中漚。」讀此詩，爲之慨然。(《射鷹樓詩話》卷十五，頁 355)

昌彝對儒家的先憂後樂精神非常讚賞，但是在處世哲學上，猶不免有佛道思想，這與三教合一的精神內蘊有相通處，儒家也逐漸在吸收轉移佛道的思想，融涵在自己的行爲思想中。

3. 處世方法

人於日常生活中最易忽視小善小惡，陳確說：「小善小惡，最易忽略，凡人日用云爲，小小害道，自謂無妨，不知此無妨二字種禍最毒」(《陳確集・文集卷十七示兒帖》)，故古之君子克勤小事，即畏積小惡成大禍。熊文端云：「天下無可忽之人，世間無可忽之事，此生無可忽之言」，要求自己能謹言愼行，昌彝亦順其言曰：「此三節即謹言勵行之端也，聖賢之學，實由此人手」。

又指出處世態度：「熱不如冷，濃不如淡，躁不如靜，惟達人方知此味」，並以于紫巖的《薄薄酒詩》爲戒：

> 薄薄酒，可盡歡；粗粗布，可禦寒。醜婦不與人爭妍。西園公卿百萬錢，何如江湖散人秋風一釣船？萬騎出塞銘燕然，何如驢背長吟灞橋風雪天？張登夜宴，何如濯足早眠？高談雄辨，不如靜坐忘言！八珍犀筯，不如一飽苜蓿盤；高車駟馬，不如杖履行花邊。一身自適心乃安，人生誰能滿百年？富貴蟻穴一夢覺，名利蝸角兩觸蠻。得之何榮失何辱，萬物飄忽風中煙。不如眼前一杯酒，憑高舒嘯天地寬。(《海天琴思錄》卷一，頁 24)

對於學者之弊，顧亭林曾說：「大江以北，儒者飽食終日，無所用心；大江以南，儒者群居終日，言不及義」，昌彝也同意其說法，並引用張爾岐《蒿菴閒話》說：

> 學者知縱酒、宿娼、賭博之當戒，不知說閒話，看閒書、管閒事之尤當戒。前三事固下流之師，稍知自愛，皆能決去不爲；後三事初若無害，其廢業、敗德、生禍，究竟不異，然其毒伏藏甚深，人多不覺，及其既覺，已難追悔。布衣陳君鳳翔有句云：「人生不少當勤業，莫學閑人度日來。」同此意也。(《射鷹樓詩話》卷十五，頁 352)

警戒學者當以不說閒話、不看閒書、不管閒事爲要，若以此三者爲事小而未加注意，則伏毒過深，積重難返，非學者之福。故應力勤學業，莫曠廢隳惰，以致一事無成，他說：

> 科名以人重，人不以科名重。凡道德、勳業、學問、文章可傳於世者，乃功名，非科名也。閩縣薩檀河先生題唐承恩寺塔末二句云：「承恩塔上題名姓，李杜何曾在上頭？」此爲快論（《海天琴思續錄》卷二，頁 266）

### （三）戒濫祀之惡

人生有三不朽：立德、立功、立言。三者有本末輕重之分，故大家莫不以立德爲上，期能彰顯自己存在的價值，甚至能垂名千古，永祀於後世，遂有小德小賢者亦混矇入祀，形成濫祀爲禍：

> 近日崇祀鄉賢，頗多濫廁，而孝友祠尤甚，此前明某孝廉所以深夜負其父栗主以逃也。侯官陳蘭臣山人詩云：「人生不巧三，立德爲之本，立言與立功，有本末斯顯。所以古之人，貴乎敦實踐。孝友里閭稱，謨烈明廷展。奈何小有才，便入鄉賢選。宜乎王半山，亦配西廡享。」此詩可謂切中時弊。（《射鷹樓詩話》卷二十，頁 484）

昌彝以詩話記載且批評此情形，並欲導正此狀況。

## 三、存風俗之道

昌彝的詩話中存錄了許多有關各地風俗習慣，或是引用他人的詩句加以疏解，或僅僅以描述的方式敘述說明，從詩話中可以揀出一些具有代表性的記錄加以分類說明，由於是遣興的記錄方式，故未能呈顯具體的系統，但是仍然可以透過這些記錄來了解昌彝所關切的內容，並對風俗的良窳加以褒揚或批評。

### （一）喪葬之俗

人生長在天地之間，必有一死，人子對於父母之死有昊天罔極的哀痛，對於子女、親友之死亦慘惻悲絕。所以《呂氏春秋・節葬》說：

「凡生于天地之間，其必有死，所不免也，孝子之重其親，慈親之愛其子也，痛于肌骨，性也」，這是人的天性，因此所愛的親人一旦身亡，豈忍將其棄之溝壑？「所重所愛，死而棄之溝壑，人之情不忍為也，故有葬死之義」，喪葬之禮，起於不忍棄親人之屍於荒野，並且對逝者作慎終的哀思成為一種風俗。但是，有南方人迷信風水之說，不以傳統的方式舉行喪葬之禮：「南方人富者惑於風火，厝棺不葬，迨家落，而子孫亦飄零不顧，其貧者無力營葬，或一室停數世之喪，又其甚者，以木桶瓦罐篋貯之」（《射鷹樓詩話》卷四，頁 87），甚至有客死他鄉者，也無人過問，任屍體暴曬郊野，造成疾病叢生，汪志伊督撫閩浙時，見此現象，乃發令將暴屍全部收埋，有詩曰：「欲酬大旱雲霓望，遍瘞荒郊暴露棺。」

昌彝甚贊汪志伊的善政，對閩浙之俗則大惑不解。

## （二）花會之害

人心風俗之壞始於賭博，但是昌彝認為賭博之害，莫甚於花會。「花會」，根據詩話中的記錄，可以知道：「花會之設，率眾蝟集，聚嘯山場，不下千人。壓會之人不用親至其所，惟著人走信通風，往返命，直達人家閨闥，士農工商，悉棄其業，而甘受其愚。」分明知道花會之設，乃在斂人財貨，但是士農工商莫不願受其騙，以致傾家蕩產「迨至虧累次，往往輕生自盡；或有為勢所迫，男則為盜，女則為娼，深可浩嘆。」（《射鷹樓詩話》卷四，頁 71）致使人心敗壞，風俗淪喪。前人對賭博之害已多言之，甚至借用小說中的人物來表達，例如蒲松齡的〈《聊齋誌異》卷三・賭符〉借異史氏的口說：「天下之傾家者，莫速於博，天下之敗德者，亦莫甚于博。入其中者，如沈迷海，將不知所底矣……嗚呼！敗德喪行傾產亡孰非博之一途致之哉！」眞可謂同一見解。

## （三）特殊物產

各地風候不同，物產亦復不同，皆載於方志之中，昌彝甚贊閩中的荔枝，尤以泉州的「陳家紫」爲上品，勝於粵荔的「挂綠」。

> 吾閩荔枝最佳者，爲泉州之「陳家紫」，大如茶鍾，無核，味美，于回竟日不退，勝於楓亭之品。楓亭之荔，又勝於福州；福州神光寺之荔，又勝於西禪之荔，乃吾閩之最下者也。朱竹垞游閩，只食西禪寺荔，故詩文集中論荔，均重粵而薄閩。……竹垞詩文，於閩荔均有微詞，不知味者不可與言味，粵荔「挂綠」已酸澀不堪食，況「黑葉」乎？大江南北人品荔者，已有公論，非閩、粵人口舌所能爭也。
>
> （《海天琴思錄》卷二，頁46）

一般言荔枝，以楓亭的荔枝勝於福，而福州神光寺的荔枝，又勝於西禪寺的荔枝，「陳家紫」又在諸者之上，是爲上品，勝於粵荔。

另有黃志端家中的荔枝，名曰「翰墨香」，該荔樹知人盛衰而隨之榮枯，可謂天下奇觀：

> 翰墨香，黃中端圃中荔枝也。忠端既誕，圃中石旁茁荔一株，十年生實三百六十五枚，味甘色潤，其香如墨，故名。每歲如前數，及忠端鄉薦，捷南宮，入翰林，俱倍之。先生卒，樹亦枯。見省志及陳鼎荔支譜。陳恭甫先生有翰墨香詩，節錄之：「翰墨名香天下寶，花實周天通易道。華采曾同忠獻榕，禎祥孰數科名草？」所以紀其異也。（《射鷹樓詩話》卷十一，頁247）

昌彝以樹猶知人之盛衰，特舉陳恭甫的詩以記此特異事件。

### （四）對農漁業之重視

昌彝對農漁業者非常關心，嘗選錄黃凱鈞〈農器詩〉十四首的題名，臚列於詩話中，並節錄每一種農器的注解，以作爲「不耕而食者觀之，可以知稼穡艱難，農功辛苦焉。」（《射鷹樓詩話》卷十二，頁267）

又嘗選錄有關漁人生活景況的詩，以道出漁家實際生活：

> 漁有編竹牌以網魚者，其人率畜馴鸕三數翼，鑱項，縱以任噙捕，鸕雖饑，弗食亦弗去。嘗見一鸕獲魚，上牌嘔而出之，以奉主人，復張喙鼓翅向主人作求食狀，其主終不顧，輒哀

> 其廉且勞而得食之薄也。夫漁不鎖鸕項，彼將自飽，不恤其主，得魚下咽，又卒不得食，此則世事難兩全矣。觀魏武帝、唐太宗每取「饑鷹飽颺」語以譬用人，被鸕之受令於漁，其毋乃師此意乎！（《海天琴思錄》卷六，頁 137）

從他對農漁業的重視，可以知道昌彝雖是一介文人，但是對於民生疾苦仍是非常關心，欲透過文學來傳達改善風俗教化的理念，所以沈葆楨在《射鷹樓詩話》的例言中曾經指出該書非同於一般詩話的著作，其理在此。昌彝的詩話，除了大量收入有關風土教化的作品，對於時世的關切、風俗的良窳、人心的正邪皆一一選入詩話中，其用心良苦，意旨明悉，已超出一般的詩話範圍。

## （五）各地風俗之記錄

對於各地的風俗習慣，昌彝舉出前人或時人的詩句加以應後換、疏解，以存風俗之遺跡。例如：「吾邑男女於正月十六夜入人菜園擷蔬，聞惡聲則吉，名曰：「偷青」。又如：「紮山看火，湖州多有之，嘉興譚舟石吉璁和朱竹坨〈鴛鴦湖櫂歌〉云：『楝子花疏過雨聲，紮山看火樹頭鳴。鄰船兩槳買桑葉，南抵餘城北渚城。』朱西狻采桑云：『紮山看火屋角呼。』按：《湧幢小品》：『湖地每蠶時，必有小鳥連叫，曰『紮山看火』，其聲清澈可聽，蠶畢則止。』」（《射鷹樓詩話》卷二十二，頁 523）

在睦、杭一帶有江山船，相傳是當初陳友諒的九位將領，逃來此間，因爲船戶共有九姓，人稱爲九姓船，往往以女子賣笑商人墜入紅粉陣中而銷魂江上，張亨甫以詩記載此事，昌彝以其未符風化之教，多有貶語：

> 茭白船即江山船，船户凡九姓，不肯編氓，老婦曰同年嫂，少婦曰同年妹，同年者「桐嚴」音之訛也。九姓皆桐盧、嚴州人，故昭「桐嚴」。世傳陳友諒既敗，其將九人，逃之睦、杭間，其裔今爲九姓船也。常山至杭州，山水明秀，客載其船者，江山、絲竹、畫舫，笙歌，而魂銷江上，往

往墜其術中，彼賣笑憑欄者，實不知己身賤辱也。向來作江山船曲，多賦艷情及兒女癡態，未克維持風化，休無取焉。亡友建寧張亨甫孝廉〈三里灘詩〉云：「積水僅浮舟，畫船高過屋，紛黛映江山，風雨雜絲竹。朱欄小垂手，二人顏如玉。……」（《射鷹樓詩話》卷八，頁 167）

又如張亨甫寫〈食肉嘆〉，自序說回教之民，人多寡情，實好淫鬥，漳、泉貧民轉信回教，蓋回教以願入教者，授以經咒，藉其姓名每月予數金，若富者願為弟子者，可以卻病，信者日多。昌彝以其風俗習慣不符中土，曾加以指責，意欲逐出中國。

從昌彝詩話所選錄的詩作及記載可以清楚的明悉他以社會風化為主，非常關切民生疾苦，並刻意保存有關風土教化的作品，或是記載當時特殊的生活習慣，欲匡正日益淺薄的人心。

## 四、存詩人佳構雋句

沈葆禎在《射鷹樓詩話・例言》說「詩話詳於射鷹，而有關風化者次及之，論詩又次及之，非如全閩詩話之例，一人不遺。故集中於閩省諸家詩，不能遍採，惟舉其所知而已。」指出《射鷹樓詩話》採錄詩家作品時不能全備，故舉昌彝所知而論。又云：「所採之詩，多合三百、騷、選之旨，漢、魏、盛唐之遺，凡五七古、五七律、五七絕有佳篇未刊者，多全載之，以為《敦舊集》之嚆矢焉耳。」說明昌彝所採錄的詩篇以合於《詩經》、《離騷》、《文選》的要旨者為佳，而且以佳篇未曾刊載者，則全部載錄，與一般詩話之摘句式略有不同。而《敦舊集》收錄師友作品，今乃更其遺緒加以發揮。

沈氏所言僅限於《射鷹樓詩話》，實則在昌彝的《海天琴思錄》及《海天琴思續錄》中，亦本此一原則作為選錄詩歌的標準。

### （一）依選錄的時代而言，可以分為：

1. 選錄歷代詩家的佳作，但是為數甚少，且多為應證自己的詩學理論或闡述特殊見解，如杜甫、東坡等作品。

2. 選錄清朝詩家的佳作，時間以與昌彝時代詩人的作品爲多，地域以閩、粵爲多，尤以師友的作品最多，例如其師何紹基、陳壽祺、黃則仙的作品；其友有林子萊、魏源、張儀祖等人。除此而以，尚選錄一些女詩人的作品，對於閨秀文學予以相當程度的重視。

### （二）依存錄的方式而言，可以分為：

1. 將同一題目的詩歌作一比較，再採錄其佳作。例如〈桃花源詩〉自王維以後，歷代題者甚多，而昌彝以爲佳篇甚少，有葉潤臣的〈桃源洞行〉詩，爲此題的絕唱：

> 古今作〈桃源洞詩〉如牛毛，而佳篇則如麟角。余友葉潤臣內翰〈桃源洞行詩〉，可稱高簡，爲此題絕唱。其詩云：「停舟桃花源，洞閉已千載。桃花落盡雞犬稀，翠壑丹巖長不改。天風蒼蒼蘿薜深，飛泉淅瀝如幽琴。漁舟欸乃不知數，沅水東流自古今。」（《射鷹樓詩話》卷十七，頁403）

又如：「拜岳忠武王墓詩，朱竹垞長排外，以閩縣檀河大令七律四詩高，青丘〈忠武王墓詩〉雖膾炙人口，不逮也。詩佳在氣格沈雄，用事典切，故能獨出冠時。」（《射鷹樓詩話》卷十七，頁408）

又如：「作漁父詞者，多未能跳脫。近讀太倉實君先生孫華《東江詩集》，有〈漁父詞〉三首，讀其末首云：『湖上鴛鴦亦並頭，鰥鰥魚目夜長愁。近來娶得鄰船女，柔婉輕腰解蕩舟』。語有風趣。」（《海天琴思錄》卷八，頁207）

又如：「往余所見落葉詩，多賦物體，鮮能抒寫身分，寓題比興。《射鷹樓詩話》所登落葉各詩亦未能妙參斯旨。今讀定遠方調臣先生士鼐詩，字字寫入自己身分，繪神繪影，詩外有詩，四疊韻凡十六首，無首不妙，無語不超，直參詩家三昧。」（《海天琴思續錄》卷三，頁293）昌彝甚爲欣賞方士鼐的落葉詩，十六首詩一一選入詩話中。

又如：「作西楚霸王詩，難於擺脫凡俗，前明濟南進士王季木象春〈書項王廟壁詩〉，爲穎川劉考功公所賞，朱錫鬯謂季木詩比於謝參軍鴻門作更覺遒鍊。其詩云：『三章既沛秦川雨，入關又縱阿房炬，漢王眞龍項王虎。玉玦三提王不語，鼎上杯羹棄翁姥，項王眞龍漢王鼠。垓下美人泣楚歌，定陶美人泣楚舞，眞龍亦鼠虎亦鼠。』此詩出於天籟，非人力所能至也。」（《射鷹樓詩話》卷十，頁 233）

2. 從同一詩人的佳作中擇優錄之。擇錄的方式又可以分爲：

（1）擇一錄之。

例如前面引唐孫華的〈漁父詞〉，凡有三首，昌彝只錄末首。

（2）擇佳作，悉予採錄。有時往往達數十首。

例如方調臣的《落葉詩》，全部採錄。

（3）擇佳句錄之。

例如「侯官吳瑞人鰱尹聯穗，詩多慷慨之音，嘗記其名句如『沙鳥白映水，簷花翠入樓』；『雞豚春社酒，桑柘夕陽餳』；『殘雲收極浦，明月照孤闉』；『落日群山見，殘煙遠浦沈』比可入摘句圖」即是選錄佳句（《射鷹樓詩話》卷十二，頁 286）

## （三）依採錄的作者而言，可以分為：

1. 前人論詩，有佳作者予以存錄。非爲自己的主觀判準。

例如朱錫鬯論王季木的詩比謝參軍的〈鴻門作〉更覺遒鍊，昌彝乃存錄於詩話中。

2. 自己以爲佳者，予以存錄。且在選錄時不避親疏，包括自己、其友、其子的作品。例如選錄兒子的作品有：

> 辛丑夏，山子慶焞持箑子索張亨甫孝廉書，亨甫口占絕句贈之云：「東坡早見斜川慧，洗馬頁如樂廣清。顧爾著書如汝父，不妨談笑薄公卿。」四兒慶止住亦持箑子求書，孝廉復成長律書箑上，末聯云：「子皮家事如吾聽，一與傳經一授詩。」授筆詩成，不假點綴。（《射鷹樓詩話》卷十，頁 236）

即是選錄其子林慶銓與張亨甫往來的詩句。

又如「東薌吳蘭雪刺史嵩梁《香蘇山館詩鈔》，其入廬山諸詩，模山範水，可稱作手。余尤喜其〈九峰閣〉諸詩，有繪影繪聲之妙。其由東晟阪入九峰云：『久晴西風雨，久雨西風晴。我信野人語，遂作看山行。行行渡溪橋，步步皆雲水。我愛流水聲，人行白雲裡。』……〈九峰閣詩〉云：『九峰有高閣，嵯峨與雲平。……』此詩置之坡翁集中，未知鹿死誰手。」（《射鷹樓詩話》卷十，頁235）吳蘭雪此詩昌彝讀爲「有繪影繪聲之妙」，故選錄詩話之中。

3. 時人論詩以爲佳作，亦予以存錄。

例如「長洲顧俠君庶常嗣立，著《秀埜》、《閭丘》二集。庶常精於元人掌故，其〈讀元史〉五言古一詩，可稱包括無遺。粵東溫伊初嘗誦其『積雨濕江雲，林深白一片，春風急吹開，青峰遞隱見』之句，謂爲孟山人之亞」。（《射鷹樓詩話》卷十二，頁289）

又如：「番禺張南山云：詠雲如王荊公句云『誰似浮雲知進退，纔成霖雨便歸山』，美之也；又宋人句云『無限旱苗枯欲盡，悠悠閒處作奇峰』，責之也；汪東山句云『閒雲美戀山頭佳，四海蒼生正望恩』，勉之也；陳狷亭句云『欲怪紛紛頻出岫，不曾行雨竟空還』，諷之也。用意不同，各有其妙。」（《射鷹樓詩話》卷十二，頁286）整段論詩的意見，全從張南山所言，自己不加議論。

## （四）依選錄的標準而言

昌彝選錄的標準爲必須在內容上合乎詩經、文選、離騷的要旨，並且能以漢、魏、盛唐爲規，則其詩必在選錄之列。請參見論詩要旨一章所論。

## （五）依選錄的內容而言

至於選錄的內容必須有關風化者爲第一優先，已詳前論，其次則有關奇人奇事、或典故者，或佳者皆可以選入。

例如明朝衡陽徐青鸞「年十三，遭亂兵，掠至漢江，赴水死。其屍逆流千里，越洞庭而南，爲漁人所獲。玉貌如生，年可十四五，以素帨繫左臂甚固，發視，得詩十首，人爭傳舍，遂達金陵。」（《射鷹樓詩話》卷十六，頁383）十首詩昌彝全部存錄，其中有一首詩云：「青鸞有意隨王母，空使人間結網羅。」乃寓寄許字於王氏，故曰「青鸞有意隨王母」。即是言奇事。

又如有關文人雅集、聯吟，亦載入詩話中：「長興侍郎張小軒師鱗，余壬辰歲試遊氧座主也立身純潔，嚴於制行，主敬之功，未嘗一日忘，十三經疏皆能默誦。詩不多作，余於嘉興書肆中得蕭尺木秋山旅圖畫富，題者數人，上有長與師五絕詩云：『落葉滿空山，秋巒晚煙冷。長亨復短亭，斜陽澹人影。』」（《射鷹樓詩話》卷十七，頁 397）詩話中選錄所有與題者的詩作，亦可見文人之清雅，即是存典故的例證。

昌彝以詩教爲本，所選詩作，冀能爲「世戒」，今所見詩話中，存錄時人有關風化的作品甚多，請參考第三章所論。

從昌彝所選的詩中，可以知道以晚清閩粵詩人爲多，許多流散的作品，端賴詩話的選錄，才得以保存。存錄時人詩作，爲昌彝最大貢獻。

# 第三章　林昌彝論詩要旨

本章旨在探討昌彝的詩學理論。昌彝曾經撰寫《詩玉尺》〔註 1〕一書，力主〈詩序〉不可廢。對於〈詩序〉的存廢問題。歷來有兩派說法，一爲主張存〈詩序〉，一爲主張廢〈詩序〉，兩者各有理據，亦有傳統。主張存〈詩序〉的說法，旨在遵從〈毛詩序〉「上以風化下，下以風刺上，主文而譎諫，言之者無罪，聞之者足以誡」諷勸微婉、溫柔敦厚的比興傳統，繼而開出詩學理論及其衍生的問題。我們透過昌彝對詩序的重視，可以尋繹其整個論詩要旨，並借此窺探中國詩學發展的脈絡。

昌彝論詩本於〈詩序〉「主文而譎諫」的諷諭傳統，而此傳統是對《禮記・經解》篇中的詩教：「溫柔敦厚」作出新的詮釋，使作者能以曲折微婉的方式來表達，遂開出比興的詩學觀念，又因比興觀念是以曲折微婉的方式，表達對社會政治的諷諫，因而開出「詩史」的觀念，而「詩史」的意義是存在於歷史之中，非獨立於歷史傳統之外，故存在的意義是要使自己與歷史結合，而「參古定法，望今制奇」便是以「復古以開新」的方式，爲自己尋求接續傳統、立足當前的作法，

〔註 1〕《詩玉尺》一書，筆者尚無緣一讀，然而從昌彝的詩文集中的〈詩玉尺弁言〉及《海天琴思續錄》的記載之中，可以很清楚的知道該書的主要論述內容爲何，且知道昌彝對其重視的程度。

遂有師古定法的要求，爲自己確立存在的價值。然而師古並非一味的襲古，而是在學習的過程中汲取養分，因此才學並濟的立意即是尋找學習的立足點。〔註 2〕

## 第一節　詩教發衍

《詩經》是我國第一部詩歌總集，也是歷代詩家汲取靈感的來源，更是中國文學發展的源頭，對中國詩歌具有廣博深遠的影響力，不論是騷、賦、詩、詞、曲皆可視爲同流異支，一歸於《詩經》。昌彝也以《詩經》爲源頭活水，對《詩經》推崇備至，論詩意見，本於詩教，以《詩經》三百篇能夠牢籠天地，囊括古今，闡發萬事萬物的原理原則以達到諷刺政治的道理，言簡意賅，以有盡之辭指涉無窮之意，故其功用不止於吟誦而已，小者可以作爲修身處世之用，大者可以規勸諷諭時局、政治。昌彝曾引用陳一參的《讀詩拙言》說：

> 《詩》雖三百篇，然牢籠天地，囊括古今，原本物情，諷切治體，總統理性，闡揚道眞，廓乎廣大靡不備矣，美乎精微靡不貫矣，近也實遠，淺也實深，辭有盡而意無窮。……故是《詩》也，辭可歌，意可繹，可以平情，可以蓄德，孔門所以言《詩》獨詳也。（《硯桂緒錄》卷十六，頁 17）

指出《詩經》不僅可以歌吟、尋繹道理，調和性情、更可以修身養性，所以孔子對於詩教甚爲重視，剴切指出《詩經》可以達到「興、觀、群、怨」的作用，並以「思無邪」一語統括《詩經》，因此昌彝獨標出詩教的重要，引用王家齊之言：「詩教所施，至廣且博，……故聖人立教，於《詩》尤諄諄焉。」（《海天琴思錄》卷二，頁 34），坦言

〔註 2〕另參龔鵬程〈論詩史〉一文，其中對「詩史」、「比興」的觀念有一辯證論述，詳見《詩史本色與妙悟》第二章 50 至 84 頁，學生書局，民國 72 年；又《文訊》第二十期《文學術語辭典》蔡英俊撰寫的〈溫柔敦厚〉：「唐宋以後的詩學對『溫柔敦厚』的說解，遂從讀者的教化立場轉移到詩人創作的原則，並且引進『比興』、『詩史』等觀念，從而架構出傳統詩學中一套極爲特殊的詮釋系統。」

詩經具有教化功能，此所以聖人諄諄教誨的原故。

考查「詩教」一詞的源起，首出於《禮記．經解》篇：

> 孔子曰：入其國，其教可知也，其爲人也溫柔敦厚，詩教也。疏通知遠，書教也廣博易良，樂教也。絜靜精微，易教也。恭儉莊敬，禮教也。屬辭比事，春秋教也。故詩之失患，……其爲人也溫柔敦厚而不愚，則深於詩者也。

按〈經解〉篇的旨意，是要透過六經的教化意義來完成各種人格氣質的陶塑，肯定教育的意義與效應。但是據今人研究成果得知，《禮記》是經過漢儒編纂而成，非爲先秦著作，然而在典籍編纂過程中，也可能雜揉先秦時代的典籍與史料，或隱含漢儒師承自先秦儒者的說法加以增補刪訂而成，故《禮記》所呈顯的義理精神，不僅反映出儒家的教化精神，而且還加上漢朝以政教治國的理想，成爲二者兼容並蓄所摶造出來的綜合體〔註3〕。

所謂的「詩教」可以從三方面來談：一、從作品意義來說，《詩經》特有的質性，能使讀者在無形中感染此一特殊的人格氣質達致「溫柔敦厚」的效應〔註4〕。二、從授者而言，其目的是要藉由《詩經》的教誨達成「溫柔敦厚」的教育效果，使受教者呈現溫柔敦厚而不愚的特質。三、從受者而言，接受《詩經》的陶鑄，可以獲致「溫柔敦厚」的預期目標。

〔註 3〕林耀潾在〈詩教「溫柔敦厚而不愚」述義〉一文中指出《禮記》大概是漢儒的述作，雖稱引孔子，卻未必是孔子之語，然其爲儒家相傳之說，是無容置疑，見《中華文化復興月刊》第十八卷第二期。又蔡英俊〈溫柔敦厚〉辭條，亦言《禮記》是漢儒編纂而成的，其文義脈絡卻是漢代學者增補修訂的，反映漢代獨有的「經義國教化、讖緯化的宗教性格」。筆者以爲《禮記》雖非先秦的原始著作，但是其內容必有雜揉先秦的儒家思想，再加上漢人的政教意識，呈現出目前的樣貌。

〔註 4〕從形式主義批評的觀點來說，作品自具有獨立、完足的意義。讀者反應論則是強調作品的意義是讀者賦予的，惟有經過讀者的重新理解、詮釋，作品才能彰顯其意義。本文此處是指作品本身呈現客觀的物象。

然後無論從何者而言，皆出自漢儒有意識的政教作用之運作，利用《詩經》的教育功效，達到聖王以經典治理天下的理想，誠如班固在《漢書・儒林傳》所說的「六學者，王教之典籍，先聖所以明天道、正人倫、至治之成法」充份表達漢儒政治教化的思想。關於「詩教」一辭，雖然以《禮記・經解篇》爲首出，但是「詩教」的觀念卻非始於漢朝，在《論語》中，可以發現孔子亦有「詩教」的觀念存在，其言：

▲〈爲政〉：子曰：詩三百，一言以蔽之，曰思無邪。

▲〈子路〉：誦詩三百，授之以政，不達，使於四方，不能專對，雖多亦奚以爲。

▲〈季氏〉：陳亢問於伯魚曰：「子亦有異聞乎？」對曰：「未也。嘗獨立，鯉趨而過庭，曰：『學詩乎？』，對曰：『未也。』『不學詩，無以言。』鯉退而學詩。」

▲〈陽貨〉：小子何莫學夫詩，詩可以興，可以觀，可以群，可以怨，邇之事父，遠之事君。多識於鳥獸草木之名。

「思無邪」原出於〈魯頌・駉篇〉，孔子截取用以論詩之要旨，與原意有別，但是孔子重詩教的態度開啓後人對詩教的重視。

正因爲詩之用既廣且深，故「詩無達詁」向爲學者所認同。詩之本義不易明，故解詩者無不各逞以能爲詩作注，如《齊》、《魯》、《韓》三家詩是今文經，在西漢蔚爲顯學，自《毛詩》一出，有鄭玄作箋，旁通曲鬯於《左傳》、《國語》等史書，兼取三家詩之長，遂全面取三家詩的地位。《毛詩》是古文經，內有〈大、小序〉，以政治教化的立場來詮釋《詩經》，喻有美刺諷諭之效應，〈大序〉言詩之功用爲「先王以是經夫婦、成孝敬、厚人倫、美教化、移風俗」，例如周南的關雎詩，大序說是「后妃之德也」，〈小序〉說是「是以關雎樂得淑女，以配君子，憂在進賢、不淫其色，哀窈窕，思賢才，而無傷善之心焉，是關雎之義也。」〔註5〕可以視爲《詩經》經過《毛詩》的詮釋之後，

〔註5〕關於〈詩序〉的作者、成作的年代、〈大、小序〉的問題，論者甚多，本文旨不在此，只略微提及。

已使其意義轉向聖王以經籍治理天下的過程，與先秦時代以《詩經》可以作爲獻詩陳志、賦詩言志、教詩明志、作詩言志的範圍顯然窄化許多。（據朱自清的《詩言志辯》所言）

所謂的「詩教」除了有孔門詩教，孟子詩教之外，經過漢朝有意識的整理古代典籍之後，呈現出《禮記・經解篇》以「溫柔敦厚」爲詩教的內容意義，再變爲毛詩以「上以風化下，下以風刺上，主文而譎諫，言之者無罪，聞之者足以誡」的政教立場。從作者而言，須以曲隱微婉的方式勸諫之意，使言者無罪，聞者可爲警誡的效應。從政治立場而言，此種方式可以使全國人民在預期的理想中呈現聖王之治，達於至善，欲以比興諷諫的手法達到風化的目的〔註6〕。

籠罩在〈詩序〉的系統下，文學作品成爲「文章合爲時而作，歌詩合爲事而作」的典型，宋代的經學家開始反省詩序的存廢問題，王質著《詩疑》二卷首先發難，朱熹承其說，主張廢除〈詩序〉，把風詩從傳統的政教解詩的方式解放出來，但是朱熹在解釋其他部份時仍然未脫傳統的政教意味。朱熹以里巷歌謠來解釋風詩固然是一大突破，然而從《國語》、《左傳》、《論語》中可以得知詩經並不純粹被視爲一部文學作品，而是別有用意的，須以意逆志，方能得其三昧。漢朝將《詩經》被上了濃厚的政教意味，使其具有政治教化的功能，董仲舒《春秋繁露・精華篇》說：「詩無達詁，易無達占，春秋無達辭」向爲學者所認同，詩之本義不易明白，而《毛詩》以風刺解詩的說法備受宋朝學者質疑，究竟應如何來解讀《詩經》呢？魏源在《詩古微》中指出：

> 夫詩有作詩者之心，而又有采詩、編詩者之心焉，有說詩者之義，而又有賦詩、引詩者之義焉。（〈齊魯韓毛異同論〉）

〔註6〕屈萬里在〈先秦說詩的風尚和漢儒以詩說教之迂曲〉一文中指出先秦人說詩，主要是修身、從政、應對，漢儒則把各詩的全篇皆視爲政教意義，另劉兆祐〈歷史詩經學概說〉也有相同的意見，以上二文俱見《詩經研究論集》，林慶彰主編，學生書局，民國72年。

明確的標出詩經的意義有作詩之意、采詩之意、編詩之意、說詩、賦詩、引詩者之意，使千古爭論的問題有了一個明確的答案，詩經之作詩之意已不可考，但是引詩、賦詩或可以斷章取義；編詩、采詩者亦可有自己匠心獨運，雖然魏源《詩古微》之作，意在標示出今古文之爭，然而這一段話不啻是千古棒喝，爲讀者掃除千年陰霾。

昌彝在這場有關〈詩序〉的論戰中，主張詩序應該予以保存的態度：

> 予作《詩玉尺》二卷，……首論〈詩序〉之不可廢，次辨〈大、小雅〉篇次，辨《齊》、《魯》、《韓》、《毛》四家師承之目，以定今古文，末乃申明鄭康成箋《毛詩》改字多本六經，裨學者讀之不致歧惑。（《海天琴思續錄》卷一，頁 232）

昌彝基本立場主張〈詩序〉不可廢，且對於《毛詩》甚爲重視。贊成存〈詩序〉者，皆認爲《詩經》具有美刺的功用，且形成對詩歌必具有風化、美刺的要求。從昌彝存〈詩序〉的立場中可以很清楚的勾勒出他論詩的主要理論趨向。

「風」的意義，一般而言有三種解：風化、風謠、風刺。昌彝本於詩教之溫柔敦厚，另賦予詩話嶄新的意義，不僅用以記載時人詩作及評騭詩歌理論的作用，且相當程度的保存風土教化的作品，欲以匡正世俗，故其所言得風人之旨實含有三種：記載風謠，美刺傳統及風化的意義。

昌彝基於對「風」義的體認，遂有意識的從事詩話創作，他在《射鷹樓詩話》中大量的記載有關風化之作品，並且明示該書的內容賅括四大部份：一、有關鴉片戰爭史實的記錄。二、有關風土教化的作品。三、有關詩論部份。四、存錄師友時人的作品。前兩大部份直接與風化有關，故該書卷一、二首鴉片戰爭始末，及時人對鴉片戰爭看法的詩歌作品，又記錄花會之作、警世之言等等，卷末則收錄朱琦的〈新饒歌〉四十九章。後面二大部份雖然純粹是討論詩歌問題，但是實際上，仍是以美刺之旨爲主，並且標舉比興，與〈詩序〉言：「故正得失，動天地，感鬼神，莫近於詩，先王是以經夫婦，成孝敬，厚人倫，美教化，移風俗。」的說法相合。

另外《海天琴思錄》及《續錄》也收錄了許多有關風土的作品，例如在《續錄》卷六中特別收錄寶鋆的〈奉使三音諾彥記程草〉組詩，因寶鋆奉使於三音諾彥（今瀚海之北），以蒙古語聯綴成句，迴異傳統之詩話，卷七中收錄斌椿的海國勝遊，天外歸帆兩詩集中的詩歌，間接的介紹早期中國對海外事物的見聞。統言之，昌彝有意識的以詩話來記載風土教化之作品，並不將之視爲一般的詩話作品，是故其涉獵的範圍甚廣。

故昌彝在《詩玉尺》中主張〈詩序〉之不可廢，其意乃在尊奉詩教，透過政教的美刺作用，而臻至圓善。由是可知，詩經溫柔敦厚的詩教，仍然爲昌彝所重視，並以之開展詩論。前文提及詩有六義，賦比興爲詩之作用，昌彝本於詩教之溫柔敦厚，遂主張詩歌具有美刺的作用，而美刺的實際作法，乃以比興之法爲之。「比」即是今日之譬喻，興即依物起興，詩歌具有隱語作用，使聞之者足以誡。是故《詩經》之旨，是以比興手法而達到美刺的作用。昌彝非常重視此法，蓋承自〈詩序〉之說。

從《詩經》學發展史而言，〈詩序〉以降，一般皆以之爲詩教之正統，迄宋朝始質疑〈詩序〉的說法，但到清朝，討論《詩經》一般仍以存〈詩序〉的說法爲大家所接受，包括陳啓源的《毛詩稽古編》、陳奐《詩毛氏傳疏》、胡承珙的《毛詩後箋》、馬瑞辰的《毛詩傳箋通釋》等皆是。基本上昌彝也以〈詩序〉的傳統中解經，在這個傳統中，比興成爲非常重要的批評理論。

## 第二節　詩本性情

昌彝論詩本於詩教，對於比興，特能推闡，「興」的意義本是藉著外物的感動，觸發內心的情感，因而引起感物起情的情思，故李正治釋「興」的意義有三：感物起情之興、表現手法之興及境界美感之興，而感物起情之興是後二者的基礎，沒有感物之興即沒有表現之興亦無境界美感之興〔註7〕，情感又爲感興的基石，故吟詠情性是詩歌的本質，〈毛詩序〉說：「詩者，志之所之也，情動於中而形於言」，情感是內蘊的，可以因外物的觸動而引發內在情思的振蕩，從而以言行舉止表現出來，其中，情是廣義的，包含情與志，誠如《左傳・昭公二十五年》曰：「民有好、惡、喜、怒、哀、樂生於六氣，是故審則宜類，以制六志。」孔穎達《正義》則疏曰：「此六志，《禮記》謂之六情，在己爲情，情動爲志，情，志，一也。」可見前人對於情與志是未加以區分的。昌彝論詩以性情爲主，此情即包含情、志二者，用以論詩，能與〈毛詩序〉相符〔註8〕。

昌彝論詩對於「性情」非常重視，古來詩家論性情者甚多，率以眞情作詩方有感人之作品，嚴羽《滄浪詩話・詩辨》即言：「詩者，吟詠情性也。」（《歷代詩話》頁688）「詩無不本於性情」，清朝宋徵璧《抱眞堂詩話》說：「詩家首重性情，此所謂美心也。」（《清詩話續篇》頁123）皆直接標出詩歌當以性情爲本，詩的本質即在吟詠性情，何謂「性情」？在中國哲學領域中，性、情是兩個重要的概念，有關性情的討論很多，基本上性情之說始於孟子，到了漢代將性、情一併討論，並且創發性情二元論和性善情惡的說法，到了宋儒手中，主張性情不相離，性善情亦善的說法，更且發展出「心統性情」的理論〔註9〕。

---

〔註7〕請詳參《文訊》第二十九期〈文學術語辭典・興象〉條。

〔註8〕情與志應是兩個不同的概念，但是二者在某些情況下會混用。昌彝將情志加以區分爲性情與志，志即是意。

〔註9〕有關「性」、「情」的論述，討論的學者甚多，例如徐復觀《中國人性論史・先秦篇》，學生書局，民國71年；牟宗三《心體與性體》，正中書局，民國72年；唐君毅《中國哲學原論・原性篇》，學生書局，民國68年；韋政通《中國哲學辭典》頁456，大林出版社，民國72年，皆有專論。本文乃參照韋氏的說法。又「性情」與「情性」的意義不同，在詩歌的領域中，或有互通的情形，例如嚴羽說「吟

在詩歌中的「性情」，一般是指素樸的本性，未經矯飾，性與情二字連用，不另外分析爲二義，故此處所用的「性情」即爲此義，與哲學上的用法不同，指作詩時必須出自眞感情，以自然流露未經矯飾的眞性情爲尚。

歷來討論詩歌必須具備眞性情的說法很多，昌彝亦有相同的主張，他與各家論詩者有何異同？有何創發？可以從幾方面來討論。

## 一、以性情爲本

昌彝在林子萊的〈浣紗石傳奇序〉中指出一般經學家大多諱言「情」，以爲「情」是等而下之的小道，不肯正視它的存在，但是昌彝「邃於經，深於禮」不僅不諱言情，而且指出時人之弊，其曰：

> 嗟乎！人之諱言情者，皆趨而言道，余謂僞託於道者恐並不可與言情，未聞有道之士而不近於情者。（《小石渠閣文集·林子萊浣紗石傳奇序》）

昌彝以沈博絕麗、經天緯地的經學功力，對於「性情」未嘗廢棄，道學家不敢言情，甚或提出制情、節情的說法，以「性則爲善，情則爲惡」，實是矯往過正。林子萊不肯假託於道德，以情爲經緯，寫下《浣紗石傳奇》，款款眞情流露筆端，噴溢出來的忠孝之旨趣，依然使人能「覺情即生於忠孝者」，昌彝雖用於稱道林子萊，但是其對「性情」之重視，正可以透過此文來認知。又曰：

> 詩三百篇言男女之情者極多，采蘭贈芍，私以相謔，聖人亦存之以爲鑒戒。魏晉以來《子夜》折楊柳諸作賡唱者累時不絕。沈歸愚選列朝詩，凡緣情之言皆所不錄，錢培袁簡齋非之矣（《射鷹樓詩話》卷五，頁104）

沈德潛論詩力崇「格調說」，此說乃明朝前後七子所創，論詩主張從聲調格律來學習盛唐，沈歸愚除了吸收前後七子的「格調說」之外，又提倡詩教，評選的列朝詩選有：《古詩源》、《唐詩別裁》、《明詩別

---

詠性情」義同於「性情」。

裁》、《清詩別裁》數種，由於所選的詩，凡緣情的作品皆不收錄，袁枚已針對此一問題提出質疑，昌彝亦對他這種選詩方式，予以指正。然而事實非必如此，袁枚乃針對艷情提出質疑，昌彝所知有誤。

沈氏的論詩觀點既以提倡詩教爲主，《詩經》三百篇對於男女言情的作品亦不廢棄，何獨沈氏欲罷棄而不選錄？昌彝認爲聖人亦存錄男女言情的詩作，可以作爲鑒戒，沈氏實在是矯枉過正，實際上昌彝所認知的袁枚選詩的觀點非爲正確。

昌彝又指出作詩以感發人爲佳：

> 詩本性情，蓋以感發人之意志，凡好用僻字僻典，及押全韻者，余所不喜。（《海天琴思續錄》卷二，頁256）

詩人以性情爲作詩的本源，自然流露眞情，則可以感動人，若一味在形式技巧上求異，或者用字怪僻，或押險韻、全韻，皆爲昌彝所不取。其重視性情以感發人的意志爲主，不以形式技巧取勝，由此可見。又曰：「作詩貴情摯，情摯則可以感人」（《射鷹樓詩話》卷十八，頁411）以「作詩貴情摯」一語點出自己對情眞意摯的重視，並且以載鈞衡的詩句作爲佐證，遊子有遠行之志，爲人父母者不忍遊子遠去，望盡天涯路，實是斷人心腸。昌彝以此詩直接寫出父母眷戀遊子的情懷，足以感人，故用以勸誡遠遊之人。至於如何表露眞性情？是否有先決條件？其云：

> 詩之作也，有性情焉，有風格焉。性情摯而風格高者有之矣。未有性情不摯而風格能高者也，若不本於性情，雖徒言風格，模範山水，觴詠花月，刻畫多鳥，陶寫絲竹，其辭文，而其旨未必深也，其意豪，而其心未必廣也；其性往復，而其情未必厚也。（《小石渠閣文集‧二知軒詩鈔序》）

性情與風格相比較，昌彝認爲性情眞摯勝於風格之高者，況乃「未有性情不摯而風格能高者」，並且指出古代詩人所作的詩歌，所以能感動人，流傳千古，其因在於有眞性情，例如「誰適爲容」，可以知閨怨之貞志：「與子偕作」，可以知塞曲之雄心：「示我周行」，可以知乞言之虛懷；「周爰咨謀」，可以知遠游之博采，此皆詩歌以眞性情相示，若能以性情爲本，次輔以各種體要的辨識，取相合於性情之表露者，再本於天趣使能臻於至妙者，則所作之詩必能使各種體裁，從心變化，隨所宣而賦寫出來，所謂：「性以既見，而後取乎格以辨其體，因而本乎趣以臻其妙」即是此意。他稱讚方子箴的《二知軒詩鈔》能夠「感時撫事，憫念蒸黎，舉室孝思，交誼懇摯，洎乎其量，得詩人六義之旨矣」，文與質兼備，寫出來的詩自然能旨深而意豪，兼有性情與風格，要乎此，昌彝認爲皆得自三百篇溫柔敦厚之旨，此又是他本於詩教的另一闡發，其云：

> 夫詩者，所以宣揚風雅，感發志意，故有學人之詩，有才人之詩，有詩人之詩，有志士之詩。……性眞流露，老嫗都解，以其能爲感物起興之詩也，以其能爲溫柔敦厚之詩也，謂之元次山也可，謂之白太傅也可，謂之三百篇也可。
>
> （《小石渠閣文集・四持軒詩鈔序》）

昌彝認爲身份不同，寫出來的詩也因身份不同，而有不同的風格，可以有才人之詩、詩人之詩、志士之詩，只要有眞情流露，可以感發人的意志，皆爲好詩，此段文字雖是爲方調臣的《四持軒詩鈔》作序，卻可以充份的表達昌彝對詩學的見解；一、作詩的目的是爲了宣揚風雅，感發志意，不論是何等身份，皆可爲之。二、詩主多樣風格，不偏廢才人、志人、詩人寫的詩。三、眞性情流露的詩，因爲是感物起興的詩作，以溫柔敦厚爲本，所以能達到老嫗都能解的程度。在這裡，昌彝強調作詩須以「宣揚風雅，感發志意」爲主，所謂的「風雅」原是詩經六義之二，後人多用以指稱詩作的社會教化的意義。昌彝以詩教爲本，以眞性情爲主，正是他詩論的一致立場。

外物競變，人因環境遷變化而觸發感情，故《文心雕龍・物色》言：「人稟七情，應物斯感，感物吟志，莫非自然。」外在環境能觸發人的情志，此爲眞實的感受。昌彝爲性情應出於自然，不假雕飾，只要是發乎情的詩，即使是婦人孺子亦可以爲詩，亦皆能有天籟，其曰：「詩發乎情，婦人孺子皆可爲之，亦皆有天籟。」

《文心雕龍・明詩》說：「詩者，持也，持人情性也。」指出詩的作用是爲了表達情性，眞性情必能感人，此所以孺人幼子皆能解讀，情之眞誠與性之純樸，是出於自然。昌彝對於「天籟」一詞特別重視，天籟原出《莊子・齊物論》，即指自然，昌彝說：「作詩者在多讀書，詩之工又在乎多讀詩，然作詩者，實關乎天籟也。南海韓曙樓太守純禧，泛覽群籍，記誦該博，及其正筆爲詩，純是天籟，非時流所能窺及。」（《海天琴思錄》卷五，頁105）說明天籟又與情趣有關。

## 二、以「意」爲性情之主

「意」與「情」看似相反，實則是相成的觀念，昌彝說「意以達其情」，即指出二者的關係非常密切，昌彝在《海天琴思錄》的第一卷開宗明義的說：

> 詩之要有三：曰格，曰意，曰趣而已。格以辨其體，意以達其情，趣以臻其妙也。體不辨則入以邪陋，而師古之義乖；情不達則墮於浮虛，而感人之實淺；妙不臻則流於凡近，而超俗之風微。三者既得，而後典雅、沖淡、豪俊、穠縟、幽婉、奇險之辭，變化不一，隨所宜而賦焉。（《海天琴思錄》卷一，頁1）

「格」，在中國的批評術語中，具有多重意義，可以指藝術風格，可以指作品的體式，也可以指品味的高低，昌彝此處的意思是指具備對各種風格的了解，才能使各體皆能切中其體要，不會「體」、「要」不符，造成邪陋之弊。詩要以意爲主，否則如掌舵於茫茫大海的扁舟，蕩無所歸，故昌彝又說：「作詩須有命意，而後講性情、風格，不可隨手成章，空空寫去，則於詩便不是可作可不作者矣。」（《射鷹樓詩話》卷十四，頁322）命意在性情、風格之前，若無命意，空空動筆，不知所云，所以古來詩家或文學家莫不強調立意之重要性。此意必不襲古、繫於意不繫於文，如何豐厚它呢？必以學問爲根柢，不事雕縟，才能有眞意，獨出古人範圍。

昌彝論詩三要是：格，意，趣。「格，以辨其體，意以達其情，趣以臻其妙。」，已經點出情與趣是作詩不可少的兩個重要觀念，情正趣之間到底何者爲要？云：

作詩貴有天才、天趣，二者皆非人力所及，近代詩極有天趣者，首推道州何子貞。其玉筍堂詩純是天趣，直欲合東坡、山谷、渭南爲一手。（《射鷹樓詩話》卷二十一，頁 196）

昌彝指出作詩時，天才、天趣二者是人力所不能及，又言：

作詩須有眞趣，隨意賦物，能使人意往。太倉唐實君孫華〈題畫磻溪〉云：「尚父精神老更遒，一竿唾手取神州。諸侯八百皆貪餌。只有夷齊不上鉤。」語有趣味。（《射鷹樓詩話》卷五，頁 105）

作詩要學識豐富，才能求其工，但是要達到奇趣橫生，實非時人皆可爲，這一點關乎天籟，亦即是才力問題，非人人可爲。本於性情是爲了求其眞切感人，發乎天趣是化腐朽爲神奇，若能二者兼備，則詩作必能達情臻妙。昌彝並未對二者作一先後的取捨，但是二者若能得兼必爲傑作。

## 三、情境與身份之關涉

劉熙載的《詩概》說：「余謂詩或寓義于情而義愈至，或寓情于景而情愈深，此亦三百五篇之遺意也。」（《清詩話續編》頁 2418）指出情與境的關涉，到底二者之間的關係如何？王國維在《人間詩話》說：「大家之作，其言情也必沁人心脾，其寫景也必豁人耳目，其辭脫口而出，無矯揉妝束之能，以其所見者眞，所知者深也。」（通行本第五十六條）明確指出大家作品能沁人心脾、豁人耳目，是因爲他以「所見者眞，所知者深」寫出來的作品，成爲傑作。

「境」，有外在的實境，有內心的造境，也有文學作品所呈現出的境界，三者之間的關係是：心境與外境遇合之後所興發的情思，再透過語言形式的構思，所呈現出來的境界。它的先決條件是必須建立在「所見者眞，所知者深」的基礎上。

昌彝在談焦循論詩時也指出，詩中所呈現的內容是人人所共知，卻非人人可以道出來的，作詩以志爲本，不堆垛、不剿襲，皆陳論世風，若無性情，無景物，只知攀附，則不足取。他說：「江都焦里堂……若無性情，無景物，以交游聲氣供其諂諛，爲攀附之緣，吾無取乎爾也。」（《射鷹樓詩話》卷四，頁 71）昌彝又說：「作詩者須有我在，便有身份，則詩品愈高。」（《海天琴思錄》卷七，頁 165）作詩能具現作者的身份，即是眞我不自覺的呈現，昌彝指出楊芳燦的〈詠譎〉詩：「儒生風味是耶非？一點寒香沁齒微。黃綬淹遲吾惜汝，可知江橘已緋衣。」說此詩點出作詩者「以處晦見身份」，又舉出陳恭甫的〈題畫蝶〉：「宮額明妝照綺霞，仙裙來往玉皇家。一從高舞披香殿，肯向紅樓逐賣花？」說出此詩是「以處顯見身份」。

昌彝對於詩人能以詩來表達自己的身份，給予極高的評價，詩品要高，在乎有無自己身份的表露，爲何能表露自己的身份，詩品愈高呢？以其能有眞性情流露，不虛僞、不做作，雖是詠物的作品，也能抒寫自己襟懷，此即清朝徐增《而庵詩話》所說的：「詩到極則，不過是抒寫自己的胸襟，若晉之陶元亮，唐之王右丞，其人也。」（《清詩話》頁 385）讀陶潛、王維的詩皆能感受其特殊的生命型態，一則閒澹適意，有田園野趣，一則幽談曠遠，有山水禪悅。此即不同的身份，有不同的表現方式，充份的顯露自己的風格與生命情調。此是以其眞而能與境合，表現出作者生命風格與情調，昌彝對詩歌的要求也在於以表現自己的眞性情、身份爲佳。

## 第三節　師古與師詩

詩歌創作，旨在表達作者內在的情思與志趣，是一種自由的心靈活動，可以抉發幽微，捕捉躍動的靈思火花，思緒之靈動既然可以任意揮灑，則創作活動也應以「意」爲主，隨著心靈活動的閃滅乍現，刻畫動人的詩句，但是詩歌創作必隨著體制之異，而有不同的規範準則，也就是附麗在「形式」之上，不能獨立於形式之外。一切文學作品必須透過語言文字來傳達其意蘊、內涵，而傳達的方式又隨著結構形式之異而有殊別，例如古典詩的平仄及用韻的規定，自然異於現代詩的表達方式，故詩歌創作除了要有捕捉靈動的情思之外，尚需配合結構形式，使能展現其當行本色。然而靈感、才氣並無矩度可以規範，從事創作是否可以藉由客觀規律的建立，來導引創作途徑，避免感性、經驗式的偶然創作？

創作必有結構形式要求，則「法」的需求也相伴而生，任何一種體裁必有它的規定、準則，七絕不同於五徑，近體不同於古詩，即是不同的要求。「法」的建立在於從形式結構的建立，以達到建構典範爲最高極則，以作爲創作的準則與規範，其方法有三，一則以古人建立的法則爲典範，一則自立典範以爲後世法，一則鎔裁古今，開創出新的典範。故「法式」的建構由本來形式規範的建立，進而達成共同的典範是有其必要性，可減少闇昧的探索。明代前後七子標榜復古，即是一種重尋學習典範的過程：

> 夢陽才思雄鷙，卓然以復古自命……倡言文必秦漢，詩必盛唐，非是弗道。(《明史・文苑傳序》)

李夢陽力主「文必秦漢，詩必盛唐」，意在恢復以秦漢之文、盛唐之詩爲學習典範，此一復古思想之提倡，牢籠明代而不輟，雖有公安三袁群起攻擊，亦不足以摧陷廓清。

復古的內涵有三，一襲其神，一襲其貌，一在神貌間開創新契機。並非只是在形式技巧上逐聲尋影，亦非徒以復古爲工，而是以古人的創作法則、精神內蘊、歷史視域、文化積累，作爲當代學習的典範，拓展自己的歷史視野以及加深洞見能力，復古的眞正意義並非一昧的學習古人，而應以古人爲學習典範，與時代結合開創新的價值，避免交陷於泥古中，故復古實則是在重尋典範中，建構新的理序，以爲法度，本身即蘊含開創意義的契機。故復古的價值並非以襲取古人的形貌爲事，在於攝取古人的智慧作爲當代的價值標準，或是重構、追尋新的意義與價値。前後七子衍爲句摹字擬已失其意義，昌彝對此有所批評：

> 作詩最忌摹擬形似，爲優孟衣冠，唐初四傑七言長篇隊仗工麗，然易流於浮靡，前明何大復謂此屬風人之旨，而以少陵爲歌詩之變體，因作〈明月詩〉以擬之。……案：〈明月篇〉蓋以鄭聲而辭雅樂也，有詞無意，有肉無骨，摹古之弊，大復倡之，此詩品所以日衰，而去古益遠。(《海天琴思錄》卷三，頁 60)

何大復擬〈明月篇〉，只在字辭間摹擬，致使有詞無意，有肉無骨，流於浮靡，昌彝深切指出作詩最忌摹擬形似，又說:「若篇法、句法、字法必求肖古人，徒爲古人執箕帚耳，前明何、李詩好摹擬前人，往往有此病。」(《射鷹樓詩話》卷四，頁 76）力斥作詩之法，只在篇法、句法、字法之間求肖古人而已。又援引焦循《北湖小志》論詩的意見，以爲自己的註解：

> 詩之難同於文，而其體則異。眼前之景，意中之情，以聲韻形容之，遂若人人所不能道，而實人人所共知。君不計其爲三百篇，爲漢、魏，爲初、盛、中晚，爲西崑，爲四靈，爲七子，惟本其志以爲詩，不剿襲，不堆垛，皆可以陳風而論世；若無性情，無景物，以交遊聲氣供其諂諛，爲攀附之緣，吾無取乎爾也。(《射鷹樓詩話》卷四，頁 71)

指出詩作應以「志」、「性情」爲主，避免堆垛、剿襲之弊。例如，學習古人應抱持什麼態度？應如何學習？昌彝論詩，對於師古一說，有自己的見解：

> 文必師古，非摹古也，異乎古者，則必偭規裂矩，其失也放。循乎古者，則必逐影尋聲，其失也局，去乎放與局之失，則於爲文之道，思過半矣。(《小石渠閣文集‧誦清閣文集序》)〔註 10〕

---

〔註 10〕《誦清閣文集》爲樂平石芸齋所著，昌彝爲其作序，以抒發自己對師古、摹古的意見，收入《小石渠閣文集》，又收入《海天琴思續錄》卷二之中。考查昌彝著作，對於自己愛賞的理念、觀念、佳構者往

首先嚴格分判師古與摹古之殊異，師古是以古爲師，摹古是以古爲摹擬對象，二者不可混同，昌彝指出須以古爲師，力求避免盡棄古人規矩，否則必流於放盪涯涘而無所師，亦不可步步規矩古人，否則必束縛於矩度之內，不能任心所運，揭示大家當在師法古人之際應摒棄字摹句擬之弊，亦不應蔑視古人的矩度，將之視爲一種津筏，可爲放失無歸的指標，故在放失與局限之間，當自有分寸，然而如何師古而不會放失，如何摹古而不會自我局限？昌彝說：

> 夫師古之文，與學問互相爲用者也，不學則文無本，不文則學不宜。……摹古者惟講求乎關鍵之法，侈口於起伏鉤勒字句之間，以公開泛應之言，自詡以爲循古……。(《小石渠閣文集．誦清閣文集序》)

倡言師古之法必與學問相互爲用，使文章有立言之根柢，而不爲浮濫麗辭，學問亦藉文詞之傳達得以宣示後世，「不文則學不宣」此說法近於「言之不文，行之不遠」，與《文心雕龍．原道》：「故知道沿聖以垂文，聖因文而明道」之說藉由文章來傳釋聖人的道理有異曲同工之妙，亦與自己主張才學並濟之說法相合，明確指出師古在於從學問中粹取精華。至於摹古，只在古人字句間鉤勒自己的作品，致力於關鍵法門之尋獲，只有得古人之糟粕而已。

要與古人相濟爲用，則師古之法必須靈活運用，不拘於形式，尚須得其神，使能活現：

> 故必兼師眾長，隨事摹擬，待其時至心融，渾然自成，始可以明大方，而免夫偏執之弊矣。(《海天琴思錄》卷一，頁5)

力主兼採眾長，「隨事摹擬」以濟一己之偏，並且達致融會貫通的境域，渾然無痕，則自能成大家。此處的「隨事摹擬」與形式摹擬不同，並非指剽竊字句章法，而是指學習古人以爲取徑，能兼俱眾家之長，則無狹褊之見，及至心神貫通，乃能渾然自成，而無偏執的流弊產生；

---

往數見於其他著作中，例如《射鷹樓詩話》、《海天琴思錄》、《硯緒錄》，常有詩論意見互見，據沈葆楨《射鷹樓詩話．例言》所說凡是雋句佳構者不殫重複，洵是。

而在創作過程中昌彝認爲：

> 善詩者，師詩不師古，然不師古者，不襲古耳，不摹古耳，不泥古耳，非戾古也。所謂學之太似轉與古人遠矣。作詩時，須前無古人，後無來者，方可爲大家。若篇法、句法、字法必求肖古人，徒爲古人執箕帚耳（《射鷹樓詩話》卷四，頁 76）

指出作詩，應該以詩爲師，不以古爲師，才能游刃有餘，不受拘束，而無句摹字擬之弊。此說似與前言之「師古」相矛盾，實則一指涵養，一指創作時的技巧運用，統括言之，其要點有四：

一、反對在字句篇章上之摹擬、抄襲。

二、要兼採眾家之長，以拓展視野，兼俱眾家之長而無其弊。

三、師古在以古爲法，作爲取徑，期能與學問相濟並用，使能言之有物，不流爲浮靡。

四、創作時師詩不師古，期能解消爲古所用，並藉此津筏到達彼岸，最高境界仍在捨筏登岸、得魚忘筌。〔註 11〕

## 第四節　力主才學並濟

昌彝是一位典實的經學家，對於文學未曾忽視，甚至以詩話的撰作方式來達匡正風俗的作用，對於詩歌的創作提出學問可以作爲創作的基石，不可偏廢，詩歌創作中的「才」與「學」的問題，在他的詩學理論中到底居於什麼地位？二者之間的關係究竟如何？

### 一、文章與學問相互爲用

昌彝博通經史子集，《硯桂續錄》是他收錄平日閱讀書籍的札記，共有十六卷，分爲經、史、子、集四大部份，從該書中可以知道昌彝爲學的廣博程度，對於經學尤有深究，著作繁富〔註 12〕，他對於詩歌

〔註 11〕《射鷹樓詩話》刊於咸豐元年，《海天琴思錄》，刊於同治三年，《續錄》刊於同治八年，時日相差甚遠，然其論摹古、師古的說法仍然相合，故本篇引文時交叉互用。

〔註 12〕詳見第一章緒論所述，及附錄之著作表。

仍相當程度的喜愛，主張學問與文學可以相互爲用：「不學則文無本；不文則學不宣」，這樣的意見雖非首出於昌彝，但是對於了解他的文學思想、詩學理論是非常重要的，這段話充份的表達他對於學問與文章可以相輔相成的看法：一、在詩歌的創作過程中，主張以學問爲根柢，豐厚自己的學養，使文學的內容，得有學問作爲基石，而無膚淺、庸俗之弊。二、學問雖豐厚，卻必須透過文學的表達，才能曲盡要妙，暢所欲言，孔子說「言之不文，行之不遠」，亦承認文學表達的重要性。三、擴大文學的視域來看，學問可以作爲論述的內容，而表達的形式卻必須透過文學的形式來完成，二者可相爲表裡。

對於一般人認爲經學家不能從事詩歌創作，昌彝認爲是錯誤的看法，舉出許多例證作爲反駁：

> 世謂說經之士多不能詩，以考據之學與詞章相妨。余謂不然。近代經學極盛，而奄有經學詞章之長者，國初則顧亭林炎武也，朱竹垞彝尊也，毛西河大可也；繼之者朱竹君筠，邵二雲晉涵也，孫淵如星衍也，洪稚存亮吉也，阮芸臺元也，羅臺山有高也，王白田懋竑也，桂未谷馥也，焦里堂循也，葉潤臣名灃也，魏默深源也，何子貞師紹基也；吾鄉則龔海峰景瀚也，林暢園茂春也，謝甸男震也，陳恭甫壽祺先生也，諸君經術湛深，其於詩，或追蹤漢魏，或抗衡唐宋，誰謂說經之士，必不以詩見乎？（《射鷹樓詩話》卷七，頁149）

清朝許多經學家同時也是古文家、駢文家、詩詞大家，昌彝舉出例證作爲經學、考據之學與詞章之學不相妨礙。甚至在他的詩話中常常援引博通經史學者的詩作，例如「朱竹垞先生〈玉帶生歌〉，非胸羅萬卷者不能辦，可稱千古奇作」，平定張穆「於漢學源流能窺其奧，精輿地之學……詩不多作，然作者規矩典重，往往入格」；又如謝甸「篤學嗜古，熟三禮，性亢直……詩氣魄沈雄，格調高壯，音節嘹亮，神韻鏗鏘」；又如嘉應葉鈞「留心經學，詩筆雅健」等等，皆是能詩的經學家。

## 二、博學之重要

昌彝強調讀書的重要性在於避免膚淺之弊，有豐富的學養，才能鍊成洪爐元氣，並舉出崇安藍靜之、明之二兄弟的詩同出一源，皆由於讀書非常廣博：「凡山川之奇崛，城郭之壯麗，今昔之興廢，時事之推遷，及可喜、可歎、可驚、可愕之事，一寄之於詩，由讀書之博也。」藍明之的七言律詩，昌彝盛讚為「雄深開闊，力追盛唐」，〈福州道山亭〉云：「江國涼風白雁初，道山秋色野亭虛。天連海水蓬萊近，霜落汀洲橘柚疏。北望每懷王粲賦，南遊空上賈生書。四郊但望休戎馬，獨客何妨老釣魚」，就其作品而言，詩中有典而不深，例如用王粲的〈登樓賦〉有思歸之意，用賈生上書，有用世之心，而不蒙重用。此非多讀書何以能用典如此自然？

讀書之重要在於學習古人，以古為師，可以豐富自己的學養與視野〔註 13〕，但是師古並非摹古、襲古，而是襲其神不襲其貌，涵經鎔史之後方能運用自如。他說：「夫師古之文，與學問互相為用者也，不學則文無本，不文則學不宣」即是此意。

嚴羽在《滄浪詩話》中說：「詩有別裁，非關書也，詩有別趣，非關理也。」後人遂以此為不讀書的藉口，實際上，嚴羽此段話是用以反駁當時的江西詩派的詩風：「近公諸公作奇特解會，遂以文字為詩，以議論為詩，以才學為詩」的情形。昌彝據此又說：

> 嚴叟謂「詩有別才」是也，而謂「非關學」則非也，謂「詩有別趣」是矣，而謂「非關理」亦非也。（《射鷹樓詩話》卷五，頁 96）

昌彝力倡博學就是以矯正嚴羽以降，以神韻、性靈為詩的不二法門，完全忽視學問的重要性，在這裡，他並非不承認作詩正「別才」、「別趣」有關，而是反對空言別才、別趣，不肯紮實學習的人，所以力主學問為作詩的根基。沈葆禎《詩鷹樓詩話・例言》直接指出：「夫子論詩極精，詩話中多補前人所未及，其於嚴滄浪『詩有別才非關學』

〔註 13〕有關師古的部份請參閱本章「師古與師詩」一節所論。

一語，必力辯之，恐不讀書者以《滄浪詩話》爲藉口也。」對於昌彝主張力學的態度能充份把握。

爲何昌彝要力主學問與文章相互爲用？除了前面提到用以正滄浪流弊外，也與整個清代的詩學環境有密切的關係，清代在初葉時基於晚明對詩史的反省，重新反省詩歌是否只能以平鋪直敘的「賦」的寫作方式來作爲詩歌的唯一表達的手法，遂產生清初比興觀念的重新被重視，要求詩歌必須含有諷諭美刺的作用，繼而須有深刻的寓意，在這樣的反省中，詩歌的深度必須以學問爲基石，方能有深刻的內容，遂在同光時期發展出「同光體詩」，昌彝居處在這個大環境中，對於詩歌的要求，也有此傾向，更何況其座師何紹基是同光體的主要倡導人，受其影響也是理所當然了。

## 三、詩歌之等第

昌彝強調學問的重要，卻在文集中將詩歌畫分爲詩人之詩、學人之詩、志士之詩、才人之詩：

> 夫詩者，所以宣揚風雅，感發志意，故有學人之詩，有才人之詩，有詩人之詩，有志士之詩（《小石渠閣文集．四持軒詩鈔序》）

又說：

> 昔人論詩人之用才也，謂才與境接，出靜入動，曈曨萌拆，惟變所適，變而成方，是有本焉。得其本，則以不變馭至，其變可自持也；失其本，則以至變汩不變，其變不自知也。窮本知變，詩人之詩也；窮本而不知變，爲才用而不能用才，成爲學人之詩耳。（《海天琴思錄》卷七，頁435）

這兩段引文似乎有相互矛盾之處，前者指出有學人、才人、詩人、志士之詩，並未加以評騭，後者則說學人之詩是「窮本而不知變，爲才用而不能用才」，似對學人之詩有貶語，由著作的時代來考查，《小石渠閣文集》早於《海天琴思續錄》，則昌彝主張學問與文章相互爲用的說法，是否有所變異？實際不然，因爲第一段引文是昌彝用以說明各人因爲才性不同，習染不同，所寫出來的作品風格也有所不同，只要「性眞流露，老嫗都解，以其能爲感物起興之詩也，以其能爲溫柔敦厚之詩也」(《海天琴思錄》卷七，頁 435)，則依然有感人的作品產生。

第二段引文是用以說明在創作詩歌時，要能「才」與「境」接，才能駕馭自如，出靜入動，詩人之詩，是能窮本知變，而學人之詩，是窮本不知變。這裡又關涉數個問題：一、何謂「才與境接」？如何才能達到「才與境接」？二、才與境的問題，是否與學問相互矛盾？如何與學問相互綰合？三、如何能掌握「惟變所適、變而成方，是有本焉」的境界，成爲詩人之詩，用才而不爲才所用？四、在昌彝的詩學系統中，學與才之關係究竟如何？所謂的「才與境接」是指詩人的才氣能與心境造境相融攝，他的方法即在於把握本源，以不變應萬變，能夠窮本知變即是才人之詩，能夠「惟變所適」不拘泥於格套則能成爲才人之詩，能用才而不爲才所用，此一論點雖甚淺近，然而理論根據卻是非常深厚，可惜並未加以說明，使人朦朧其意。他在《射鷹樓詩話》卷十二中引用錢竹汀的話說：

> 先生（指惠棟）序吳企晉詩，謂詩之道有根柢，有興會，根柢原於學問，興會發於性情，二者兼之，始足稱一大家。先生不多作詩，而此論極精當。(頁 282)

惠棟說作詩的方法有根柢、有興會，根柢是指以學問爲本源，興會是指性情的自然流露，二者皆爲詩歌創作時不可缺少的，若能兼備，可以成爲大詩家，昌彝基本上仍是贊成此說：

> 閩縣薩檀河先生玉衡著有《白華詩鈔》四卷，瑰瑋喬皇，沈博絕麗，如鸞翔鳳舞，樂奏鈞天，幾欲跨其遠祖雁門集而上之。陳恭甫先生評檀河詩云：……昌彝謂先生之詩，學人之詩也，也足以副之，亦梅村、竹垞之流亞也。(《射鷹樓詩話》卷十一，頁 240)

昌彝論詩非常推崇朱竹垞，甚至以朱氏自許，葉潤臣曾讚美他說：「林君學博詞雄，今之顧亭林、朱竹垞也」(溫訓《射鷹樓詩話・序》)，他對朱竹坨衷心誠服，以薩檀河比之於朱竹垞，並以「學人之詩」稱之，可見在他的詩論中，對於「學人之詩」並非貶辭，這樣又將如何說明「學人之詩」不能惟適所變？

在理論上來說，學問固然可以作爲創作的根柢，但是不能等同於創作，也不能代替「才」來完成創作，仍然必須能充份掌握創作的要領，才能游刃有餘，此即是「才」的效能，無可替代的。

從這些論述來看，昌彝提倡以學問爲作詩的根柢仍然未變，對各種風格的詩作依然能持平的欣賞，但是，晚期對於「學人之詩」、「詩人之詩」已有等第之分判了。

### 四、才與學之關涉

昌彝說：「詩筆各隨所賦之稟，而學問不求淵博，賦稟雖高，不能鍊成洪爐元氣。」（《海天琴思錄》卷八，頁 184）詩人各因稟賦不同，而有不同的創作成就，要提高自己的創作水準必須求學問的淵博，在「才」與「學」之間，二者應有互補的作用。

天生稟賦是與天俱來的，不可強求，但是先天賦稟之不足，可以用後天的學習、薰染來改變既定的稟賦，而以積學來完成、豐厚創作時的靈感。而天生異稟的人，亦不可自恃有才而不肯學習，徒以才使才，則才氣終將無積學的支援而才盡。所以才與學二者應相互爲用。

昌彝雖然強調創作貴有天趣、天份，非人力可達、可學，但是在學習的過程中，仍須以學問作爲前進的根基。

## 第五節　力崇比興

「比興」一詞是中國特有的文學批評術語，首出於《周禮》：「大師掌六律六同，以合陰陽之聲，……故六詩曰風，曰賦，曰比，曰興，曰雅，曰頌，以六德爲之本，以六律爲之音。」（《周禮・春官・大師》卷二十三）原與風、雅、頌、賦、共稱爲六詩，六者之義已不可確知，但是鄭玄作注，將六詩的意義，分別予以定義：「教，教瞽矇也。風，言賢聖治道之遺化也。賦之言鋪，直鋪陳今之政教善惡。比，見今之失不敢斥言，取比類以言之。興，見今之美，嫌於媚諛，取善事以喻勸之。雅，正也，言今之正者以爲後世法。頌，之言誦也，誦今之德廣以美之。」《周禮》中的六詩，其眞正的意義已不可知，但是經過鄭玄作注，其意義儼然蘊含漢儒解經的模式，含有政教意味，用於諷諭政治，與〈毛詩序〉中所說的「主文而譎諫，言之者無罪，聞之者足以戒」的作用相符。

〈毛詩序〉曰：「詩有六義焉，一曰風，二曰賦，三曰比，四曰興，五曰雅，六曰頌」將六者稱爲六義，並界定風、雅頌的意義……「是以一國之事，繫一人之本，謂之風；言天下之事，形四方之風，謂之雅。雅者，正也，言王政之所由廢興也。政有小大，故有小雅焉。頌者，美盛德之形容，以成其功告於神明者也。」，明確的將風、雅、頌的意義加以釐定，然而卻未將賦、比、興的定義加以解釋，莫怪後世對賦、比、興的意義難以定義，產生言人人殊的情況。

在鄭玄的注疏中，將「賦」解爲直接鋪陳，與後世論「賦」的意義相同，「比」與「興」則等同於今之譬喻，益使後人難以分辨。六義經過〈毛詩序〉、鄭玄作注之後，遂有了政教的意義，誠如蔡英俊所言：

> 比興第一次具有文學批評史上的理論意義，是透過漢代儒者手中建立起來的，而這一套理論體系所以完成，就像這套理論亟欲彰明的，是有其獨特的時代背景：漢帝國的統治法度與其道德意識。(《文學術語辭典・比興》，《文訊》第十九期，頁 307)

孔穎達《毛詩正義》將此六義分爲兩大類：「賦比興是詩之用，風雅頌是詩之成形」，說明風雅頌是指體裁，賦比興是指運用的方法、技巧。此後討論「六義」或「六詩」者，莫不各逞其能的爲它作定義，但是基本上，六詩自孔穎達之後，大都將之視爲兩組概念，賦、比、興成爲三種表達情志的寫作方法與技巧了。

一般而言，「賦」就是平鋪直敘。「比」是以此物喻彼物，相當於現在修辭學中的「譬喻」。「興」最有歧義，言人人殊〔註14〕。

莫怪崔述在《讀風偶識．伯兮篇》中要說：「天下有詞明意顯，無待於解，而說者其易知，必欲紆曲牽合，以爲別有意在，此釋經者之通病也，而於說詩者尤甚。」

對於興的說法，眾說紛紜，近人趙制陽將傳統的說法分爲：義理說、聲歌說、起勢說三種，若依新類型而分，又可分爲聲歌起興、以情景起興，二者皆以義理爲主要經緯。因爲賦、比、興在技巧上已經互相融合〔註15〕，徐復觀亦說：

> 興是內蘊的感情，偶然被某一事物所觸發，因而某一事物便在感情的振蕩中，與內蘊感情直接有關的事物融和在一起，亦即是興詩之主體融和在一起。（《中國文學論集》頁103）

後人乃將「比」、「興」連用，成爲傳統詩學中的批評術語。根據李正

---

〔註14〕例如：

1. 〈詩大序〉孔穎達引述鄭眾之言：興者，託事於物，則興者，起也；取譬引類，起發己心，詩文諸舉草木鳥獸以見意者，皆興辭也。
2. 〈詩大序〉孔穎達《正義》引述鄭玄之言：興，見今之美，嫌於媚諛，取善事以喻勸之。
3. 〈關雎〉首章鄭箋：興是譬諭之名，意有不盡，故題曰興。
4. 劉勰《文心雕龍．比興》：詩文宏奧，包蘊六義，毛公述傳，獨標興體，豈不以風通而賦同，比興而興隱哉，故比者，附也，興者，起也，附理者，切類以指事；起情者，依微以擬議。起情故興體以立，附體故比例以生，比則蓄憤以斥言，興則環譬以寄諷。蓋隨時之義不一，圈詩人之志有二也。
   觀夫興之託諭，婉而成章，稱名也小，取類也大。關雎有別，故后妃方德；尸鳩貞一，故夫人象義，義取其貞，無從於夷禽；德貴在別，不嫌於鷙鳥；明而未融，故發注而後見也。
5. 鄭樵《六經奧論》卷首讀詩易法：凡興者，所見在此，所得在彼，不可以事類推，不可以義理求也。
6. 朱子：興是借彼一物以引起此事，而其事常在下句。但比興雖切而卻淺，興意雖闊而味長。

〔註15〕參見趙制陽《詩經賦比興綜論》第三章興體辨說，楓城出版社，民國64年。

治所言，「興」包括三義，一爲感物起情之興，一爲表現方式之興，一爲美感境界之興，將「興」的意義囊括殆盡，掃除「興」義的歧見，使興義更具完整性〔註 16〕。

昌彝論詩或是評詩時，常以比興爲最高指導原則，他對比興的認知如何呢？我們從其著作中無法明確的知道他對比興的定義，他並沒有對「比興」下過明確的定義，對於比興理論的闡述也不足。只有在《硯桂續錄》卷十五中引述李仲蒙對賦比興的定義說：

> 敘物以言情，謂之賦，情物盡也；索物以托情，謂之比，情附物也；觸物以起情，謂之興，物動情也。

昌彝援引他人見解，並沒有加以分析說明，既然如此，表示他認同李仲蒙對賦比興的定義，「比」是「索物以托情」，也就是利用譬諭的方法，將情感寓寄在事物上。「興」是「觸物以起情」，也就是借由事物以作爲吟詠的發端，或是興起情感。這樣的說法，基本上是建立在「情」與「物」的相互關係上。

昌彝將「比興」二字連用，他認爲三百篇之中，十五國風大多是運用譬喻的方式來表達情志，這種譬喻的方法就是「衣讔」的意思：

> 作詩者須知博依之義。記曰：「不學博依，不能安詩」依者何？廣譬喻也。依或爲衣，博依者，知比興也。深于比興，便知博依，蓋隱語也。說文：「衣，依也」，白虎通云：「衣者，讔也」。（《海天琴思錄》卷一，頁 22）

他認爲作詩的人必須會運用博依的方法，而要知道博依，就必須先懂得比興方法的運用，也就是譬喻的技巧，在他的觀念中，譬喻的方法就是衣隱的方法，又說：

> 三百篇，國風多設喻之辭，此衣隱之義也，正言之不足，故反言之，齊、魯、韓、毛四家詩，惟韓詩最明此義，衣隱之義即大喻譬之義也。（《海天琴思錄》卷三，頁 54）

譬喻的方式就是正面不足以說明的時候，再以反面的譬喻的方法來表

〔註 16〕參見《文訊》第二十九期《文學術語辭典・興象》。

達，使所要表達的意義透過譬喻的方式，引發人們深刻的沈思，這種方式即是「衣讔之義」，而昌彝自言「衣讔之義即大喻譬之義」，所以在昌彝的觀念中，比興即等於譬喻，沒有仔細加以分析。

根據黃慶萱的《修辭學》對譬喻的定義是：「譬喻是一種『借彼喻此』的修辭法，凡二件或二件以上的事物中有類似之點，說話作文時運用『那』有類似點的事物來比方說明『這』件事物的，叫譬喻。」，並將譬喻分爲：明喻、隱喻、略喻、借喻、假喻五種，其目的在運用二件事物的關連性，達到以易知說明難知者，以具體來說明抽象者，故善用譬喻者，能使文章有生機，化平淡爲神奇。

鄭樵認爲詩的意義，完全在聲歌中透顯出來，他在《六經奧義》的國風辨說中說：「詩者，聲詩也，出於性情。古者三百篇之詩，皆可歌，歌則各從其國之聲。」又說：「夫詩之本在聲，而聲之本在興，鳥獸草木乃發興之本。」他認爲《詩經》爲聲詩，三百篇皆可以歌，詩的根本在於聲，十五國風皆有各有民歌，而民間歌謠的詠唱方式，都是先借物以發起吟詠的意思，所以說鳥獸草木，是發興的本源，也就是興發意義。昌彝《周禮．春官》的說法，也同意詩三篇是以性情爲本，以聲律爲根：

> 《周禮．春官》：「太師教六詩，曰風，曰賦，曰比，曰興，曰雅，曰頌，以六德爲之本，以六律爲之音」，六德爲本，所以成其性，六律爲音，所以和其聲，今人以詩爲酬應之具，失其性矣，浮囂庸劣，滿紙陳言，失其聲矣，失其性，失其聲，而六之義亡矣。（《海天琴思錄》卷三，頁66）

若失去性情與聲律，那麼三百篇意義蕩然無存了，這裡的性情是指內容，聲律是指形式而言，承認詩三百篇是藉由聲律的方式來表達，也就是承認它的原始意義是與民歌相關的。

透過這樣的理解，可以知道昌彝的「比興」說，就是指譬喻，利用譬喻使所要陳述的意義能婉曲的表達出來，並且以比興作爲批評的指導原則，他說：

▲三百篇惟比興爲妙，比興始於易象，若離騷學詩之比興者也，詩家推尊工部秋興八首，則杜子之離騷也。……皆詩之比興體也，而從來注釋家，但且爲秋興則未達其旨矣。(《硯桂續錄》卷十六，頁 26)

▲不知少陵佳處全在比興見長。(《硯桂續錄》卷十五，頁 15)

▲少陵詩在比興多而賦少。(《硯桂續錄》卷十五，頁 8)

古詩有得三篇之意者，以其詩多因物起興也，……此皆詩人起興之意，可接風詩。(《硯桂續錄》卷十六，頁 27)

▲詩出六經，流爲聲律之工，詩教衰矣，蓋詩本無達旨多託比興，眞意所發，其詞最耐咀嚼。(《海天琴思錄》卷二，頁 40)

認爲三百篇之妙，乃善於運用比興的手法，杜甫的詩歌所以膾炙人口，也是善於使用比興的手法，爲何昌彝論詩以比興爲最高的原則，因爲他非常要求詩歌必須有含藏不盡的意義，也就是「衣讔」的意思，一首詩歌若沒有深刻的意義，足以省發讀者深沈的思考，那麼何異於其他庸俗的作品呢？所以在賦比興三者的意義中，以比興的運用，最得他的喜愛，而比興的觀念，他又沒有仔細分析，依現在的使用情形來說，是否他已隱然的承認比、興已有交疊使用的情形出現，所以不加以分析，這就不得而知了。

然而在昌彝的詩論中對比興的用法，沿用自毛詩、鄭玄注的見解，以諷諭、曲隱的方式對政治、社會實行政教美刺的功能。對杜甫、義山詩歌的推崇亦是比興手法寓寄政教風化的重視。由此而言，昌彝的比興可以作如是觀：一、將比興視爲譬喻，亦即讔之意，二、雖然引用李仲蒙對賦、比、興的定義，但是在觀念上仍是未將比、興的意義加以區分。三、以比興爲論詩的主要觀點，對杜甫、義山之詩析以獨鍾，其理在此。

清朝經過晚明諸人對前後七子的反省之後，發展出對比興觀的重新重視，所以有陳沆的《詩比興箋》，嘗試對歷來的比興作一理解，魏源甚讚其說，在爲陳沆的《詩比興箋》寫序時說：

> 《詩比興箋》何爲而作也，蘄水陳太初修撰，以箋古詩三百篇之法，箋漢魏唐之詩，使讀者知比興之所起，即知志之所之也。(《魏源集・詩比興箋》頁231)

並且指陳詩教之弊有二：一、昭明文選專取藻翰，李善選注專詁名象，不問詩人所言何志。二、鍾嶸、司空圖、嚴滄浪有詩品，詩話之學，專揣於音節風調，不問詩人所言何志。對於陳沆的《詩比興箋》能使漢魏、六廟、初唐騷人墨客的詩境，旁推曲鬯，重尋詩人幽微之志及隱微之意，發比興之義於將輟，甚爲激賞。而昌彝與魏源交情深厚，其曰：「余公車北上，每過揚州相訪，必留連信宿，厚惠道理費」(《射鷹樓詩話》卷二，頁36)，又說：「魏源所爲詩文，皆有裨益經濟，關繫運會……」(同上)，其論詩意見也與昌彝一般，皆注重社會教化義意，對於比興的觀點也非常重視。比興一直是中國文學理論中的主要論點，但是到了清朝爲何又重新被重視呢？根據龔鵬程先生研究的成果顯示，明代對詩史說的反省，而對傳統的比興觀有了再發現，詩史以「賦」的直接鋪陳方式來記載史實，使詩的表達方式以「類似作文的敘述手法來作詩」，引起大家對詩歌的寫作方法產生反省，認爲詩歌應有別於散文的敘述文類，遂對傳統的比興觀有了新的思索與體悟，普遍要求詩歌應以比興的曲隱方式來表達情志，在這種情況下，又產生兩種相反的觀念，一則要求詩歌必須以含蓄、曲折的藝術技巧來寄託含藏不盡的意義，一則產生詩歌對情志的重視，遂有力主宋學以知性之美來從事詩歌創作。前者又發展出清代的性靈說、神韻說，後者發展出主知的宋詩學派，迄於晚清而有同光體的出現，這些流派雖然相悖甚遠，其源皆始於對比興觀的重新重視，於是，清人以比興之法箋注李義山詩，又對屈賦加以重視，其理皆在於對比興的重視〔註17〕。昌彝居處在這個大傳統之中，對於比興的重視亦可以理解。

〔註17〕參考龔鵬程《詩史本色與妙悟・論詩史》頁51至90，學生書局，民國75年。

# 第四章　林昌彝詩歌價値論及創作論

## 第一節　昌彝論詩歌價値

昌彝對詩歌認知的價値與詩話所呈現出來的價値原本不同，但是昌彝詩話中所討論的問題是以詩話的方式來討論詩歌的價値，本身即寓含詩話的價値及含有對詩歌的價値判斷，而且在引述時也以詩歌爲主體，因詩話是對詩歌作評論，所以二者之間容有交疊的論述，本文論詩歌的價値時，於其可分者分之，於其不可分者置於詩話中論述。昌彝論詩歌的價値雖然本處只臚列二種，其實是與詩話所呈現的價値相爲表裡，爲避免重複敘述，於詩話的價値中論述。

### 一、詩歌可補方志之闕

昌彝對於方志非常重視，其曰：「方志可與國史相爲表裡，義例不可不嚴，紀述不可不備，蓋國史總天下之圖書，紀載宜約而賅；方志敘一大邦之故實，紀載宜周而要。」說明國史與方志之不同，一則須簡略而概括性強，一則須記載詳盡而確中要旨，二者相輔相成，才能展現整體性的史書記載，所以對方志要求必須體例嚴謹，敘述詳備〔註1〕。在詩話中也論述了自己對於方志的一些見解。

〔註 1〕他曾經對於重纂通志稿的條例加以辨證，所辯的內容包括一、儒林昌彝云：「詩有搜羅極博，可補方志所未備者，如朱竹垞〈鴛鴦湖櫂歌〉一百首，邵二雲〈大明湖櫂歌〉一百首，嚴仙舫〈沅江櫂〉一百首，李蘭屏〈揚州雜詩〉八十首，頗稱賅備。余友真小石比部，出示〈莆陽雜詠〉二十四首，搜羅既博，詩亦情韻獨絕，近代可合翁山、阮亭、樊榭、蘭雪而五。」（《射鷹樓詩話》卷九，頁210）他指出詩歌可以補方志之不足，是因爲詩歌「搜羅極博」，但是並未明確標示羅極博的標準是什麼，亦未說出其義例如何，但我們從其選詩中可以隱約窺出概況：

1. 詩歌內容非常豐富，記錄風土民情、山川河嶽、物產、名物、文人雅士的典故、名勝古蹟等，皆可以用來補足方志所不備載者。

例如黃小石的〈莆陽雜詠〉二十四首，記事風土民情者有「門前溝水自西東，艓子搖波曲曲通。六月勾人船上坐，夕陽城郭荔支風。」描寫山川河嶽者有「山川雄鬱古名都，沃壤平疇繡錯鋪。」、「柳陰夾岸碧迢迢，半里陂塘八九橋。見說三江風浪惡，木蘭陂水不通潮」。描寫物產者有「迎仙橋下水拖藍，沙港衝潮種蛤蚶。三印子魚風味最，網師多集小姑潭」。描寫名物者有「瓊州惟有文莊集，倘守端州硯也無」。描寫文人雅士的典故者有「比戶絃歌似鄒魯，莆中學始鄭南湖。」、「誰續閩川名士傳，居人猶指讀書林」。描寫名勝古蹟者有「報功長者有專祠，投盒灘鄰智大師。郎罷摩挲阿囝讀，至今淚墮李侯碑。」（《射鷹樓詩話》卷九，頁210）

又如七星巖在高要縣北六里，方濬師有〈游七星巖詩〉、（《海天琴思續錄》卷五，頁353）將地勢、山川記載非常清楚。寶鋆奉使三音諾彥時，曾寫下〈奉使三音諾彥紀程草〉的組詩，更以蒙古語聯綴而成，非常新奇，從詩中可以窺見當時當地的風土民情及地理形勢。（《海天琴思續錄》卷六，頁391）。斌椿在同治丙寅時乘船遊歷歐羅巴，遍遊十五國，有關風土民情，皆載入詩中，有《海國勝遊》、《天

混入、二、孝義濫收、三、藝文無志、四、道學無傳、五、山川太緊。參見《射鷹樓詩話》卷三。

外歸帆》二集，昌彝亦收錄詩話中，其曰「皆紀實也，集中諸作，有足助談柄而擴聞見者。」所以摘錄了一些作品，以擴大見聞，補方志之不備載者。例如〈紅海苦熱〉:「芬蘭三伏日，瑟縮加衣襦。今時秋氣涼，酷暑與前殊。早聞紅海熱，茲言良不誣。」(《海天琴思續錄》卷七，頁449)

2. 援引他人詩作以證方志記載的訛誤。

例如李彥彬的〈無錫舟中雜詩〉十六首之五云:「梅里傳聞太伯城，鴻山況復有遺塋。專皇宅井分明在，方志何勞兩地爭。」昌彝說:此詩可證方志之訛。並且指出《吳地志》、《江南通志》等書來證明東皇山亦稱鴻山，是太伯所葬的地方，李彥彬已指出方志之誤，毋須再辯(《射鷹樓詩話》卷八，頁175)

又如王昌齡的「可憐無定河邊骨，猶是香閨夢裡人」中的無定河，在直隸固安縣西北十里，清朝已改爲永定河，不是陝西的無定河，王阮亭已辯明，薩玉衡的詩亦已明確的標清楚(《射鷹樓詩話》卷十，頁230)

3. 以詩歌點出地名，可以作爲典故使用。

例如:「余家住福州省垣南後街，『後街』二字，鄉先輩詩皆未見。近讀陳少香先生〈春雨樓試燈日柬雪樵〉頷聯云:『隔巷簾櫳橫笛夜，後街風月買燈天』自註云:『時寓後街，燈市甚近』，今按『後街』二字，一經詩家拈出，此後可爲典故。」(《射鷹樓詩話》卷三，頁45)

## 二、以詩證史

「詩史」最早見於唐朝孟棨的〈本事詩〉，用來稱呼杜甫遭逢安祿山之亂，以詩來記錄當時的社會景況，其後對於「詩史」的說法有兩種相反的意見:

1. 贊成有「詩史」的說法。認爲杜甫以詩歌的表現方式來反映社會情景，是繼「詩亡而後春秋作」的傳統而開展出來的，其後有許多的學者、詩家皆以這種方式來表達自己對時代的關心。代表人物有明朝王世貞《藝苑卮言》、清朝朱彝尊《靜志居詩話》、朱庭珍《筱園詩話》等。

2. 反對「詩史」的說法。從詩歌來衡度詩史時，會發現中國的詩歌是以抒情言志爲主，而詩史的觀念則與之枘鑿，這種意見以楊愼《升庵詩話》、王夫之《薑齋詩話》爲主〔註 2〕

贊成者主張詩歌應具有反映時代的作用，反對者主張詩歌應以抒情爲正宗，二者各有論據。

昌彝博通經史，有非常深刻的歷史境遇感，曾引《聽松廬文鈔》說：「冰叔先生深於史，舉數千年治亂與衰得失消長之故，窮究而貫通之，而又驗之人情，參之物理，本胸中所積而發之於文，故其勢一往而不可禦，其行文之妙，蓋得力於《史記》、老蘇者居多。」（《射鷹樓詩話》卷二，頁 28）

歷史不是過往的陳跡，可以透過歷史文化來豐富的視野，將前人的遭逢再予以感受一遍，使後人能重新理解前人的思考模式，並且體驗、感受前人的經驗。所以歷史是我們得以立足的基石。

人是生存在歷史的場域之中，昨日的歷史得以延續今日的歷史，今日的歷史又成爲明日歷史的基石，在承續不斷的歷史脈絡中，參予時代的活動，關心時代的變化，實際上就是參予歷史、關心歷史，終將成爲歷史的一部份，惟有透過歷史的了解才能了解存在的價值，所以人不能自外於歷史，也不可能自外於歷史。

昌彝選錄時人記錄鴉片戰爭經過的詩歌，猶如杜甫以詩歌記錄安史之亂一樣，借由自己對歷史事件的看法，以詩歌的形式來表達自己的價值判斷，這個經過，原本就是一種史筆的記載。所以「詩史」本身即是一種文學類型，而是一種歷史判斷，詩人以自己的視見，呈現對歷史事件的判斷。

昌彝選錄有關時代的詩歌，本身即包含對歷史事件的境遇感，使

〔註 2〕有關詩史的論述，可以參考龔鵬程《詩史本色與妙悟》第一章，學生書西，民國 75 年。該書已將「詩史」、「史詩」的觀念作一釐清。

讀者能經由這些文學作品來了解當時的社會景況，以補史書記載之不足。然而這裡出現一個問題：詩歌的題材、內容是經過文學家對事件經過的取捨之後，所顯現的面向，未必是歷史的眞象（雖然歷史亦無眞象可言，只有詮釋的觀點而已），詩人所要表現的面向，往往就是他個人對整個歷史事件的看法與意見。

魏源的〈前史感〉：「誰奏中宵秘密章，不成榮虢不汪黃。已聞孤鼠憑城社，安望鯨鮫戮場疆。功罪三朝雲變幻，戰和兩議國冰湯。安劉自是諸劉事，絳灌何能贊塞防」，詩中嚴斥議和者。又：「前時但說民通寇，此日翻看吏縱夷」，查禁鴉片初以奸民通夷爲理由，後又有耆善簽署穿鼻草約。〈後史感〉又說：「爭戰爭和各黨魁，忽盟忽叛舉若棋」指出中國在面對鴉片戰出的過程中，主戰主和皆有自己主張，二者形成拉鋸戰，政府的態度搖擺不定，時而主戰，時而主和，立場不堅，錯失良機。我們從《清史稿》的記載中，看不出主戰主和的官方態度，魏源卻以歷史巨眼予以批判，同時也代表了當時多數知識份子的見解。例如張際亮、張維屏等人也以文學作品來表達對此事的看法。

張亨甫的〈感事詩〉更深刻的描寫鴉片煙進入中國以來，廣東人民競相吸食，流毒深害人民，林則徐將鴉片查禁付之一炬，導致中英戰事更激烈，宣宗不願戰事擴大，派耆善極力調停此事，乃有擅自割讓香港，開門揖盜，一誤再誤的情形發生，其中最可憐的莫過於人民及勇將，在戰爭過程中紛紛起而抗夷，一一盡鋪載於詩歌之中，使讀者透過詩歌這一文類的表達，了解整個歷史事件的另一個面向。

## 第二節　創作理論

昌彝的創作論可以分爲兩部份來說，一爲指導創作的內容要點，一爲指導創作的形式要點。在內容的要求方面，前面多已論及，本處簡約而言。

## 一、指導創作的內容要求

作詩之前，應先積學以儲寶，使內容不會匱乏：「作詩最忌少讀多作。蓋多讀少作，詩味往來胸中，遇題到手，觸處洞然，往往成爲天籟；若少讀多作，則胸無眞趣，一舉筆，無不生吞活剝。」（《海天琴思錄》卷十，頁 13）昌彝指出作詩最忌少讀多作，因爲胸無點墨，一下筆難免生吞活剝。若能多讀少作，則胸中蘊積的學養，可以汩汩然不擇地皆可出。又云：

> 作詩者在多讀書，詩之工又在乎多讀詩，然作詩者，實關乎天籟也。南海韓曙樓太守純禧，泛覽群籍，記誦賅博，及其下筆爲詩，純是天籟，非常流所能窺及。（《海天琴思錄》卷五，頁 105）

昌彝一直強調多讀書的重要性，認爲泛覽群籍，有助下筆爲文，此所以杜甫說：「讀書破萬卷，下筆如有神」之意。劉勰亦云「積學以儲寶」，皆在揭示讀書蘊積的重要性。然而這兒關涉到「天籟」一辭，昌彝借用在文學理論之中，指一切不經人爲矯飾的作品，包括發乎眞情、眞趣、自然的音節等等。

其次，作詩要求有眞情、眞趣。昌彝對詩歌的內容要求，必須出自眞感情，情眞意摯方能感人，其云：「作詩貴情摯，情摯可以感人」，又曰：「詩本性情，蓋以感發人之意志，凡好用僻字僻典，及押全韻者，余所不喜。」（《海天琴思續錄》卷二，頁 256）

最後指出，作詩不預求人知、不取悅於人、不苟作：

> 作詩之旨，如玄酒太羹，不必求人人皆知，正惟知我者希則我貴。亡友張亨甫，詩才俊逸，雄視一代，每下筆時，欲求人人皆知，是爲一病。金元遺山〈感興〉詩云：「好句端如綠綺琴，靜中窺見古人心。陽春不比華黃曲，未要千人作賞音」。（《射鷹樓詩話》卷十，頁 220）

詩歌之妙在於含藏不盡的深意蘊含其中，作詩若求人人能知，則文章必不能旁推曲鬯，所謂陽春白雪正是曲高和寡，何況是引商刻羽，雜以流徵呢？元遺山指出好句當如綠綺琴，要在靜中方能窺見古人之心，若一味要求詩歌作品要作千人賞，則必俚俗不堪。昌彝又說：「詩務悅人，古來之通病，何論近今！西晉以降，如陸機、顏延年輩，鬥靡騁妍，渺無眞氣，皆悅人之一念誤之也。」，昌彝論詩講求要有自己的身份、性情；取悅於人，必無自己的身份、性情存乎其中，皆不足以觀。且作詩要求以風人之旨表達自己隱微之意，不可忽忽寫出來，而無眞意存乎其中，又說：「張君問詩不苟作，是否？蓋名家集中，無題、遣興諸作，不可枚舉，然明璫、玉佩，實託喻夫君臣；燕雀、桑麻，仍自抒其蘊蓄。脂粉媟褻，究非大雅之音；鄉里璅言，何與風人之旨，此而不辨，觸處迷途。」（《海天琴思錄》卷一，頁 7）即是。

## 二、指導創作的形式要求

作詩之前應先有命意，一般而言，寫作的過程，可以分爲三步驟，一爲寫作之前的積學儲寶，二爲寫作過程中的鍊字鍛句，三爲完成之後的修改工作。昌彝指出寫作之前必先有命意，不可先得句再安題目：「作詩須有命意，而後講性情、風格，不可隨手成章，空空寫去，則於詩便不是可作可不作者矣。」（《射鷹樓詩話》卷十四，頁 322）命意在動筆之前，先有主題，然後才能下筆爲文，否則空空寫去，不能掌握主旨內容，則此詩便可不作，有了命意才可以要求性情、風格，安排句法、篇法等等。又說：「余生平作詩，雅不喜先得句而後安題，是以集中有篇法而少句法。」昌彝不僅用以揭示世人，自己也躬行不悖。

作詩過程中，不可模依、依傍，且須運用「衣讔之法」。昌彝指導詩作的技巧，要求不以模仿爲勝，亦不可倚傍、且能得風人之旨，並且大量運用比興的手法：「作詩須無依傍，不肯一字拾人牙慧，則品貴矣。連城楊翠巖大令維屛所爲詩，各體均有眞趣，余尤愛其〈山村雜興〉七絕詩，能自別開生面。」（《海天琴思錄》卷三，頁 62）又說：

> 作詩最忌摹擬形似，爲優孟衣冠，唐初四傑七言長篇，隊仗工麗，然易流於浮靡。（《海天琴思錄》卷三，頁60）

昌彝論詩最忌形式模擬，以爲詩教日遠，以摹古之弊爲甚，「有詞無意，有肉無骨」，是詩品日下，詩教日衰，去古益遠的原因。除此而外，作詩尚須運用「衣讔」的寫作方法，能使詩歌寓寄諷諭的手法，達到社會教化的功能，或能使詩歌有婉曲的藝術美感：

> 作詩須知博依之義，《記》曰：「不學博依，不能安詩」依者何？廣譬喻也。依或爲衣，博依者，知比興也，深于比興，便知博依，蓋隱語也。（《海天琴思錄》卷一，頁22）

此爲昌彝對比興手法的重視，請詳見力崇比興一節之論述。

最後在詩作完成之後，當刪累句。創作過程中，漚心瀝血完成的作品，往往因佳句甚多，不忍割愛，致使駢拇枝指，成爲敗筆，昌彝指出張亨甫的〈江山船曲〉末十二句必刪之，方能成完璧，使作品有餘韻不盡之意，大詩家猶且會犯此毛病，何況是泛泛之輩？所以作品完成，尚須經過裁翦的功夫，才能臻於至善（《射鷹樓詩話》卷十三，頁307）

# 第五章　林昌彝詩體論與詩類論

林昌彝在論述各種詩歌體裁及詩類時，除了揭櫫自己的意見外，還標舉出各種詩歌體裁及詩類的代表詩家作爲引證，本章在論其詩歌體裁及詩類時也將他認爲重要的代表詩家一併討論。

本章第一節旨在論述昌彝對於各種詩歌體裁的見解及重要的代表詩人，期能探究昌彝對各種詩歌體要的要求，第二節闡述昌彝對於各種詩類的論見及重要的代表詩人，以明晰他對各種詩類的看法。

## 第一節　論詩體及其重要詩人

中國古典詩歌，在意義上有廣義與狹義之分，廣義的詩歌包括詩、詞、曲、賦，狹義則指純粹的詩歌，本節論述是指狹義的詩歌，一般又分爲二種：一爲古體詩（又稱古風），又分爲四言、五言、七言、五七雜言、三七雜言、三五七雜言及錯綜雜言七種古體詩〔註1〕。一爲近體詩，包括絕句、律詩、長排（又稱排律），其中每一種詩又

〔註 1〕 黃勗吾認爲「古體詩」應有兩種含義，一、專指漢魏六朝詩，二、包括一切非格律的自由詩，參見《詩詞曲叢譚》頁6，洪氏出版社，民國65年。另外王力在《中國詩律研究》一書中指出，古體詩是相對於唐人的律絕而言，凡是詩歌不按照近體詩的平仄皆可稱爲古體詩，參見該書頁304，坊間本。一般稱「古體詩」是指與「近體詩」相對的詩。

可以細分爲五言與七言二種，本文先論述古體詩，再論近體詩，兼及其它相關問題。

昌彝在《海天琴思錄》卷一，曾對各種詩歌體裁作一概括性的比擬：

> 五言古詩，琴聲也，醇至澹泊，如空山之獨往；七言歌行，鼓聲也，屈蟠頓挫，昔漁陽之摻撾；五言律詩，笙聲也，雲霞縹緲，疑鶴背之初傳；七言律詩，鐘聲也，震越渾鍠，似蒲牢之乍吼；五言絕句，磬聲也，清深促數，想羈館之朝擊；七言絕句，笛聲也，曲折繚亮，類羌城之暮吹。（頁 15）

此段譬喻，是從音樂的觀點來批評各種詩歌體裁應呈現出來的風格，從這段話可以尋繹昌彝對各種詩體的要求與欣賞的角度。五言古詩要如琴聲澹泊清揚；七言古詩當如鼓聲，擂打時充滿頓挫的節奏感；五言律詩應有笙樂的悠揚縹緲之聲；七言律詩有如鐘聲般地激清渾越；五言絕句當有如劃破靜謐清晨的磬音迴盪；七言絕句則應如笛聲，曲折繚亮而不絕如縷。這些詩體的整體風格以音樂之聲來譬喻，較難令人了解其意蘊，所以必須透過平淺的論述，及他所標舉出來一些詩家的作品，以幫助讀者理解他對於各種體裁的要求〔註 2〕。

在各種詩體中，昌彝以爲七律最難，其次爲七古：

> 諸體詩以七律爲最難，次爲七古，七古句過長不可，句過排亦不可；句過長則驅邁不疾，句過排則筋脈不遒。近楚南張陶園九鉞、湯海秋鵬二君爲七古，好爲馳驟，陶園七古病在句過於長，海秋七古病在句過於排。二君均能去其詩病，則可以上接王李、高、岑而不可一世矣。（《射鷹樓詩話》卷十四，頁 319）

爲何七律最難？從形式結構來說，七律有四聯，中間的頷聯、頸聯必

〔註 2〕 王闓運在〈王志〉中也有相似的說法，以各種樂聲來比擬各體詩歌體要，「四言如琴，五言如笙簫，歌行七言如羌笛琵琶，繁絃雜管，故太白以爲靡」，此二人所論雖有不同，但是對於詩歌的看法，其本質上皆從樂聲來作比喻。

須對仗工整，而對仗的技巧必須注意用字虛實、配辭作偶等規定，也就是除了基本的平仄相反、詞性相同的矩矱之外，尚須注意「意義相類」的「工對」，例如時令與時令、天文與天文之相屬對，避免地名與鳥獸之名相對，《文心雕龍·麗辭篇》中舉出：言對、事對、反對、正對四種對仗，更明確的指出屬對的定義〔註3〕。另外，尚須注意技巧的運用，不致流於呆滯、無變化的感覺。

至於七古，昌彝說：

> 七律對結，七古複收，此是明人學杜最可厭處；七古好用疊排到底，此粵東近時惡派最可厭處。（《海天琴思錄》卷七，頁158）

指出明人作七律時喜用對句作結，七言古詩喜用複句作結，皆是學杜甫不成反類犬之弊，而粵東的詩家也有陋習，創作七古詩，往往以排句鋪陳到底，亦是不自知的弊病。昌彝皆一一指正，有助詩家學者認清此中的曲折。以下分從古體詩與近體詩討論。

## 一、論古體詩

所謂「古體詩」，最初並無其名而有其實，自唐朝「近體詩」逐漸發展圓熟之後，才有「古體詩」的名稱產生，以為區別。古體詩與近體詩最大的不同是：

1. 在章法上，古體詩的句數不受限制可以自由發揮。而近體詩的絕句限四句，律詩限八句，排律最短為十句，最長不受限制，但須是雙數句。
2. 在句法上，古體詩有四言、五言、七言、五七雜言、三七雜言、三五七雜言、錯綜雜言等，句子的長短不受限制。近體詩則嚴格規定為五言和七言兩種。

〔註3〕張夢機將對偶分為「體」、「用」二方面來敘述，所謂「體」是指取虛字實字，雙聲疊韻，配辭作偶，說明裁對的基本矩矱，所謂「用」是指其對意虛實反正的變化及其運用的方法，見《古典詩的形式結構》，〈對偶的體與用〉，尚友出版社，民國70年。

3. 在用韻方面，古體詩可以一韻到底、通韻、轉韻、全首用平聲韻或仄聲韻或有連句韻、隔句用韻等。近體詩則規定隔句用韻（出句可用亦可不用韻），絕句、律詩、排律限制一韻到底、不得通韻或轉韻，韻腳也不得重複。
4. 在平仄方面，古體詩並無嚴格規定，而近體詩嚴格要求必須遵守平仄的用法〔註4〕。基本上，古體詩的創作較無矩矱可規範，而近體詩必須嚴格遵守平仄、用韻、用法、章法的規定。

昌彝論各種詩體，並未針對形式結構作一仔細的解析與分辨，而是以提綱挈領的方式說明各種詩體應如何把握，使其優劣畢現，並一一指陳詩家在各種詩體上表現的良窳，以作爲創作方針。

雖然古體詩有各種不同的句法，但是基本上仍以五古、七古爲多，昌彝所論也以五古、七古爲多，他對各種古體詩的見解即可以從此論述。

## （一）論五言古詩

昌彝論五言古詩不從形式技巧談，而是論其精神內蘊及個中的詩家。他說：

> 作五言古詩不難於淡，而難於逸，曰古逸，曰超逸，曰沖逸，曰曠逸，皆逸中之眞趣也。定遠方鴻甫先生玉達詩多曠逸，晚年自號豫園老人，有取曠逸之旨，繪〈松石曠逸圖〉以見志，自題一詩，不愧曠逸之品。（《海天琴思續錄》卷七，頁440）

指出作五言古詩要求「淡」並非難事，最難的是達到「逸」的境界。在詩歌史上，「淡」的境界甚爲高遠，司空圖的《二十四詩品》，列有「沖淡」一品，清朝的王士禎稱讚爲「品之最上者」，其推崇備至可見一斑，所謂的「淡」並非指淡而無味，而是要達到道家平易素樸的境界。「逸」品之中，又可分爲：古逸、超逸、沖逸、曠逸四種。這

〔註4〕有關古體詩、近體詩的形式結構，論者甚多，本文參考王力的《中國的詩律研究》及黃晷吾的《詩詞曲叢譚》。

四種逸品，昌彝並未加以分析，但是可以從他摘錄方玉達的詩，來考查他所說的曠逸，詩中以松之堅貞、石之嶙峋自況己志，又以園松爲友，俯仰可以聽松濤，契闊可以愜素心，昌彝說：「讀者可覘其高尚之志矣」。由此可知所謂的「曠逸」是指逸品中的曠達者，「古逸」當指古樸的逸，「超逸」是指超邁豪偉的逸品，而「沖逸」則是淡泊超絕的逸品。

在歷代的作品中，昌彝認爲五古以鮑照、謝靈運爲要，故批評包世臣的五言古詩說：

> 涇縣包愼伯大令世臣著有《倦游閣詩文集》。大令詩廉質峻整，五言古直登鮑、謝堂廡。（《射鷹樓詩話》卷十二，頁 275）

這句話包含了三層意義，一指鮑、謝爲五古的典範。二指包氏的五古成就可以力追鮑、謝。三指包氏的五古風格近於鮑謝二人。《射鷹樓詩話》選了包世臣四首詩，〈月夜江行家君命和〉寫月夜江行之景緻，結尾以「聞詩即孔庭，辨樹鄙謝句。奇懷撰良辰，慚誦東征賦」作結，能貼切「家君命和」之旨。〈遊鍾山二首〉寫山中遇仙人，頗有遊仙詩的味道：「跪請授眞訣，輕雲促膝生。雲生忽天半，仙樂飄縱橫。」〈雜詩〉寫客居他鄉的情懷：「衰枝歸鳥疾，薄浦去完寡。搖搖倦遊人，誰與遺此者。」包氏詩中常能以景寫情，使情景交融，頗能道出作者的襟抱。

## （二）論七言古詩

古來談七言古詩的詩論甚多，有從寫作技巧談作詩的規範，例如明朝胡應麟說：「七言詩要鋪敘，要有開合，有風度，迢逆險怪，雄俊鏗鏘，忌庸俗軟腐。須是波瀾開合，如江海之波，一波未平，一波復起。」（《詩藪》內編，卷三）清朝龐塏說：「七言古一涉鋪敘便平衍無氣勢，要須一氣開闔，雖旁引及他事別景，而一一與意暗相關會。」（《詩義固說》上，《清詩話續編》頁 729）也有從風格論七言古詩，例如清朝錢泳說：「七古以氣格爲主，非有天姿之高妙，筆力之雄健，音節之鏗鏘，未易言也。」（《履園譚詩》，《清詩話》頁 804）清朝田雯說：「大約作七古與他體不同，以縱橫豪宕之氣，逞夭矯馳驟之才，選材豪勁，命意沈遠。」（《古歡堂集雜著》卷二，《清詩話續編》頁702）已指出七古應具備的體要規範。

大抵而言，談七言古詩者，皆認爲七古必須以奔勝之勢展開鋪敘，最忌平鋪直敘，且在頓挫之際，有雄放之氣，使能造出石破天驚的轉折氣勢，方爲上乘。昌彝論七言古詩，並未在形式上仔細的論述，而是從整體論七古所應表現的風格及氣勢：

> 七言古最忌長短句，太白以氣運之，後人實難於學步，以其易於空滑也。若竟篇以七言行之，入末間以長短句結之，較爲生動。番禺張南山太久〈庚寅夏日重遊西湖作歌〉云：「……」。（《射鷹樓詩話》卷十六，頁382）

他認爲作七古最忌雜以長短句，因爲長短句的摻入，易使氣勢受到中斷，不易通貫，然而李白卻能以氣通貫，常在文末以長短句作結，使文氣依然有雄宕滂薄的氣勢，後來的詩人，欲學李白之法，往往易流於空滑之弊，昌彝卻盛讚張南山的七古能學太白之長，而使文氣更爲生動，〈庚寅夏日重遊西湖作歌〉詩中前三十二句爲七言，其下一轉，間有三言、九言：「吁嗟乎，百歲幾人能得閒？待閒未閒雙鬢斑。西湖雖好不足舒遠抱，竟思青鞋布襪五嶽窮躋攀。願隨鴻鵠翺翔廖廓一快意，安能如轅駒櫪馬，使我跼蹐不得開心顏！」（頁383）詩有九言、十一言卻不覺累贅，反而能將作者的情志充份發揮出來。

昌彝論七言古詩，唐人以李白、杜甫爲尚「盛唐七古，高者莫過於李、杜兩家，然太白妙處在舉重若輕，子美佳處在潛氣內轉」《射鷹樓詩話》卷十八，頁414），昌彝欣賞李白的妙處舉足輕重，杜甫的佳處能潛氣內轉，故能獨步千古，另外長慶體代表元稹、白居易也爲後世學習的典範，善元學、白者清朝有吳梅村、單芥舟二人，清初以博麗爲名的是吳梅村，近代則有單芥舟，他說：

> 七言古學長慶體，而出以博麗，本朝首推梅村，高密單芥舟明經可惠亦爲此體，乃以少陵之骨，運元、白之詞，遂

獨步千古。道光辛卯，亡友張亨甫孝廉手錄芥舟白羊山人詩一卷，以爲帳秘，余讀之而未鈔也。甲辰應禮部試，從勢下得讀芥舟初刻全稿，其詩風骨峻深，蹊徑獨闢，一意孤行，不假雕飾。(《射鷹樓詩話》卷三，頁51)

所謂「少陵之骨，運元白之詞」是指內容有杜甫的沈鬱頓挫，詞藻有元稹、白居易的沈綿博麗，《射鷹樓詩話》選入二首，〈思公子爲右民作〉是單可惠爲其亡友所作，在此之前先五言之作，復有七言絕句八章，因意猶未盡，又作〈思公子〉一篇，因爲其友向來深好長慶體，故本詩以白氏長慶體爲之，以資紀念。詩中有哀有怨，絕少忌諱，寫出思友之深情。〈張燈曲〉遠祖白香山〈長恨歌〉、〈琵琶行〉之體，近宗吳梅村的〈圓圓曲〉、〈聽女道士卞玉京彈琴〉之格調，寫盡女子紅顏遲暮之悲感：「至今花市燈如晝，共惜當年第一花。有客省識春風面，持杯相勸寫哀怨。與譜上元張燈時，碧落黃泉君不見。上元張燈自年年，依舊姮娥到曉眠。爲問情痴兒女子，紫玉韓童總化煙」(頁58)，眞能得白、吳之長。

清朝七言古詩名家尚有宋荔裳、朱竹垞、馮敏昌、夢麟、陳梅修等人，昌彝特別提出陳梅修的作品作爲討論：

閩縣陳梅修先生七言古，魄力沈雄，雄視一代，可與國初宋荔裳、朱竹垞及近日粵東馮魚山敏昌、蒙古夢文子麟相伯仲，今錄先生詩若干首以見梗概。(《射鷹樓詩話》卷十六，頁376)

詩話共選了陳梅修七言古詩五首，作爲賞析：〈青山靈安王廟〉寫三國吳將張梱嘗禦賊青山，死後入鄉祀，宋朝時陰助虞允文破金兵，端宗時又以庇護之功晉封靈安王，詩中隱然對宋朝偏安深感浩歎：「……偏安但恨無良圖，山河破碎魚龍枯。渡江泥馬汗流濕，惜哉神力徒馳驅……」。〈全使君木蘭扈蹕圖〉以排奡的手法，寫出坌涌激昂的氣勢：「……灤陽啓蹕千騎扈，青鳶揭幟前吹笳。是時霜楓塞上赭，畫眉秋染青模糊。萬帳星低大漠闊，三關月抱高城孤。黃榆葉落白草枯，海東青起千人呼。……」。〈文信國琴歌〉有「會須敲碎西臺如意爲君歌，歌成萬古傷哀樂」之句，寫出琴歌之哀感。〈暮秋出廣渠門送同年謝甸男震南歸〉寫出作者惆悵切情的感慨，其中最爲昌彝欣賞的詩是〈大興朱尚書南崖夫子梅石觀生圖〉，稱讚爲「此詩色色皆精，門門入勝，如聽如來說法，花雨繽紛」，詩云：

> 空山煙暝搖飛蘿，玉泉吹雪風中過。一花一石悉空色，但覺山水同楞伽。梵天迢迢乾闥婆，中有壽者玉顏酡。……耆闍崛上畫五指，貝多樹下摧群魔。願師更運龍象力，眾生度脫超恆河。（《射鷹樓詩話》卷十六，頁380）

除了上述詩家之外，昌彝對於元遺山的五七古詩能得漢魏盛唐的三昧非常讚賞：「元遺山五七古詩，有得漢、魏、盛唐人三昧者，學詩者不可不參觀其集也。」（《射鷹樓詩話》卷十八，頁 414），從這些詩家不同的風格中，可以深切體會昌彝論詩不主一種風格的態度。

古體詩並無字數、句數、章法的限制，所以詩家們莫不各逞其能的以各種章法、句法來從事創作，以達到別出心裁、獨幟一格的目的，例如：

> 古詩有數十韻俱用五言，末以七言四語作結。此體唐人李東川常爲之，而高達夫、岑嘉州亦偶有之。李東川送郝判官云：「楚城木葉落，夏口青山轉。鴻雁向南寺，君乘使者傳。楓林帶水驛，夜火明山縣。千里送行人，蔡州如眼見。江連清漢東逶迤，遙望荊陽相蔽虧。應問襄陽舊風俗，爲予騎馬習家池。」余選詩話，適登此格，友人有辨古來詩斷無此格者，故錄以示之。（《射鷹樓詩話》卷二十，頁478）

揭示李頎、岑參、高適等人擅用五言鋪陳，結尾乃以四句七言作結，亦能獨出機杼，昌彝存錄其詩，以作爲古體詩中的變格。

## 二、論近體詩

近體詩包括絕句、律詩、排律三種，各體又有五、七言之分，昌彝認爲近體詩應以「情韻婉約爲上」（《海天琴思錄》卷三，頁 616），又說「絕句二十八字耳，貴在神味淵永，情韻不匱」（《射鷹樓詩話》

卷十一，頁 237），由此可見昌彝對於「情韻」二字別有會心，以下將從昌彝論各種體裁來理解其詩歌理論。

## （一）論絕句

近體詩中形式最短小的莫過於絕句，只有四句，或爲七言，因爲絕句的體裁短小，易於創作，深爲詩家的喜愛，然而在僅僅二十字或二十八字之中，要傳達詩歌的內容意象，誠非易事，宋朝尤袤在《全唐詩話》卷五中，曾引司空圖的話說：「蓋絕句之作，本於詣極，此外，千變萬狀，不知所以神而自神也，豈容易哉。」（《歷代詩話》頁 207）指出絕句千變萬狀不易寫好，楊萬里《誠齋詩話》：「五七字絕句最少，而最難工，雖作者亦難得四句全好者，晚唐人與介甫最工於此。」（《歷代詩話續編》頁 141）王世貞則說：「絕句固自難，五言尤甚。」（《藝苑卮言》卷一，《歷代詩話續編》頁 962）

爲什麼絕句最難工呢？因爲絕句必須在四句之中構思意象、佈局章法、使全詩的意境有含藏不盡的深意寓寄其中，達到情韻不匱的效果，在起、承、轉、合之間能互相貫串意象的脈絡而又不一語道盡，故詩家們以絕句爲易寫而難達工巧的境界。昌彝論絕句也以五言絕句難於七絕，其曰：「五言絕句，最難者筆，昔人謂學之半生，無下手處也。」（《海天琴思錄》卷一，頁 8）

絕句貴在「情韻婉約」，以「神韻縹緲」爲上，寓有含藏不盡之意，而五絕限於字數的規定，在短短二十字中所要傳達的意象與七絕一般，所以遣詞用字必須比七絕洗鍊，文字意象的掌握必須更精準，故曰：「五言絕句，最難著筆」，而在五絕的詩家中，昌彝推尊近代吳石華的詩能達到神韻不匱的境界：

> 五絕句二十字最難於工，近見嘉應吳石華學博〈題竹航大令畫冊〉云：「十畝原上田，一雨足春水。古木下寒鴉，人耕夕陽裡。」，「春樹起寒煙，春潮添尺許。湖上打漁人，濛濛一簑雨。」。（《海天琴思錄》卷八，頁 194）

二詩無論寫春耕或春釣，都能栩栩如見所題之畫。

在七絕方面，要求寓意深遠不可膚廓陋淺，敘述婉曲而不宜平鋪直敘，使「風神婉約」、「神韻不匱」，其曰：「絕句二十八字耳，貴在神味淵永，情韻不匱」，個中名家，唐人以李白、王昌齡爲上，能夠達到「不著一字，盡得風流也」，近代詩才曠逸能得李、王之長者爲張際亮，七絕能展現「神韻不匱」的風采（《海天琴思錄》卷五，頁107）。至於白居易的〈浦中夜泊〉詩意婉曲，李義山的〈夜雨寄北〉能以眼前景作日後懷感，其意更深，白、李二人可謂深得「七絕詩喜深而不宜淺，喜婉曲而不宜平直」（《射鷹樓詩話》）之三味。近代的詩家能夠表現「神味淵水，情韻不匱」的是清初的屈大均、王漁洋、厲鶚、吳蘭雪：

> 絕句二十八字耳，貴在神味淵永，情韻不匱。國初翁山、漁洋而後，惟厲樊榭及吳蘭雪二家爲勝。今錄樊榭絕句尤佳者，如花塢二首云：「法華山西山翠深，松篁蒙密自成陰。團瓢更在雲深處，惟有樵風引磬音。」「白鍊鳥從深竹飛，春泉淨綠上人衣。分明孟尉投金瀨，吟到日斜猶未歸。」（《射鷹樓詩話》卷十一，頁237）

詩話中選了厲鶚的〈花塢二首〉，從詩歌的藝術風格來看，昌彝所謂的「情韻」即是王漁洋的「神韻」，意指風味雋永，情韻縹緲，因爲昌彝又曰：

> 陳恭甫先生截句，風神婉約，在劉賓客、李庶子之間，視阮亭無多也。東薌吳蘭雪謂「其詩得五音之旨。」（《海天琴思錄》卷五，頁110）

指出陳壽祺的絕句以風神婉約爲要，與王漁洋不分軒輊，由此得證。又說：

> 近代作詩，不下數千人，而成爲名家、大家者，不出百餘人。此百餘人中，工爲西言絕句者，不過數人而已。絕句妙在含蓄不盡，是以工絕句者，未到末二句，而消息已伏首二句；讀首二句，而末二句之神已栩栩然動。長此體者，均推漁洋山人，朱竹垞、許月谿、黃莘田、厲樊榭、吳蘭

雪均長此體，他人佳者，偶見一二，非耑工於此也。邵武張亨甫孝廉，詩才曠逸，諸體皆工，而絕句尤具太白、龍標風趣。(《海天琴思錄》卷六，頁150)

說明絕句之妙，應在構思佈局之時，先作伏筆，使前面二句能暗伏下面二句的意境，則含蓄之意，盡在不言之中，鮮活靈動，呼之欲出。又引用江寧蔡芷衫的話：

江寧蔡芷衫云：「五絕不絕而絕，下手不得太重；七絕絕而不絕，下手不得太輕。」四語發盡絕句之妙。(《海天琴思錄》卷七，頁165)

指出五絕當有縹緲不盡之意，不可一語道盡；七絕必須使意境朗現而不會有含糊不清之處。所以如此，因爲各個體裁要求不同，所運用的寫作技巧也有所不同。

## （二）論律詩

昌彝說：「詩體以七言律爲最難」(《射鷹樓詩話》卷十五，頁341)，又曰：「各體詩以七言律爲最難，蓋必有挽弓挽強手段，方能爲之。」(《海天琴思錄》卷八，頁 200)，七律難作，非獨昌彝有此見，宋朝范晞文說：「七言律詩極不易，唐人以詩名家者，集中十僅一、二，且未見其可傳。」(《對床夜語》卷二，《歷代詩話續編》頁422) 明朝王世貞說：「五言律差易得雄渾，加以二字，便覺費力。雖曼聲可聽，而古色漸稀。七字爲句，字諧調美；八句爲篇，句皆隱暢，雖復盛唐，代不數人，人不數首。」(《藝苑卮言》卷一，《歷代詩話續編》頁 961) 明朝王文祿亦說：「詩惟七律爲難，李太白止八首，杜子美爲多，然淺而俚者亦有之。」(《詩的》) 明朝胡應麟說：「古說之難，莫難於五言古。近體之難，莫難於七言律，五十六字之中，意若貫珠，言如合璧。其貫珠也，如夜光走盤，而不失回旋曲折之妙；其合璧也，如玉匣有蓋，而絕無參差扭捏之痕。」(《詩藪》內編，卷五)。以上諸家所論，皆推七律爲詩體中最難者。

律詩之難，難在對句工整，出句與對句必須平仄相反、詩性相同，還要注意虛實相對，避免意義不同者相對，而對仗偉邁者易流於粗豪，和平者易流於卑弱，深厚者易流於晦澀，濃麗者易流於繁蕪，如何在其中拿捏得恰到好處，是詩人功力的一大考驗，若能「寓古雅精工，發神奇於典則，熔天然於百煉，探獨得於入鈞。」（《詩藪》內編，卷五）則將成爲古今的名家。

爲何七律難於五律？元朝的楊載在《詩法家數》中有精闢的言論：「七言律難於五言律，七言下字較粗實，五言下字較細嫩，七言若可截作五言，便不成詩，須字字去不得方是。所以句要藏字，字要藏意，如聯珠不斷方妙。」（《歷代詩話》頁 731）可謂深得七律三昧，必須每一字精準之後才能稱爲妙品。昌彝也認爲七律是諸體之中最難者。

昌彝對五言律要求「渾成無雕鑿痕」以王維、孟浩然的作品能達致此一境界，近代詩家之中，推許方宏靜爲能手：

> 五言律首推王、孟者，以其渾成無雕鑿痕也。王仲房謂歙方定之宏靜詩，祖法盛唐，而於王、孟尤近。若「流水不知處，幽禽相與飛」；「不知春色減，忽見林花飛」；「永日空山寂，幽然時一吟」，宛然二君遺響也。（《海天琴思錄》卷五，頁 121）

昌彝言五律的個中名家首推王維、孟浩然，以其渾成無雕鑿痕也」方宏靜能祖法盛唐與王孟爲近，其風格近王孟自然詩派，詩中自有理趣。

七律以杜甫爲宗，清初以顧亭林、朱竹垞、宋琬爲長，閩詩人以謝震爲冠，他說：

> 詩體以七言律爲最難。國初顧亭林、朱竹垞、吳梅村、宋玉叔而後，作者實無幾人。吾閩近今能爲七言律詩者，首推謝甸男先生震，蓋其氣魄沈雄，風格高壯，足以雄視一代，今專錄其七言律若干首，俾讀者知甸男七律，視前明前後七子，有仙凡之別耳。（《射鷹樓詩話》卷十五，頁 341）

雖然七律難臻高妙之境，但是昌彝認爲若能具備「風格高壯」，也可以雄視一代，昌彝舉出謝震之七律能具有「氣魄沈雄，風格高壯」，即是個中的名家。又說：

> 近代七言律詩最爲沈雄者，首推吳梅村，蓋能以西崑面子運老杜骨頭者，自義山、遺山而後，殆無其匹。吾鄉陳恭甫先生七律，隸事典切，結響沈雄，可與梅村抗衡，其海外紀事八首，尤足雄視一代。(《射鷹樓詩話》卷十六，頁370)

一般人談吳梅村的作品，皆認爲他的七言歌行風華高古，爲何昌彝獨標七律？西崑體是宋朝楊億、劉筠、錢惟演所倡導的詩派，重要的詩風是注重詩歌的形式技巧，擅對偶、尚華麗。昌彝稱吳梅村「以西崑面子運老杜骨頭者」是指他在形式上有西崑體的妍雅華麗，內容具有杜甫的感時憂國之傷痛，梅村以明朝遺民而仕清朝，終身引以爲憾，故而作品常常表現故國之思，例如〈自嘆〉詩有：「誤盡平生是一官，棄家容易變名難」。他的七律有〈贈遼左故人〉六首，〈觀蜀鵑啼劇有感〉四首其一云：「花發春江望眼空，杜鵑聲切畫簾通。親朋形影燈前月，家國音書笛裡風。百口悔教從鳥道，一官催去墮蠶叢。雪山盜賊今何處，腸斷箜篌曲未終。」「江關蕭瑟片帆留，余馬俄成萬里游。失計未能全愛子，端居何用覓封侯。雲山己斷中宵夢，絃管猶開舊日樓。二月東風吹水調，鴿原上使人愁。」詩中展現的哀思，是存在高華的文字之中。昌彝特別標舉吳氏的七律，可謂慧眼獨具。而陳恭甫的〈海外紀事〉八首，其一云「蕭蕭落葉朔鴻停，手檠腰弓帶鷲翎。瘦馬寒星嘶古戍，饑烏瘴雨過郵亭。天吳吹浪黃雲暗，水客啼煙碧草腥。多少秋閨砧杵急，還憐明月照東寧。」也是把家國的戰事凝塑在詩中，形成意象哀淒悲吟的景象〔註5〕。

〔註5〕另外，對於杜甫在七言律題下自注吳體的說法，昌彝說：「杜詩七言拗律題下自注云：『戲效吳體』，案梁書吳均傳：『均文體清拔有古風，好事者或教之，謂爲吳均體。』杜所稱吳體，蓋謂均也；言不拘聲病。」(《射鷹樓詩話》卷七，頁144）昌彝認爲吳體即指吳均體，所謂吳均體即是作詩不拘聲病，其說與桂馥在《札璞》卷六所言相同，今人陳文華在〈吳體〉一文中認爲「然吳均體恐以風格言之耳，與聲律無涉」，出指出杜甫吳體與拗法不同，辨之已精，本文不作論述，詳參《古典詩的形式結構》附錄二〈吳體〉一文，頁89至97。

### （三）論排律

排律又稱爲長排，分爲五、七言二種，所謂的排律是指十句以上的律詩（律詩爲八句）它的形式結構是由律詩排比出來的，律詩只有八句，中間頷聯、頸聯必須對仗，首、末二聯不必對仗；排律則是依照律詩的句法，由四聯往下遞增，可以不限制它的長度，首末二句也不必對仗，而古人作詩喜歡用整數韻（每一聯有二句，必須押一韻）〔註 6〕。

昌彝對於長排論述不多，只在《射鷹樓詩話》中提出：

> 五言長排，非才力雄大者不能作。元微之最服膺少陵長篇排律，元遺山論詩識之云：「排比鋪張特一途，藩籬如此亦區區。少陵自有連城璧，怎奈微之識碔砆。」余謂少陵長排，獨步古今，盛唐以後，幾逸響。前明君采亦喜爲之，雅鍊有餘，而雄浩不足。宋、元、明而後，惟本朝顧亭林、朱竹垞二家，可以直接少陵，他人不足多也。（《射鷹樓詩話》卷七，頁 147）

以杜甫爲排律的名家，能獨步古今，自宋元明以後幾無個中好手，清朝以顧炎武、朱彝尊二家能夠克紹少陵的箕裘，他人不足相提並論。

## 三、其　他

本部份包括難以歸類的對聯、竹枝詞及對詩歌形式要求三項。

### （一）對聯

對聯，是運用詩歌對仗的原則所表現出來的一種特殊體裁，它是由上下兩組字數相同、平仄相反、詞性相同的句子組合而成的。對聯又可以掛在門楹上，所以又稱爲楹聯、楹帖、對子。

清代梁章鉅在《楹聯叢話》中，將對聯分爲十類：故事、應制、廟祀、廨宇、勝跡、格言、佳話、輓詞、集句（附集用）、雜綴（附諧語）今人麻守中以爲這樣的分類有兩個侷限，一是內容不夠全面，

---

〔註 6〕另詳王力的《中國詩律研究》頁 23 至 33。

二是分類標準不夠統一，所以重新加以分類，共分爲春聯、門聯、婚聯、壽聯、輓聯、名勝古跡聯、贈答聯七種，較能清楚的標示對聯的使用性質〔註7〕。

昌彝素來對自己的楹聯非常自負，及見方子嚴的對聯，又覺勝己一籌，他說：

> 作長聯如懸繩千尺崖，墜而不斷；又如騎五花快馬奔山絕澗，一勒便轉；本朝善此者均推彭文勤公，然文勤楹帖極多不過三十餘字，至六七十字一氣相生者則未見。今見方子嚴觀察所爲楹帖，無語不佳，余於長句楹帖，自謂頗有得處，不意觀察竟奪吾席，視若己有可也。(《海天琴思續錄》卷三，頁302)

詩話中選錄的長聯大多爲輓詞，有〈輓滋園尚書〉、〈輓孫少楚太守〉、〈輓張軍門樹珊〉、祝壽則有〈代升甫鴻圖祝楊石舫封翁大婦雙壽〉、〈題道署花廳〉等等。又說：

> 近代作楹帖善爲長句者，莫過於彭大司農元瑞，楹聯叢話多採之，然叢話所採，最佳妙者莫過於彭公與紀文達合作一聯，所謂：「八十君王，處處十八公，道旁獻壽；九重天子，年年重九日，塞上迴鑾。」(《海天琴思續錄》卷六，頁423)

昌彝盛讚彭、紀二氏的對聯，對仗工整，其實紀曉嵐的對聯在當時即享有聲譽，昌彝所見甚少。據麻守中所言，明清兩代有許多的對聯高手，明朝有解縉，清代乾嘉以後有何紹基、紀曉嵐、林則徐、俞樾等人，考察昌彝自己所寫的楹帖，典重厚實，而少理趣可言。

### （二）竹枝詞

竹枝詞首出於唐朝的劉夢得，其後更有詩家相沿使用，遂成一種獨特的詩體，但是對於這種詩體，歷來並無統一的說法，對於其體要更無一說可爲標準，清朝的林鈞認爲竹枝詞不可以視爲七絕：「竹枝

---

〔註7〕參麻守中《中國古代的詩歌體裁概論》頁332至344，吉林大學出版社，1988年。

詞於詩中別為一體，未可以七言絕作法作之。其法宜樸而不俗，淺而不俗，朽而不纖，前人論之詳矣。乍見似易，其實較七絕尤難。」（《樵隱詩話》卷六）對於竹枝詞提出自己的見解。

清朝郎廷槐在師友的答問之中，有一則是討論竹枝詞，其中張篤慶對竹枝詞的看法是：「竹枝本出巴、渝。唐貞元中，劉夢得在沅、湘，以其地俚歌鄙陋，乃作新詞九章，教里中兒歌之。其詞稍以文語緣諸俚俗，若太加文藻，即非本色矣。」張實居則說：「竹枝、柳枝，其語度與絕句無異，但於句末隨加『竹枝』、『柳枝』等語，因即其語以名其詞，音節無分別也。」（《師友詩傳錄》，《清詩話》卷114）昌彝則以為：

> 竹枝詞者，所以紀風土，述人情，以俗語入詩詞，蓋以文言道俗情也。長此體者，以唐劉隨州為最，故能妙絕一代。（《海天琴思續錄》卷二，頁249）

昌彝論詩一向注重風土民情，故對於竹枝詞的定位也在於能表現地方的色彩。與枝竹詞有關的是雜事詩，昌彝說：

> 唐人才調集題云：「古律雜歌詩」，案文選王仲宣、劉公幹、魏文帝、陳王、嵇叔夜、傅休奕、張茂先、棗道彥、左太沖、張景陽、陶淵明、王景玄皆有雜詩，李善云：「雜者，不拘流例，遇物即言，故云雜也。」（《射鷹樓詩話》卷七，頁143）

雜歌詩即今人所言的雜事詩，龔鵬程先生在〈論雜事詩的性質〉一文中已闡述甚清，把一切無法歸類的作品皆名之為雜事詩，此種詩類的體例不一，故曰雜，基本上正竹枝詞有相同的屬性，昌彝對此種詩類，並未加以論述，只就其內容而言，不拘一例即稱之為雜事詩〔註8〕。

## （三）論詩歌形式的要求

詩歌的形式要求包括用韻、平仄、對仗（律詩、排律），此三者

〔註8〕昌彝將竹枝詞、雜事詩分列，而龔氏則認為二者是同源發展出來的。請詳參龔師鵬程《文化文學與美學》，〈另一種詩：雜事詩的性質與發展〉，時報文化出版公司，民國77年。

是詩歌創作最重要的形式要求，昌彝論詩對於平仄並無著力，而用力之勤在於用韻部份，今以其所論撮要言之：

1. 聲韻部份：要求用韻慎重複，例如朱竹垞用韻不慎，犯重複，昌彝不惜指出其錯誤（《海天琴思錄》卷二，頁 50）。又東漢學者多以七言爲疊韻，互相譽揚，例如「問事不休賈長頭」，即指賈逵，「休」與「頭」韻相同，「五經紛綸井大春」即指井丹，「綸」與「春」韻相同，凡此例子甚多（《海天琴思錄》卷三，頁 54 至 56）
2. 記故實或典故，例如「詩人押韻用姓，始於唐之錢起」，詩有雙聲疊韻、口占詩，昌彝皆明其典故。（《射鷹樓詩話》卷三，頁 61）
3. 論和韻詩，因難於依傍，所以難作。
4. 論雙關字的字義質樸近古，甚得古詩之遺，故鼓勵詩人多以此法爲之。

## 四、詩歌體裁檢視

昌彝論古體詩時，並未對古詩的寫作要法一一指陳出來，而是以隨興的方式，信手拈來，因此在理論建構方面，較缺乏系統性，而且在內容命意方面，所論甚少，至於形式結構的論述也呈現不足性，但若以此來責全，亦大可不必，因爲詩話所呈現出來的樣貌，本是如此，從其論述的過程中，可以尋繹出他所提出的理論中，以「逸」爲詩品中之高者，使向來以「淡」爲極品的看法往上提昇一層，又以李杜的七古爲古體詩的典範，元白的長慶體亦爲個中名品，清朝則以宋琬、朱彝尊、馮敏昌、陳梅修等人爲要，其不主一格於此得證。對於近體詩的論述也非常簡約，並未針對各詩體作一縝密的分析，其論述重心在標舉各個體裁中的代表詩家，換句話說，以詩家的詩作導引讀者對各體詩歌體裁有一個實際且深刻的體認，使後人有遵循的矩矱，若以嚴密的詩學理論來規範，必將失其用心。

# 第二節　論詩類及其重要詩人

本節論述昌彝對於各種詩歌類型的見解。分類是爲了建立系統化的論述，但是分類不清容易出現重複敘述的現象，本文將儘量避免此弊。

## 一、論詠史詩

歷史能夠激盪人心的，莫過於相同的場景與劇情，一一在現實的人生中反覆迴旋，使後人有惘惘不甘之情怊悵於過往，詩人乃藉詠史來託古諷今，以抒發自己的情感，而託古諷今必須慧眼獨具，能洞識歷史運轉的是非成敗，將自己的境遇解消在歷史的場景之中。歷史，給予後人的，是存在的感受，使之能隨著一波波歷史長流，去溯洄歷史的是非興衰。

昌彝對詠史詩別有會心，他說：

> 詠史詩須有議論，須有特識，不泛泛將本人本傳平鋪直敘，則不虛詠。

指出詠史詩不能平鋪直敘，而要將自己獨特的見識闡發出來，在昌彝的詩論中，詠史與詩史的意義相同，詠史必須出於議論，而詩史又是將個人的感懷、意見，寓寄在詩中，作一歷史判斷，故其詠史的意義、實與詩史同意，他評張辛田的〈醬〉詩，認爲他能目擊時事，隱然心傷，「數詩可當詩史讀」（《射鷹樓詩話》卷四，頁 71）考索張氏的詩，能寓寄個人感慨於時事之中，以史筆來傳述個人的價值判斷，是一個很好的例證。

昌彝以議論爲詠史的本色，持相同論調者有吳喬，他說：「古人詠史，但敘事而不出己意，則史也，非詩也；出己意，發議論而斧鑿錚錚，又落宋人之病。」（《圍爐詩話》卷三。《歷代詩話續編》頁 558）吳喬認爲詠史詩應包括二層意義，一爲敘事，二爲詩人有自己對歷史事件的看法，但是應避免純以敘事爲主，忽略歷史的判斷，亦不可純以議論爲主，而忘記事件的描述，如此方爲上乘的詠史詩。吳喬此論明確的指出詠史的一般弊病，昌彝也以爲詠史必須有敘事、有議論，側重個人對歷史的評價，而吳喬則指出不可落入宋人純以議論爲主，否則詩味大失。

清朝袁枚對詠史詩見解甚爲精闢：「詠史有三體，借古人往事，抒自己懷抱，左太沖之〈詠史〉是也；一爲隱括其事，而以詠嘆出之，張景陽之詠二疏、盧子涼之〈詠蘭〉是也；一取對仗之巧，義山之「牽牛」對「駐馬」、韋莊之「無忌」對「莫愁」是也。」（《隨園詩話》卷十四，頁 1 左），指出詠史有三種書寫的體例，事實上，此三者並非截然可分，有時詠史詩不僅可以借古事寓寄自己的懷抱，亦可以隱括事件，完全以詠嘆的方式表現出來，若是爲了詩歌對仗的需要而寫出詠史的內容，實是等而下之的表達方式，不足爲法。

昌彝所論與袁枚相悖，詠史詩必須有自己的意見議論在內方爲詠史詩。在詠史的詩家之中，昌彝列舉詩家說：

> 詠史詩，唐人以杜工部、劉長卿、李義山爲最。近代則推陳恭尹、吳梅村。四明汪茭湖國亦長於詠史，縱橫瀏亮，劉舍人所謂「慷慨以任氣，磊落以使才」者也。（《海天琴思錄》卷八，頁 198）

首推杜甫、劉長卿、李商隱，近代則推陳恭尹、吳梅村，這些人皆以詩歌的方式爲時代留下下一些證言。例如杜甫的〈三吏〉、〈三別〉、〈儷人行〉，又如吳梅村的〈圓圓曲〉等詩歌，不僅寫下了歷史的證言，而且寓褒貶於其中。他特別要提出來的是汪茭湖的詠史詩以〈讀明季諸公列傳有感各系以詩〉，詩中有熊廷弼、盧象昇、汪喬年、孫傳廷、周遇吉、黃得功、史可法、瞿式等人，描寫史可法的詩：「哭廟悲風凜墨縗，春秋大法此時裁。徒憐狎客傳觴日，衹有元臣仗鉞來。嶺暗梅花衰草長，園空斑空夜鳥哀。傷心除夕思先帝，灑櫝門曉未開。」所寫的詩能夠表露作者對歷史人物的議論。

人，是歷史長流中的參與者，英雄壯士的豪氣干雲，與歷史興亡相起伏；文人騷客的遣興抒懷，使江山生色而多姿；美人倩女的遲暮與愛情，惻動讀者頑豔的哀感情思。詠人的作品，是對於歷史人物或當下的人物作鋪陳，並寓寄自己的感念於其中，它的作用可與詩史相互爲用。

昌彝並未對詠史作理論的申論，只是將詠史的作品選錄詩話之中，透過這些選詩可以尋繹昌彝對於詠史詩作的概念如何，亦可以重新評估人物在歷史變換的場景中如何參予、躍入歷史中成爲怊悵感念的對象。

昌彝所選作品之中，足以構成吟詠的對象，有忠勇之士，有名宦良吏，而以英偉壯烈爲國犧牲者爲多，對於他們犧牲生命，謀求家國幸福安定甚爲感念，在鴉片戰出中不幸爲國喪身者，已摘錄於本文的前數章，對於名宦治績亦多著墨，此可以以詩史視之。卻最忌言過其實，褒揚過甚。

## 二、論懷古詩

詠史，重在對歷史事件、人物的評價與議論，以發抒個人的歷史觀點，而懷古則是對過往陳跡，透過意象的摶造，來興發自己的情感，二者之異，前者重在有個人的歷史判斷，後者則以發抒個人情感爲主〔註9〕。

懷古的範疇可以包括詩人對歷史人物感懷、對過往的歷史勝景的緬懷與遐思，更可以對一些令人感念非常的歷史事件引發無限的怊悵。例如李白的〈懷彌衡〉是對歷史人物的興嘆，杜甫的〈公安縣懷古〉是對歷代勝景的吟詠，至於對歷史事件的怊悵則更多佳篇，杜牧的〈赤壁〉一詩：「折戟沈沙鐵未消，自將磨洗認前朝，東風不與周郎便，銅雀春深鎖二喬」即是一例，不僅將歷史事件隱括其中，對人

〔註9〕詩論者或將詠史歸之於懷古之中，以懷古詩必包括歷史事件、人物、名勝古蹟……等等，本文依昌彝之理論系統區分爲二，乃在於昌彝自言：「詠史詩須有議論，須有特識，不泛泛將本人本傳平鋪直敘則不虛詠」，而懷古則指出須「賅括一邦沿革」，一重議論，一重敘述，二者本質有異，遂將之區分爲二。

物的品評亦寓寄其中。

懷古的作品，歷來詩論所言，各有偏勝，有要求寓寄褒貶於其中的，如清朝的王壽昌說：「弔古之詩，須褒貶森嚴，具有《春秋》之義，使善者足以動後人之景仰，惡者足以垂千秋之炯戒。」（《小清華園詩談》卷下，《清詩話續編》頁 1910）也有反對評論古人：「詩家評論古人，多是書生空言耳」（宋朝劉克莊《後村詩話》前集卷二），也有要求懷古詩必須對當時的局勢能熟諳：「詠古詩雖許翻新，然須略諳時勢，方不貽後人口實」（清朝洪亮吉《北江詩話》卷一，頁 2 左），清朝沈德潛則要求「懷古必切時地」（《說詩晬語》卷下，《清詩話》頁 498）

在這些對懷古詩歌的議論中，昌彝對懷古詩有自己獨到的見解：

> 懷古詩宜包括醞釀一邦沿革，了如指掌，非泛泛作通共懷古也。（《海天琴思錄》卷二，頁 37）

清晰地指出懷古詩必須對所詠之地的沿革有深刻的了解，不可浮泛作懷古之語，爲什麼昌彝特別標舉「一邦沿革」作爲懷古之詩的內容要求呢？此乃昌彝獨抒心機之處，蓋昌彝認爲詩歌可補方志之闕，用詩歌傳達一邦沿革的消息，自屬理所當然，昌彝非常重視方志，早年曾應陳壽祺之請，編纂閩縣方志，對方志甚爲看重，遂對懷古詩要求「宜包括醞釀一邦沿革」。

從詩歌的欣賞立場言，懷古詩涵蘊方志沿革、地理形勢於其中，則歷史事件與場景必能貼切結合，然而隱括邦志沿革於詩中，須謹防詳核實景，否則韻味全失，意境蕩然，此即袁枚所言：「懷古詩，乃一時興會所觸，不比山經地志，以詳核爲佳。」（《隨園詩話》卷六，頁 6 左），但是若因爲反對編湊拖沓的搜寫詳賅地志而提出「古人懷古，只指一人一事而言」，乃屬因噎廢食的作法，懷古、詠史皆可不必專詠一事、一人、一地、一物、它可以寓寄個人的懷抱於其中，借古人的歷史事件來抒寫個人的遭逢，使存在的感受能與之貼合，則必爲千古之絕唱。

昌彝在懷古詩中力推數人：「以七言律詩作懷古詩，自杜少陵、劉長卿、李義山後，屈指可數。近代陳元孝、吳梅村、朱竹垞均長此體，蓋語能包括也。王蘭汀大使亦擅此體。」（《海天琴思錄》卷三，頁 69）。指出專擅以律詩寫懷古，唐朝有杜甫、劉長卿、李商隱，近代有陳元孝、吳梅村、朱竹垞、王蘭汀等人。並列舉王蘭汀的作品以爲欣賞。認爲王氏的懷古詩能密合此論，共錄：吳中、燕臺、楚中，咸陽沛中、洛中、蜀中、鄴中、金陵、隋宮、渚宮、越臺懷古十二首，內容是由地域的特殊場景引發對歷史人物、歷史事件的感懷與遐思，例如〈吳中懷古〉寫越女西施助勾踐復國一事，感念時移事往，劍氣消沈，徒留憑弔之餘情罷了。

## 三、論詠物詩

詠物，在中國文學傳統中具有特殊的地位，不僅有詠物詩還有詠物賦、詠物詞，文人對詠物一格特別鍾愛，其理何在？是爲詠物而詠物，抑是另有所寄，欲借詠物以抒己懷？詠物所以成爲墨客騷人愛賞的寫作題材，主要是借由客觀的景物來寓寄詩人主觀的情感。

昌彝對詠物詩所論甚多，摘入詩話中的作品亦夥，可以從數方面撮要言之。

### （一）寫詠物詩必須要切題

詩必切題，非必詠物獨然，昌彝對詠物詩的基本要求是切題，他說：「作秋聲詩，須將聲字寫的深透，方不負題。」（《海天琴思錄》卷四，頁 80），又說：「作柳花詩須切花字，否則是賦柳，非柳花。」（《射鷹樓詩話》卷二，頁 455）。皆明確的指出詠物詩必須切題，題目與內容相合，才不辜負題目，否則浮泛寫出，並無實質意義可言。

### （二）寫詠物詩必須善於形容，不能只著於色相，必須以能離貌取神者為佳

詠物詩與謎語之異，即在於一則能摶造出詩的意象，一則黏滯於

物象費人猜疑而已，欲避免此失，必須以極工巧之筆法，錘鍊出詩的意象，使能神韻縹緲，渾然無跡，不貼滯、不局限於物象，能夠充份掌握所詠之物的精神，方不負題。例如「詠物詩須不錯色相，近見浙人張亦篪炳白荷花詩云……可謂得神……皆刻畫盡緻……皆神韻兼到」（《射鷹樓詩話》卷十五，頁 359）。又說：「詠物詩在離貌取神，眞取弗奪。閩縣薩檀河春燕……此詩不即不離，可稱超脫矣。」（《射樓詩話》卷七，頁 156）

### （三）能於詠物時，脫去前人的窠臼，另出新意，否則陳陳相因，更無可觀者

例如張亨甫〈紅葉詩〉能脫去詠物窠臼，獨出新意。「〈紅葉詩〉以張亨甫前後七律爲最，其詩不離不即，脫去詠物窠臼。」（《射鷹樓詩話》卷四，頁 91）〈紅葉詩〉共錄五首，其一云：「高霜昨夜已生花，散在山涯更水涯，千里楓林成返照，一天寒色燒晴霞，斑斑遠映帆如馬，點點歸棲浦露鴉，搖落不須悲楚客，洞庭西望黯清華」。可惜並未進一步指導創作的要訣。

### （四）詠物須寓題寄託方為妙品

詠物詩並非徒將詠誦的對象寫出來即可，若能有深刻的含意，託物比興於其中，則必然比一般詠物更具微妙之言。昌彝說：「詠物詩貴有寄託，又須語語著題，不落沾滯，方爲妙品」例如方定遠的〈白杜鵑〉（見《海天琴思錄》頁 475）。又如：「詠物詩大處落墨，而言外之訓刺自見。儀徵阮相國題金帶圍花開宴圖……可謂辭尙體要。」（《海天琴思錄》卷五，頁 107）

### （五）詠物詩能寫出自己的身份者是為神品

詠物詩若能往上推進一層，寫出作者的身份，必然更能突顯自己的風格，例如：

> 前人詠秋草詩，有一二聯渾脫，便傳誦人口；至四詩各自超詣，得不即不離之法，而復自見身分，是曰神品。（《海天

琴思錄》頁8）

標舉鎮洋盛子履的詩可以見其襟抱，共錄四詩，其一云：「西風吹老碧梧枝，河畔青非舊日姿。野色不堪殘霧裡，秋心況值夕陽時。邊城古驛行蹤少，旅館新寒客夢遲。憶得池塘水清淺，幾回吟瘦謝公詩。」詩中以秋草自況，一邊寫秋草之情景，一邊以自己客旅他鄉之遲暮心情兩相映照，可謂離貌取神，充份寫出自己的身份。

又舉出方士鼐的〈落葉詩〉十六首，其一曰：「一片秋聲破碧空，送將霜信到芳叢。翻鴉雨點遮天黑，抱蝶花枝墮地紅。畫色蒼涼辭北苑，吟肩消瘦立西風。山間多少青蔥態，付與飄零望眼中。」詩中托物比興，把落葉的淒清景象，比成自己西風吟詩的情景，多少的是非恩怨，皆付與塵土。昌彝續曰：「往余所見落葉詩，多賦物體，鮮能抒寫身分，寓題比興。《射鷹樓詩話》所登落葉詩各詩亦未能妙參斯旨。今讀定遠方調臣先生士鼐詩，字字寫入自己身份，繪神繪影，詩外有詩，四疊韻凡十六首，無首不妙，無語不超，直參詩家三昧。」（俱見《海天琴思續錄》卷三，頁293）對於能以詠物來自詠身份的詩作，寄予非常高的評價。

## 四、論題畫詩

萊辛在《詩與畫的界限》中指出，詩歌是時間藝術，繪畫是空間藝術，二者分屬不同藝術媒材。然而在中國人的看法中，詩與畫所摶造出來的意境有相互融攝的情形，蘇東坡曾在〈畫摩詰藍田煙雨圖中〉盛贊王維說：「味摩詰之詩，詩中有畫，觀摩詰之畫，畫中有詩」標舉出詩與畫之間的關係，實際上，中國人的詩歌乃深具畫意的藝術。

詩歌是時空交叉錯綜的一種藝術，它凝聚時空於定點，也將它延展成超越時空的藝術。中國的繪畫自魏晉六朝開始，就有「傳神寫照」、「澄懷觀道」、「氣韻生動」的說法，把中國人俯仰宇宙、心遊無疑的心靈觀照一一透顯出來，使之朗若光風霽月，在呈現氣韻生動之外，自有一股深沈的宇宙觀蘊涵其中。而詩歌與繪畫互相交融的結果，使詩歌具有綿延生機的空間藝術，繪畫也呈現深沈的時間韻致。

題畫詩的出現，據孔壽山所言，始自唐朝，而眞正把詩歌題在畫面上，是宋代以後的事了（參見《中國畫論・杜甫的題畫詩》）。自茲以往，題畫詩成爲中國詩歌創作的一環，匯入整個詩歌史的長流之中。題畫詩的出現，可以加深、擴大繪畫原來的意蘊與內涵，同時也能使詩歌呈現繪畫藝術的深層結構，詩與畫的綰合，使二者相得益彰，如是，題畫詩遂成爲構圖中的一部份〔註10〕。

詩人透過詩歌的語言文字來傳釋生命的性情，畫家採用繪畫的色彩形象捕捉世界的具象，二者相融之後使詩中有畫、畫中有詩，成爲相互發明、流衍，虛實相濟的一部份。

昌彝的詩話中，談到有關題畫詩的部份可以從兩點來談：一、講典故。二、錄題畫詩，較少理論的闡述。

從昌彝選錄的題畫詩中，可以窺見其對題畫詩的要求：

> 題畫絕句，最宜瀏脫，情韻不竭，文樹臣太守題畫詩云：疏林一抹帶斜暄，點點歸鴉淡墨痕，畫出江南秋色好，可憐黃葉已無村。（《海天琴思錄》卷一，頁13）

由此可知昌彝對題畫詩的絕句要求是要達到「情韻不竭」。所謂情韻不竭、瀏脫是指呈現的意境有空靈縹緲的韻致，內容情境交融。例如「李日華的絕句神似倪高士」（《海天琴思錄》卷四，頁88）。又如「姚京羽畫冊詩，動塵外之想」（《海天琴思續錄》卷五，頁354）皆是以錄題畫詩爲主。又如談典故者有畫牛圖的公案（《海天琴思續錄》卷七，頁435）。

昌彝本身亦懂丹青，曾有〈射鷹驅狼圖〉之作索友人題詞。因其懂詩熟畫，所以對題畫詩素有喜愛，能於所見的諸作品中，標舉題畫詩的佳作以爲品評，雖無理論闡述，亦可見所嚮。從他選錄的詩中，可以知道昌彝對題畫詩的品味，以神韻縹緲爲佳，如姚京羽畫冊詩「動

〔註10〕詩在畫中，亦可能受限於畫意，而不能任意的揮灑，二者亦有相互牽絆的情形出現。

塵外之想」、趙誠的作品可以「絕句中之神品」，又李日華的題畫詩「絕似倪高士」，即以詩中見畫爲佳，呈現富有性靈美感的中國詩觀。昌彝本身亦有數量甚多的題畫詩。

詩人以妙筆去幻化現實世界中的萬事萬物，經過意象的鑄造之後捕捉藝術的美感。中國的藝術美感，即在時空的躍動中化爲永恆的美。

# 第六章　林昌彝詩歌批評論

批評論可以分爲批評理論的建構以及作品的實際批評(亦即批評理論的應用)兩種，本章所論，首先敘述昌彝的批評理論以作爲批評的規範與準則，接著論述批評的對象與方式；其次再論歷代詩家的風格，先總論各代詩家，再分論各家詩風，最後再論述昌彝批評各家詩論的意見，是屬於「批評的批評」用以考察昌彝詩論的取向。〔註1〕

## 第一節　批評理論

本節論述昌彝的批評理論，主要是從他的論詩要旨及實際批評中歸納出來的理論架構，期能了解昌彝的詩觀，並且對於整個批評論有提綱挈領的作用。

### 一、從文學本質與功用而言

昌彝詩話的撰作，意在「世戒」，他說：「吾所爲詩話，爲世戒，

〔註1〕劉若愚《中國文學理論》將中國傳統文學批評分成六種文學理論：形上論、決定論、表現論、技巧論、審美論、實用論六種；對於這種區分，劉氏也自覺可能有相互融攝或矛盾的情形出現。因此，我們可以知道任何一種文學理論都可能有它的不足或局限性，本文採用的文學批評的批評，是採自劉氏該書第一章導論頁3的列表，希望能對昌彝的批評理論有較充足的論述及解析。

不爲人役也」，所以對於詩歌的價值，也以能負載警世之戒、社會政教意義者爲上，並且大量收錄「世戒」的作品，予以正面的肯定，甚至評騭詩歌、詩論時也以此標準爲規範，希望能以諷諭之旨達到美刺的功用，且以道德人品來論詩歌的良窳，因此形成他特殊的批評論。

### （一）以諷諭之旨，達到詩歌美刺的效能

第三章論詩要指中旨出昌彝以詩教爲本，所導出的詩學理論，非常重視詩歌的社會教化意義，以此發展出來的批評論也含有濃厚的風化意味。在評騭詩歌時，以能夠運用比興的手法達到溫柔敦厚的諷諫之旨者爲指標，批評詩歌時常用的批評用語是：「多諷勸之辭」、「怨而不怒，得詩人溫柔敦厚之旨」等等。例如評林則徐的〈出嘉裕關〉詩即得詩人溫柔敦厚之旨，評孫鼎臣的詩「逸秀雄深，宏亮高雋，不必與香山同調；要其和平之旨，沁人肝脾，又多諷勸之辭，可謂異曲同工者矣。」又如：「常熟蔣伯生大令因培〈詠木棉〉絕句，末聯云：『堪笑燭天光萬丈，何曾衣被到蒼生』按木棉花爲粵產，其絮不能織布，大令詩，深得規諷之旨。」（《射鷹樓詩話》卷一，頁 2）

對於記載忠烈節義之士的詩歌，也給予讚揚，例如鴉片戰爭時，爲國殉難者，昌彝皆稱爲忠勇：

> 英逆之變，各海口死節及殉難諸君，可稱忠勇。余友桂林朱伯韓侍御，皆有詩以記之，表揚忠節，感泣鬼神（《射鷹樓詩話》卷一，頁 11）

所選的詩有〈關將軍輓歌〉寫將軍竭忠守海口，爲國捐軀；〈書林把總志事〉寫主帥逃歸，林把總以一夫當關之勇與敵力拼，可惜敵眾我寡，戰死沙場；又如〈定海知縣殉難詩〉寫姚懷祥守土而死；〈朱副將軍歌〉寫朱桂之英勇。這些詩不僅可以反映出詩人對時代的關懷，也表現忠勇之士爲國捐軀的偉烈，同時也可以作爲世戒，具有正面的教化意義。

詩歌欲達警世教化的功能，其表現的方法有二，一爲直接的表達

鋪陳，一爲寓寄於比興，二者之中，以能寓寄比興者爲高，因昌彝論詩以含蓄、婉曲者爲尙，但是對於平鋪直敘而能道出風化之教者也給予正面的肯定，例如昌彝選出黃貽楫的〈花會嘆〉指出賭博有害人心，風俗的敗壞皆由於此，該詩實有關風化。（《射鷹樓詩話》卷四）又如漆修綸著有《雲窩賸稿》，昌彝說：「詩多警世之語」，昌彝亦選錄其詩以爲「世間沈迷貪戀者醒夢鐘聲」（《射鷹樓詩話》卷四，頁 73），此詩採取平鋪直敘的手法，將富貴如塵埃一語帶出。而以比興諷諭的手法寓寄警世之戒者，例如汪惠生《尺園詩存》「詩筆幽澹，多託興之作」（《射鷹樓詩話》卷二十一，頁 498）；林開瓊〈趙子昂畫馬歌〉「亦得言外諷刺之旨」（《射鷹樓詩話》卷二十二，頁 517）；曾元海〈蘭〉詩「亦語有寄託」（《射鷹樓詩話》卷二十二，頁 523）；吳國俊〈讀讀世說新語至高世遠與孫兩公問答語慨然有感〉云：「松樹故楚楚，終不爲梁棟。楓柳雖合圍，水若無所用。因悟世間人，學識須珍重。赤水騰珠光，丹山翔鳴鳳。寵辱何足驚，榮枯原似夢。但期質地佳，無因時遇痛。」昌彝評爲「此詩命意特高，語有寄託」（《射鷹樓詩話》卷二十三，頁 539）。又說：「四明汪茭湖〈戒食河豚〉詩，讔語訓世，得風人設諭之旨，可爲世戒。」（《海天琴思錄》卷八，頁 208）此詩藉河豚爲寓，其味雖鮮嫩甘美然易中毒，有如西施爲天下姣美者，吳王夫差卻爲之喪國，用以警戒世人莫貪美味與美色。又如韓叔起的詩昌彝評爲：「所爲詩得國風之遺，雖有變雅之音，而不失興觀群怨之旨。」（《海天琴思續錄》卷三，頁 290）由此可知他對詩歌的要求，以透過比興的手法來達到風化的效能爲佳。

### （二）以人品定詩品

文學作品到底能否具體反映作者的道德與人品？對於這一個問題論者甚多，大約可以分爲兩種意見來討論：

1. 主張文學作品可以具體的反映作者的道德、人品、胸襟以及抱負者，喜以道德求諸作者，如清朝徐增《而庵詩話》說：「詩乃人之行路，人高則詩亦高，人俗則詩亦俗，一字不可掩飾，見其詩如見其人。」（《清詩話》頁 384）指出詩可以反映人品、道德，方東樹《昭昧詹言》卷四：「有德者必有言，詩雖吟詠短章，足當緒書，可以覘其人之德性、學識、操持之本末，古今不過數人而已，阮公、陶公、杜韓也，余觀太沖，仍是榮華客氣，但氣格差高耳。」（頁 97）亦以道德、詩品、人品合論正明白揭示此一主張。能覘其德行者雖爲少數，然而昌彝所論亦以爲是。

2. 主張文學作品不足以表現作者的人格風貌者，例如元遺山云：「心畫心聲總失眞，文章寧復見爲人？高情千古閒居賦，爭信安仁拜路塵。」即說明文章可以是作者所擬構的世界，與作者的人品無涉。

從這兩種截然不同的主張中，不禁要反思到底何種主張才是正確的，或者根本無正確是非可言，而有其他的問題存在其中，亟待釐清？昌彝究竟贊成何者？是否能正視詩歌的審美價値？從他對詩歌的功能必須具備政教意義來看，可以知道他主張以道德人品來論詩，並且常以他作爲評騭詩歌、詩人良窳的標準，對於這樣的論點，其局限何在？是否不足以作爲評論詩歌、詩人的準則。

昌彝以人品道德論詩，其說可以約略分爲數點來論：

### 1. 人品與詩歌之關涉

昌彝在《射鷹樓詩話》卷七，摘出潘德輿在《養一齋詩話》中對詩品與人品的關涉，潘說：「宋賊劉豫詩，清光鑑人，詩竟不可以定人品耶？」昌彝認同此說，曰：「信然」，然而昌彝果眞以爲詩歌不可以定人品嗎？又在《射鷹樓詩話》卷十三摘出潘德輿之說：「人與詩有宜分別觀者，人品小小繆戾，詩固不妨節取耳。若其人犯天下之大惡，則並其詩不得而恕之。」，昌彝亦認同此說，顯然地，二者之間的立論截然相反，二者之間究竟有無矛盾？首先須先知道他品評詩歌及詩人的等第時，常以道德作爲評判的標準，例如在《射鷹樓詩話》卷七之中，指出袁壽的《簪筠閣詩稿》佳作不少，有〈養蠶田〉、〈夜讀示兩兒〉五七言長篇「可觀婦德，可維風化」。卷十指出朱懿卿的〈呈蘭雨〉可以觀婦道。卷十六指出讀王紹勳的詩「可以覘其蘊抱」，如果作品與人品無涉，何以見其蘊抱？觀其婦道？維持風化？據此，可以知道其論詩、評詩皆以作品能具實反映、呈現作者的情志爲主，並且以人品之高低來評倫作品的良窳，例如昌彝對變節的錢謙益向無好感：「大鋮據要津，虞山未路失節，以聲色自娛，既投阮大鋮，而以其妾柳氏出爲奉酒，阮贈以珠冠一頂，價値千金，錢命柳謝阮，且移席近院，其醜狀令人欲嘔，……芷汀詩諷刺虞山蒙叟，直而不迂，可稱詩史。」（《射鷹樓詩話》卷七，頁 144），厭惡其人而及於詩，故對於他的作品亦不取，甚至在指謫潘德輿時說：

> 人不能無偏見，潘四農惡陳子昂之品，因指摘其詩，歸於禪學，可謂嚴矣。然《養一齋詩話》於其同鄉虞山錢牧齋詩，極力贊揚，重疊載之，何耶？

這一段話有兩層意思，一則指出評論作品時不能預存偏見，潘德輿論詩先存偏見，致使評論不公，二則以錢牧齋的詩不足觀，潘氏不該極力贊揚。昌彝自知評論作品時不能預存偏見，然而，他對於錢氏的作品甚爲輕視，向來不取其詩作一賞析，錢氏的詩歌果眞不足觀嗎？此乃基於：人品低劣，詩作亦不足觀的觀點來論詩。昌彝秉此論詩，遂開展出人品與風格之間的關係論述。

### 2. 人品與風格的關涉

文若能如其人、見其人，則作品所呈現的風格正是作者人格風範的表現，昌彝在詩話中，喜以人品、風格相提並論，並且從作品中去尋繹作者之襟懷、氣象、生活景況，他說：「古人偶爾賦物，而人品心術，更自流露於翰墨之間，此所以見王介甫生平忌刻剛愎，司馬光有忠厚之意。（《射鷹樓詩話》卷十一，頁 247 至 248）。例如有氣節者，作品亦能有忠孝節烈之氣充塞其間。例如評洪亮吉「大吉至性過人，發爲忠孝，故其詩可思獨造，遠出常情」（《射鷹樓詩話》卷二十，頁 470）。其次可以從作品來觀人品氣象、蘊抱。例如評莫元伯「人品已高，詩亦實而不，澹而彌永」（《射鷹樓詩話》卷八，頁 189）；評吳兆騫「漢槎胸次英朗，忠教激發，凡感時恨別、弔古懷人、留連物色，莫不寄趣哀涼，遺音婉麗」（《射鷹樓詩話》卷十四，頁 331）；評江開「詩磊落有奇氣，性慷慨任俠」（《海天琴思錄》卷三，頁 74），皆是從詩中可以窺作者之氣象、蘊抱，或是從其爲人再論作品與人品相類的例證。

再次詩歌亦可以反映生活景象，例如評論樵隱「於田家情景，實能達所見」，生活的環境有大時代的背景，亦有小環境，包括身世遭遇及周遭的生活環境，人心感於境遇，遂發之於詩，而有作品產生，樵隱詩歌能夠反映生活的景象。詩歌也可以呈現出作者的身世之感懷，例如評論謝淞「今觀其年壽不永，豈非悲哀太盛耶？」以其作詩有詩讖之兆：「昔日歸舟古渡頭，桃花三月下春流。眼前依舊桃花水，不渡歸舟渡去舟。」（《射鷹樓詩話》卷十二，頁 269）其中的「不渡歸舟渡去舟」即是詩讖；評馮子良的〈七夕感懷〉可以知「此詩有身世之感」。

### 3. 局限與批評

昌彝以人品來定詩品，其局限何在？文學之眞與事實之眞在性質上本來就不相同，所以不能以事實經驗來衡量文學中所呈現出來的情境，更不能相信「黃河遠上白雲間」是一個事實，但是它所呈現出來的美感情境，卻能諷誦千年不輟。文學作品所表現的情境可以是作者基於對現實生活經驗的考察而發，也可以是作者虛構出來的內容，更可以是作者從事實經驗中抽離出來的架構、題材重新處理而成的，所以從作品中求作者之意，有時難免會陷入泥淖，難以自拔，如是而言，則作品果眞無法呈現作者的情志嗎？其實又不然，否則何以要「知人論世」？如何求作者的風格？其中的關鍵何在？

文學可以是作者的虛構世界，但是作者的氣象、抱負，往往可以在字裡行間尋得，所謂讀岳飛之詩「可想其忠烈之氣」，讀郭嵩燾詩可以感受「仁者之人，其人藹如也」的風範。人品高尚，詩中難有酸腐之氣；正義之士，其言自然磊落有奇氣，所以昌彝從人品來觀詩，皆與其道德判準有關，然而有德之士，其詩果眞能如實的寫出作者的襟懷？其作品眞能有文學美感可言？人生最高的境界當是有仁者的風範，自然能呈現光風霽月之氣象，亦即「美」與「善」的結合，故以人品定詩品，其終極目標是要導向至眞、至美、至善的境界。此亦昌彝認爲〈洛神賦〉是曹子建用來抒寫自己的悒悒懷志，非爲甄后所寫，其論詩的詮釋觀點於此可見。昌彝又說：

> 甄后塘上，風骨未蒼，不足入古，王阮亭古詩箋錄之，甄后爲袁熙之妻，袁氏爲魏所滅，甄氏既不能死節，乃失身於曹丕，後爲郭后所讒，寵愛漸衰，乃作塘上行以見志，於節已壞，怨之何益？況並其詩亦不足存乎？（《射鷹樓詩話》卷十，頁233）

王阮亭對於甄后不能死節，所以不欣賞其詩，昌彝亦從詩藝的角度評其詩「風骨未蒼，不足入古」，認爲其詩亦不足存焉。

## 二、從文學風格而言

昌彝在《海天琴思錄》卷一中，開宗明義的指出作詩之要有格、意、趣三者，三者若能兼備，則「而後典雅、沖淡、豪俊、穠縟、奇險之辭，變化不一，隨所宜而賦焉」，可以看出他對詩歌的風格力主多樣，不拘泥於某一風格，所以論詩時，也能有更開闊的胸襟，面對繁富多樣的風格，在評論作品時，不僅能融攝、欣賞各朝代、各種詩家的風格，甚至能以坦然的態度去評論風格迥異的作品，一一納入詩話之中，並且曾對潘德輿論詩專取「質實」的風格作一批評：

> 潘四農論詩專取「質實」二字，亦有偏見。蓋詩之品格多門，知雄渾、古逸、悲壯、幽雅、沖淡、清折、生竦、沈著、古樸、典雅、婉麗、清新、俊逸、妙悟諸品，皆各有所主，豈得以「質實」二字遂足以概乎詩，而其餘可不必問耶？不知質實易流於枯，質實易流於腐，質實易流於拙。

> 蓋質實爲諸品之一品則可，謂質實用以概諸品則不可。蓋質實爲者品中之一品，則無流弊，若專言質實，流於枯，流於腐，則其弊有不可勝言者！（《射鷹樓詩話》卷十六，頁 367）

指出詩的品格應有多樣，潘四農只取「質實」二字欲包括詩品眾門，易陷入枯、腐、拙的流弊之中，其力主風格多樣於此可見，所以對於各朝代的詩風不預存成見，不論其風格婉麗、峭直、古逸，皆能以坦然的態度來欣賞。例如評何紹基的詩「師詩筆縱橫排奡，風格似盛唐，詞旨似北宋」（《海天琴思續錄》卷三，頁 304），對於各家的風格亦能平心的欣賞，例如「二樵以幽峭勝，魚山以雄浩勝，芷灣以豪邁勝，秋田以雄奇勝，南山以清麗勝，伊初以渾樸勝」（《射鷹樓詩話》卷七，頁 145）。對於詩家能融攝各家、各代之長而能呈現出自己的風格者甚欣賞，例如評論葉潤臣的詩歌：

> 漢陽葉潤臣內翰名澧詩，溯源三百篇及屈子離騷，以及陶、韋、王、柳、李、杜、岑、高，無不併筆而出，妙在下筆時，都有作詩之人在，至性充周，潛心內轉，又能善狀奇境，森然動魄。（《射鷹樓詩話》卷六，頁 130）

又說：

> 子萊自焚其稿，遂肆力於漢、魏、三唐、宋元、明諸大家。三十後，詩境益進，上自漢、魏，下至唐人高、岑、王、李詩家，莫不登堂而嚌其胾。（《射鷹樓詩話》卷十，頁 221）

昌彝論詩不僅對各朝各代的詩風、詩家皆能欣賞，而且以之作爲批評的批評。

## 第二節　批評的對象、方式與形式

批評理論可以分爲作品批評及批評的批評兩種，昌彝的詩論中，有直接對詩歌的批評，也有對詩學理論批評的批評。

### 一、詩歌批評的對象

詩歌批評的總體對象是詩歌，而對詩歌的批評，主要是透過批評的方式來闡述論者的詩學主張，其中不免要關涉到實際批評中，所要批評的對象，包括人、時代，以及由人組成的流派等等，所以本爲從詩歌批評理論的對象來區分，又可以分爲三種：

### （一）以人為批評的對象

又可以分爲對歷代詩人及當代詩人的批評兩種。對歷代詩家的批評完全基於批評者對詩學理論的認知不同而有不同的評價，而對當代詩家的批評則易流於主觀情志的愛憎，或是個人師友交遊的對象而有偏好，難以避免有徇私的情形發生。

例如昌彝批評當時的詩人，以其座師何紹基的長篇歌行能合太白、昌彝爲一手，又評黎二樵的五言律詩能直逼杜甫（俱見《射鷹樓詩話》卷五，頁 101 及 109），評朱子的五言古詩能得漢魏之遺，凡此種種皆是昌彝以人爲主，針對其詩歌的風格作一批評。

### （二）以時代為批評的對象

又可以區分爲對歷代及當代詩風的批評兩種。對當代詩家的批評，往往易受大時代環境的影響，昌彝對於詩歌批評，亦難避免受時代環境的牽引，而有同步的發展。又如批評歷代詩風時對漢魏詩評爲「氣息淵永，風骨醇茂」，又論宋詩「少沈鬱頓挫」，即是針對某一朝代作一個整體的批評。

### （三）以詩歌流派為批評的對象

從其對歷代詩歌流派的批評，可以反映詩學觀念的衍化及進展，更可以得知批評者對各流派的愛憎與喜好。例如批評閩派詩人，自十子之後能獨開蹊徑，錢牧齋評閩詩爲小家氣，實不足爲信。又評嶺南諸家的詩歌自三家之後，後起之秀輩出。

雖然評論的對象可以分爲上述三種，但是昌彝論詩仍然以詩家爲主要的批評對象，其論述重點主要是對詩家的批評，以時代的風格作爲批評的對象較少，而以詩歌流派爲批評對象尤少。

## 二、批評的方式

昌彝批評的方式有直接與間接二種。

### （一）直接批評的方式。

亦即論者以批評術語或採直接批評的方式。例如：「詩有名句耐人涵詠者，雖一二聯，便可膾炙人口。如『大江殘夜生新水，微雨扁舟夢故人。』此山陰紹夢餘句也。『自笑此身渾似寄，不知於世復何求？』此侯官張超然句也。」（《海天琴思錄》卷四，頁 82）此即屬於直接批評的方式，爲例亦多，不另舉例。

### （二）間接批評的方式

昌彝批評的方式，比較少採直接的批評方式，多以間接的批評方式爲之。亦即不直接批評該詩之良窳，而以歷代某一詩人之風格、氣象、格律等作爲批評用語。分言之，又可以區分爲數種。首先，評論時以合於某詩家的格律體制爲批評。例如評何紹基的詩：「長篇歌行，鞭苔雷電，震蕩乾坤，蹴崑崙使東走，排滄海使西流，騰驤變化，得詩歌家舉重若輕之妙，是能合太白、昌黎爲一手，蓋二百年獨見斯作也。」（《射鷹樓詩話》卷五）指出何紹基的長篇歌行能合太白、昌黎爲一手。又如評黎簡的詩「五古律直逼少陵」（《射鷹樓詩話》卷五）也是從詩歌的體制來論詩，並且取歷代詩家作爲批評的術語來運用，亦即以合於某一詩家的風格，作爲批評術語之用。例如評王子壽的詩「雄偉高壯，然氣韻入古，居然三百之遺，有極似浣花翁者。」，認爲王氏的詩氣韻入古，極似杜甫，是指詩歌的風格與杜甫相近。又如評周嘉璧的詩「其詩出於性情，蓋賈長江、白香山之流亞也。」（《射鷹樓詩話》卷六）評沈虹舟（祖惠）的詩「格律深細，詞氣雄厚，枕藉少陵，頗得其家法。」（《射鷹樓詩話》卷六）即是對於沈氏能在格律上細密推敲，而在氣勢上又能得雄厚之氣。所以能得少陵家法。

其次，昌彝以某一朝代的詩風作爲批評標準，使能領略該詩歌具有相同的質性，以作爲基本批評理解。例如朱子的五言古詩「意境、門戶、風骨、氣味、純從漢魏鎔化而出，眞處妙在能以古樸勝耳。而於論詩源流，亦見精切，蓋其浸淫於古者深也。」（《射鷹樓詩話》卷五）此處以朱子能得漢魏之風故能以古樸爲勝，即是以時代爲批評的方式，讀者當在漢魏中求得其精蘊，方能領略昌彝所論是否正確。又評溫訓「所著梧溪石室詩鈔，原本漢魏，五言古及五言律，尤渾樸可誦」，此處亦以漢魏爲評，說明溫訓的詩作以渾樸爲勝。透過昌彝以時代爲批評的方式，可以尋繹他對各朝詩風的認知與理解是否能切中要旨。

復次，兼用兩種批評方式作爲詩歌批評。例如「阮亭詩用力最深，諸體多入漢、魏、唐、宋、金、元人之室，七絕情韻深婉，在劉賓客、李庶子之間，即丰神之蘊藉，神味之淵永，不得謂之薄，所病者微多妝飾耳。」（《射鷹樓詩話》卷七）指出王阮亭詩歌的各種體制皆能得各朝詩歌之勝，而以七絕清韻深婉最能得劉賓客、李庶子的丰神，其神韻綿渺、氣味淵永最爲可誦，惟以多妝飾爲其小疵。

又次，論者以他人曾經論過相同論題的批評作爲自己的批評，或參贊自己的看法與見解、或不置一詞完全襲用他人的論點者皆可以歸爲此類。例如陳恭甫批評黎簡的詩，是繼昌谷、山谷之後，自成一家，昌彝以陳氏之評爲評，其云：「信然」（《射鷹樓詩話》卷五）即是以他人之批評作爲自己批評的論點。

## 三、批評的形式

昌彝批評的體制主要有二，其一爲詩話的型態，其二爲論詩的型態，透過此二型態可以管窺其論詩的主要取向。

### （一）詩　話

主要仍爲《射鷹樓詩話》、《海天琴思錄》、《海天琴思續錄》三種，可以從這三種詩話中探尋昌彝的批評理論。由於詩話的撰寫方式較無系統性，故其論說的方式亦較散漫，然而仍可以從其中尋繹其主要的批評理論。（詳前所論）

### （二）論詩話

昌彝在《衣讔山房詩集》中有論詩詩一百零五首，序中明白指出論詩詩的內容完全以論人為主，時間的起迄是順治以至咸豐年間，其論人的標準有三：詩家尚存者不論、未曾見面者不論、雖曾見面，但其詩不足以評騭者不論，以此標準共得一百零五人作為批評的對象，從昌彝論詩詩中，可以得知昌彝對清朝詩家的評論如何。（詳前所論）

以上總論昌彝在面對詩歌批評時所採用的批評方式，透過這些論述的對象、方式、體制等可以整理出昌彝的「詩歌批評理論」及「詩歌批評的批評」所採用的標準、要旨、及主要的藝術風格等等。（詳前所論）

## 第三節　評歷代詩風及詩家

本節主要論述昌彝對歷代詩風及詩家的批評，第一部份先就昌彝對歷代詩風及詩家作述評，第二部份就昌彝對清代的詩家作一述評，尤以晚清為要，因為在其詩論中，對當時交游往來的詩家著墨甚多，故而獨立論述。第三部份總評昌彝論歷代詩家得失，以明其批評的旨趣及詩家的良窳。

### 一、評歷代詩風及詩家

在中國的詩歌史中，昌彝所居處的時代正是時代鉅變的晚清，在這個動盪不安的時代裡，知識份子大都以自己的學養去關懷時代，並且以各種方式力圖國富民強，昌彝冀能以詩話的型式達到諷諫的功能，所以對於詩歌的賞析與評論一直有所寓寄，以下欲透過昌彝評論歷代詩風及詩家的得失來闡述其詩評的態度與觀點。

昌彝很少直接對某一朝代作批評，而是在批評詩家時，標舉出某一朝代的詩歌風格來說明該詩家的風格與之相近，由是，可以藉此管窺昌彝對各朝代詩歌風格的認定〔註2〕。其基本用心是對詩家的風格作批評，並以歷朝的詩風作應證，所以論述主體乃以批評詩家爲主，尤以晚清諸詩家爲要。

關於論述歷代詩風、詩家時，可以從兩方面著手，一則先撮舉昌彝對某一朝代詩風的整體觀感作述評，一爲批評某一詩家的得失；在評騭詩時，昌彝常以歷代的詩風及可以作爲典範的詩人作爲主要的批評方式。透過這些論述可以窺探昌彝對歷代詩風及詩家愛憎。理解昌彝對歷代詩風及詩家的批評，主要是透過昌彝評騭晚清諸詩家時所關涉的內容提舉出來的，如是，昌彝雖然並未直接對歷代詩風、詩家作一論述，但是透過這些方式亦可以尋繹其用心。

## （一）論漢魏六朝詩風及詩人風格

昌彝在論滿州樂初將軍的〈別榆關八旗官紳餞行詩〉時談到其詩純是漢魏晉人的法律，所謂漢魏晉人法律何指？昌彝曾曰：「漢魏晉人詩，氣息淵永，風骨醇茂」（《海天琴思續錄》卷七，頁 459），又曾說朱子的詩「純從漢魏鎔化而出，眞處妙在能以古樸勝耳」（《射鷹樓詩話》卷五，頁 101），評論溫訓的詩「原本漢魏，五言古及五言律，尤渾樸可誦」（《射鷹樓詩話》卷五，頁 107），評徐㷭「得漢魏之遺」（《射鷹樓詩話》卷六，頁 119）。在這些論述中，昌彝將漢魏晉人的詩定位在古樸、氣息淵永、風骨醇茂之中。漢魏六朝之際尚無近體詩，古體詩不須平仄、對仗，其體制有樂府及古詩二種，因爲昌彝對漢魏六朝的整體觀感如此，所以用來批騭詩家的風格時，常以此爲主要的批評手法。

在漢魏六朝詩人當中，昌彝對陶淵明的詩非常愛賞，他在評梁藹

〔註2〕在論述歷代詩家的過程中，以朝代來探討各家詩風的缺點甚多，有時不足以涵蓋整個論述的主體，或是有強加區分的危險性，例如昌彝在批評詩風時，常會關涉數個朝代，所以用朝代來論述，會陷入跨越數個朝代的情況出現，產生畫分不嚴謹的狀況，本文深知此中缺失，卻又繼續採用此分法的理由是較易呈現各朝詩風的樣貌。

如詩時說：「有意學陶，稍能得其氣息，然非其至也。」（《海天琴思錄》卷一），評陳奉茲時說：「余最愛其五言古、五言律，雅淡似陶，雄瘦似杜，五律直搗少陵之室」（《海天琴思錄》卷二），又評陳本直的詩說：「詩境上追彭澤，下瞰渭南」（《海天琴思續錄》卷二），在這些批評中，到底昌彝對陶淵明的評價如何呢？陶氏的詩歌以描寫田園生活爲其代表作品，將恬澹的田園生活寫入詩歌中，又因爲其人品高潔，不與世推移，故後世以他作爲隱逸詩人的代表，鍾嶸評其詩亦言：「古今隱逸詩人之宗也」（《詩品・卷中》），正因爲陶氏的詩風，以平實的田園生活寫出自己澹泊世事的襟懷，饒富情趣，遂成爲田園詩人的典範，下開唐宋以後自然詩派的蹊徑，昌彝用來評論詩家時，亦以陶氏作爲此類詩歌的典範，在題材上，以描寫田園景緻爲主，在意境上，要能表現高雅澹泊的心志。尤以「采菊東籬下，悠然見南山；此中有眞意，欲辯已忘言」的寓意最爲高遠。

若以陶氏爲田園詩的正宗，則謝靈運的詩可爲山水詩的代表，詩歌史上以謝靈運、謝朓合稱爲「二謝」，二人皆爲南朝的詩人，以擅長描寫山水景物爲主，謝靈運的詩，善於模山範水，雕縟精巧爲工，此類作品易有佳句而無佳篇，故膾炙人口的名句有「池塘生春草，園柳變鳴禽、」、「明月照積雪，北風勁且哀」，小謝的作品有「大江流日夜，客心悲未央」、「天際識歸舟，雲中辨江樹」等等。而謝靈運除了與謝朓合稱爲「二謝」之外，亦與鮑照合稱「鮑、謝」，鮑照以五言古詩寫了許多代言體的詩歌，在內容上已突破兩晉、南北朝以降的玄言體、遊仙詩及駢辭儷采的詩歌，尤其以〈擬行路難〉十八首最能表現自己的困頓偃蹇，前人稱鮑照爲「才秀人微」，正可以概括其一生的遭逢與不幸。鮑照的詩能擺脫時代的浮靡詩風，呈現個人的風貌，可謂難能可貴。

謝靈運山水詩有苦心雕琢的痕跡，鮑照有悲憤聲，小謝的詩則具有清秀、俊逸的特色，莫怪李白贊爲「蓬萊文章建安骨，中間小謝又清發」，指出謝眺的五言小詩具有清逸的風味，所以昌彝在評論山水詩時自然以此二謝的作品爲典範。評莫元伯的詩云：「人品已高，詩亦質而不癯，澹而彌永。詩有眞愨之意，其〈石灣月夜〉，可以上擬謝客。」（《射鷹樓詩話》卷八），謝客即指謝靈運，以莫氏的詩具有謝詩的特色，擅於描寫石灣的景緻，詩云：

> 夜半水氣寒，流光射篷背。推篷一仰視，月色淨如溉。天遠群嶂出，碧極雲不礙，山明塔影瘦，灘急水光碎。人家隔沙渚，白屋竹林内。荒雞一聲來，寒燈靜相對。

尤以「山明塔影瘦，灘急水光碎」爲警句。

評陳登龍的詩說：「蓋西荒窮儌之氣，沈閟數千載，一旦發瑰奇而被藻飾，乃自大令始其聲耀特如靈運、子厚之於永嘉、柳、永已哉」（《射鷹樓詩話》卷十二），說明陳氏善於描寫山水景物，能使山川草木，因其詩而發瑰奇、被藻飾，猶如謝靈運，柳宗元能使永嘉、柳、永等地振鑠千古一般。

又評汪喜孫的詩：「余嘗見其五言古數篇，酷似二謝云」（《射鷹樓詩話》卷二十），汪喜孫是汪中之冢嗣，精於考證，昌彝曾於京師的龍樹寺，見汪氏的五言古詩數篇，以爲酷似二謝，亦足以說明二謝描寫山川景物的五言古詩，可爲此中的代表作。

在詩家的眼中，陶、謝同爲田園山水詩的代表，後世亦以之爲初祖，下開唐代自然詩派，王維、孟浩然等人亦入其班，故在評論詩家時，昌彝常以陶、謝、王、孟並稱，在評超蓮的詩云：「一若王、孟、陶、謝，亦復去禪不遠」（《射鷹樓詩話》卷十五），以其詩饒富禪趣的特點。

評包世臣的詩云：「詩廉質峻整，五言古直登鮑、謝堂廡」（《射鷹樓詩話》卷十二），評端木國瑚云：「五言古詩源出鮑、謝」（《射鷹樓詩話》卷二十三），昌彝以鮑、謝並稱，其意義除了能充份表達山水之景緻，同時能寓寄個人懷抱於其中，所以漢魏六朝之詩風以古樸、氣息淵雅爲宗，代表詩人則以陶、二謝、鮑等人可爲一代的典範。

### （二）論唐代詩風及詩人風格

唐代是我國詩歌大放光彩的時期，在形式上，律絕已臻於圓熟，在內容上，各種題材、風格兼備，同時也造就了不少偉大的詩人，足以耀響千古。唐朝詩歌一般分爲初盛中晚四期，昌彝對各期的詩風亦有不同的評價，盛唐之詩以沈雄爲宗，中晚唐詩風則有「清婉恬淡」、「愷惻纏綿」二種風格，其評方子嚴云：「近體清婉恬淡，毫無劍拔弩張之氣，中晚唐風格於茲再見」（《海天琴思續錄》卷一，頁 238），又評林其年的詩：「著有存悔齋詩集，愷惻纏綿，有中唐風格」（《海天琴思錄》卷二，頁 246），昌彝並未對此再作細部分析，可見其對中晚唐的詩風定位在此二者。

在詩家輩起的時代裡，昌彝矚目的焦點，究竟落在何人身上呢？在前文中論述昌彝評論詩的要旨是各種風格兼備，所以在眾多的詩人中，他不專主一種風格，而能兼容並蓄的含融各種不同的詩風。

初唐四傑的詩歌開啓唐詩的先風，昌彝並未評騭四傑的良窳，而是分辨初唐四傑的詩與長慶體迥異處在於「二者均爲麗體，四傑以穠麗勝，長慶以清麗勝，須分別觀之，譬之女郎之詞，一則爲青樓之絲竹，一則爲繡閣之笙簧，讀者不可不辨也」（《射鷹樓詩話》卷二十，頁 458）。李白的古體歌行所表現出來的雄渾氣魄，五、七絕句曲盡幽微，皆能得到昌彝的青睞，評商盤的詩說：「余謂太守諸有極似太白者，其五古〈友人索觀近詠〉、七古〈八蠻進貢圖〉，尤稱奇作，爲集中之冠云。」（《射鷹樓詩話》卷十二），即是指稱李白的五古、七古詩筆磊落，風格奇雄，可作爲五七古的典範。又評譚敬昭的風格清超，飄飄有凌雲之氣，尤以論詩諸篇作品，以五古的形式表現，高挹群言，瓣香當不在太白之下」（《射鷹樓詩話》卷九），雖以譚氏的詩足以媲美太白，實則以太白之古體詩爲典範。

昌彝在《海天琴思錄》卷四中說：「本朝善學太白詩者，吾閩則有張亨甫孝廉，楚南則有楊紫卿太學。紫卿寧遠人，名季鸞，生長於瀟湘九嶷之間，得其靈秀之氣，……故所作與太白爲近。」，又在《海天琴思續錄》卷一說：「宋、金、元、明及近代，詩學太白七言古詩，入其堂奧且得其神似者，明則高青丘，近代則楊紫卿、魏默深。紫卿得太白之飄逸，而默深則得太白之高奇者也。」，歷代以李白爲學習的典範者甚多，昌彝認爲善學者有高啓、楊季鸞、魏源諸人，而各人又得其一偏，從昌彝評論詩的過程中，可以清楚的知道李白的古體詩歌儼然成爲一種學習的範本，尤爲諸家所推崇。

昌彝少從黃則仙學詩，黃氏諄諄教誨必須多讀杜甫的詩，昌彝秉承師訓，以杜甫爲宗，此後其論詩，亦以杜甫的「致君堯舜上，再使風俗淳」作爲自己的座右銘，在評論詩歌時，也以杜甫作爲一代正宗的詩家，無論是律詩格律的深細，或是內容具有憂天憫人的襟懷，皆能一歸於沈鬱頓挫。評陳恭甫的詩「五言律直逼少陵」，評許遂的詩「得少陵家法」（俱見《射鷹樓詩話》卷五），又評王子壽的詩「雄偉高壯，然氣韻入古，居然三百之遺，有極似浣花翁者。」（《射鷹樓詩話》卷六），評沈祖惠的詩「其詩格律深細，詞氣雄厚，枕藉少陵，頗得其家法」（《射鷹樓詩話》卷六），評宋芷灣的詩「詩境沈鬱頓挫，得少陵家法不必規撫前賢，實從性眞溢湧而出。（《射鷹樓詩話》卷九，頁 211）可知昌彝對杜甫的詩定位在格律深細，詩境沈鬱。

唐朝的自然詩以王維、孟浩然、韋應物、柳宗元爲主，各有所長，皆一本於陶淵明，昌彝曾經對四人的詩歌作一品評：「唐人王、孟、韋、柳，皆陶之一體而不能具體，亦係其心體工夫未從六經來耳。即王、孟、韋、柳四家言之，王第一，韋次之，柳又次之，孟爲下。」（《射鷹樓詩話》卷十八，頁 414），又說：「盛唐詩各體俱妙，而王、孟之五言律尤最，二家詩多妙悟，王以高華精警勝，孟以自然奇逸勝……」（《海天琴思錄》卷一，頁 13），二者論述頗有矛盾，一者認爲孟浩然的作品爲遜，一者又推崇其詩以自然奇逸勝，是其自相矛盾之處。又說：「唐王、孟詩品清警，然不離唐調，惟韋蘇州純乎陶、謝氣息。」（《海天琴思錄》卷四，頁 81），說明韋蘇州的詩能得陶淵明氣息，而韋氏有意學陶，方得其氣息，元遺山無意學陶卻能得其志節（《海天琴思錄》卷四，頁 81）。

雖然昌彝對王孟諸人的評價不同，但是仍以王、孟作爲山水田園詩歌的典範，評顧嗣立的詩「孟山人之亞」（《射鷹樓詩話》卷十二，頁 289），又說雲台之詩「蓋以神似輞川也」（《射鷹樓詩話》卷十二，頁 287），又說：「吾言律首推王孟者，以其渾成無雕鑿痕也」（《海天琴思錄》卷五，頁 121）

王昌齡的絕句，昌彝以爲是由錘鍊出來的，與李白純乎自然蹊徑有別，卻不失爲大家之作：「青蓮絕句，純乎天籟，非人力之所能爲；龍標則字字百鍊出之，兩家蹊徑各別，猶畫家之有南北二宗也，龍標詩，絕句百鍊中多以神運，不落跡象」（《海天琴思錄》卷二，頁 36）

白居易的詩歌在昌彝的定位中，是屬於眞切有味，平淡之中而無俗韻，所以詩家專學白居易者，以能得其平淡、眞切爲上品，例如評劉存仁的詩歌：「說者謂孝廉詩學香山，以其淡處似白也。」（《射鷹樓詩話》卷二十三，頁 513），又說：「不善學白香山詩，多失之平滑，七律尤甚，以無眞趣以絡之也。漢軍黃石卿孝廉思貴，善學香山，都無俗韻」（《海天琴思錄》卷八，頁 187），又說許年「詩學香山、渭南，不事穿鑿，而眞切有味」（《海天琴思錄》卷七，頁 180）

評李賀的詩，以「迷離慘澹」四字賅括之，其云：「迷離慘澹之詩，唐之李長吉、宋之謝皋羽、明之高青丘，最爲擅長。」又評楊廉夫的詩「諸詩與李長吉、孟東野比肩接踵，可無愧色」（《海天琴思錄》卷八，頁 180）

昌彝極喜歡李義山的詩，曾以「典雅」二字評蔣超伯「典雅似義山」（《海天琴思續錄》卷二，頁 263）。又說：「余極喜李義山詩，非愛其用事繁縟，蓋其詩外有詩，寓意深而託興遠，其隱奧幽艷，於詩家別開一洞天，非時賢所能摸索也」（《射鷹樓詩話》卷三，頁 51）昌彝以其有比興之意寓寄其中，且隱奧幽艷，是爲詩家之一宗。

### （三）論宋代詩風及詩人風格

昌彝宋代的詩歌風格時，認爲宋代不及唐代詩風，他說：

> 宋詩之不及唐者，以其少沈鬱頓挫耳，然亦自成一代之詩，不可偏廢也。昔人謂詩盛唐，壞於宋，及劉後村謂宋詩突過唐人，皆非確論（《射鷹樓詩話》卷十一，頁247）

宋代的整體詩風，昌彝認爲比唐代少沈鬱頓挫，重新考量這樣的理論時，發覺昌彝所論未能確實符合實況，因爲宋詩的大精神風貌，以發議論爲主，表現出深沈的思考向度。並非如其所言。宋代詩家之中，昌彝最愛賞蘇東坡，對於江西詩派的開山祖黃谷著墨不多，而陸游的詩作則以眞切、無雕鑿痕目之。評毛獄生的詩曾說：「五言古頗似王介甫、黃魯直一派」（《射鷹樓詩話》卷十一，頁 257）。至於四靈詩，並無褒貶之意，評周揆源的詩「此詩卻有四靈風味」（《射鷹樓詩話》卷二十二，頁 523）

### （四）論金元明詩家

金人元遺山的詩學造詣，一直是中國詩史上的奇葩，昌彝對元氏之詩亦非常欣賞，認爲他的詩五七古詩，能得漢魏盛唐人的三昧，學詩者不可以不參觀他的作品，以爲作詩的圭皋。（《射鷹樓詩話》卷十八，頁 414），又說他的七言古詩氣韻雄秀，而能得陶淵明的氣節。（《射鷹樓詩話》卷四，頁 81），又稱讚他的作品「足合少陵，西崑爲一手」（《射鷹樓詩話》卷二十三，頁 535）

元朝詩人之中，以虞、揚、范、揭四家詩最有名，昌彝認爲四家皆能得唐音，而以虞詩能得山水之趣，意境幽渺，是四家之冠。他說：

> 元人虞、揚、范、揭四家詩，皆有唐音，虞詩深得山水之趣，意境幽渺，尤爲四家之最（《射鷹樓詩話》卷十九，頁435）

明朝詩人之中，昌彝最愛賞劉基、高啓二人，對於前後七子的句模字擬不能欣賞，但是李空同的詩猶有可讀者，以其偶能展現風骨，故而評鮑桂星的詩說：「風骨不在李空同之下。」（《海天琴思續錄》卷七，頁 443)，評林直的詩「尤與空同爲近」(《射鷹樓詩話》卷二十一，頁 497)。又說：「空同詩雖學開、寶及大曆十子，氣骨宏敞，然未免有襲取之跡，不如竹垞出以婞雅，登開寶之室，而無襲取之弊。」(《射鷹樓詩話》卷二十，頁 458)

## 二、評當代詩家

昌彝的詩話以論述清代詩人爲主，尤其是晚清與昌彝交遊者爲多，而在《小石渠閣詩集》中，一百零五首的論詩詩中全部以清人爲主，所以昌彝的詩評幾乎是以清人爲論述的重點，古代詩家大多是昌彝用來論述、批評的借力，透過這些直接與間接的論述，可以勾勒出昌彝評人的規範。既然昌彝對清代詩家別有會心，故本文特將其對清人的論述獨立一部份來處理，希望能發昌彝之初心，揭其潛德之幽光。

沈葆楨在《射鷹樓詩話》例言中指出，該詩話的四大內容之一即是存錄昌彝所交往的師友作品，並且加以評騭，由於這是該詩話的主要內容之一，故而詩話之中，存錄大量的清詩人的作品，而《海天琴思錄》、《海天琴思續錄》亦承接此一風格，大多以存錄時人的詩作或是對於時人的作品加以品評，遂構成此二部詩話展現出以記錄時人或清人的作品爲主要的內容，所以它的價值即在保存一些當時詩人的作品，使之不隨時代湮滅，是一大貢獻。在眾多的詩家之中，若要一一論述清楚，誠屬非易，故本文採用地域性的分法來論述昌彝所提及、品評的詩家。〔註 3〕又因爲昌彝爲福建侯官人，常往來於閩、粵之間，故所提及之詩家以其所接觸、聞見、交往的對象爲主，亦即以閩粵兩地的詩人爲主要的品評對象，可以透過這些詩人來了解閩粵兩地詩風與詩家發展的情形。

〔註 3〕以地域性作爲分類的標準，有其不足性存在，例如有遊宦者、有籍地在此，而終身遊學他方者、有客居該地，卻對該地的文風有很大影響，此品類甚多，不可一一勝數，但是爲能兼賅昌彝所論述的對象，仍以此方法行之，以合於昌彝論述的標準。

## （一）閩詩系統

閩詩系統在中國詩史上確立地位始於明朝，明史文苑傳：「閩中善詩者稱十才子，林鴻爲之冠。十子者，閩鄭定、侯官王褒、唐泰、長樂高、王恭、陳亮、永福王偁及鴻弟子周玄、黃玄。」標舉出閩中十才子之名，尤以林鴻爲首，林鴻論詩以盛唐爲宗，各種詩體爲工，著有鳴盛集，其後閩中諸子皆以林鴻爲圭臬，論詩、作詩一本於唐詩，影響所及歷久不衰。迄於明末林章始欲跳脫唐人格律之拘限，不爲閩派所羈紲。〔註4〕

錢謙益向來鄙視閩詩：「自閩詩一派盛行，永、天之際六十餘載，柔音漫節，卑靡成風，風雅道衰，誰職其咎，自是厥後，弘正之衣冠老杜，嘉隆之顰笑盛唐，轉變茲多，受病則一。」（《列朝詩集小傳》）認爲閩派以盛唐詩爲宗，其後雖有詩家欲求轉變，但是積習甚久，病在摹倣，而仍未能自出機杼，所以常非蔑視閩詩，昌彝對此亦有所辯駁：「吾家子羽先生鴻，詩爲前明之冠。朱竹垞賞其整練，王弇州呵爲小乘，錢虞山斥爲林派：雖然摹倣唐音，少龍翔虎視之概，而規行矩步，亦詩家之正軌也。」（《海天琴思錄》卷六，頁133）指出閩詩雖爲唐詩之模倣者，缺乏雄偉矯健的視野，但是規行矩步可以作爲詩家的正宗，此論誠然是爲閩詩人辯解，然而閩詩果眞一無可取？

昌彝列舉出閩詩人之中亦個中好手，可爲詩家正傳，其中有前明的藍仁、藍智二兄弟：「二人不相上下，所爲詩，風格各不偏厚，無後來十子摹唐習氣，錢虞山見之，定當流汗駭走，決不敢以閩派目之。」（《海天琴思錄》卷八，頁183）又說：「智之七言律詩，風骨高騫，氣魄雄偉，非吾閩十子之派。」（《海天琴思錄》卷二，頁43），由此可見昌彝亦自知閩派十子之弊，缺乏雄偉的氣魄，而且以模倣唐詩爲能事，然而並非所有閩詩人皆有此弊，藍仁、藍智二兄

〔註4〕詳見錢謙益的列朝詩集小傳：「閩中詩派，宗子羽，而禰繼之，以模倣蹈襲爲能事，初文才情跌宕，於唐人格律，時欲跳而脱之，要能不爲閩派所羈紲，可謂傑出者也。」

弟已能跳脫此一羈紲，所以用來駁斥錢氏之譏。自茲以往，尚有許多閩詩人，亦能自脫牢籠，不為唐音之規矩所限，例如謝震的詩，昌彝推崇為：「……七律高者直入浣花之室，次亦不落開寶而下，吳中錢牧齋論詩，往往輕薄吾閩詩派，惜不能起牧齋而一讀之」（《射鷹樓詩話》卷十五，頁 339），又言：「諸體詩以七言律為最難。國初顧亭林、朱竹垞、吳梅村、宋玉叔而後，作者實無幾人。吾閩近今為七言律詩者，首推謝甸男先生震，蓋其氣魄沈雄，風格高壯，足以雄視一代……」（《射鷹樓詩話》卷十五，頁 341），其推愛之甚可見一般，又歷數閩中的詩家：

> 吾閩前明詩家，自林子羽以下十子總持詩教，及鄭少谷出，乃大振騷壇，雄視一代。繼之者曹石倉、黃石齋、徐幔亭、徐興公、謝在杭諸君，可稱一時風雅。錢虞山論詩每鄙薄閩中詩派，豈非坐井觀天，蜉蝣撼樹乎。〔虞山目閩人詩為林派，謂林之羽也〕（《射鷹樓詩話》卷十七，頁 389）

指出明朝中詩家有黃鳳翔、謝肇淛、徐熥、徐㶿等人，皆能成為一代風雅的詩人，錢氏之論不足為信。又說：

> 閩中近代詩家足以視雄海內者，閩縣則龔海峰景瀚、薩檀河玉衡、謝甸男震、陳恭甫先生壽祺也。侯官則許鐵堂友、林暢園茂春、李蘭屏彥彬也。建寧則張亨甫際亮也。光澤則何金門長詔也。福鼎則林紉秋滋秀也。〔皆從已歿者言之〕（《射鷹樓詩話》卷十一，頁 248）

可知閩中為非無詩人，觀其詩歌，皆能獨樹一幟，自標風格，故而能振興閩詩。甚至閨秀之中亦有詩之俊傑者：

> 吾閩閨秀能詩者，若許素心、何玉瑛、洪蘭士，皆閨中之傑者也，佳篇名句，均採入射鷹樓詩話矣。（《海天琴思錄》卷八，頁 194）

汪辟疆在〈近代地域與詩派〉中指出閩贛為一派，以其地理形勢相似，故而所造就出來的詩風亦復相近，遂並為一派，其說甚有值得商榷之處，然而其重視閩詩不言而喻。閩詩之能獨成一風，並非一蹴可幾，有明朝中十子之開先風，其後有陳煒、陳烓、傅汝舟、傅汝楫，明末有謝肇淛、黃鳳翔、林章、徐熥、徐𤈦，遺民詩人之中又有朱國漢、李世熊等人，作爲閩詩的傳統開啓者，其後遂能開出近代閩詩的系統，使陳寶琛、陳三立、鄭孝胥、陳衍、林旭的繼起，成爲詩史上的盛事，足以振響千古。

## （二）粵詩系統

粵詩亦可稱爲嶺南詩，因地屬五嶺之南故名之。粵詩系統自唐代張九齡開始，已能在中國詩史上嶄露頭角，迄明末清初，有嶺南三家，振爍詩壇，三家爲屈大均、陳元孝、梁佩蘭，其中尤以屈大均的遺民詩悲憤感人，而梁佩蘭因仕清朝，故人或微詞，昌彝即非常不欣賞其詩，以爲：「余謂嶺南三家，當祧梁葯亭，配以二樵，較協公論」（《射鷹樓詩話》卷五，頁 109），又說：「梁葯亭佩蘭不及陳、屈二氏，然觀其六瑩堂詩，亦不無佳句可採……」（《射鷹樓詩話》卷十四，頁 320），又說：「嶺南三家詩，以屈翁山，陳元孝爲最，梁葯亭不逮也。」（《射鷹樓詩話》卷十八，頁 411），由此可知昌彝對梁佩蘭的詩遜於屈、陳二氏，然並未對此作一分解，故從其論述中，甚難分辨其論是否正確，從三家的作品來分析，便可知其梗概了。

三家之後繼起的有：「粵東嶺南三家以後，其詩之卓然大家者，順德黎二樵簡也，欽州馮魚山敏昌也，嘉應宋芷灣湘也，李秋田光昭也，番禺張南山維屏也，嘉應溫伊初訓也。二樵以幽峭勝，魚山以雄浩勝，芷灣以豪邁勝，秋田以雄奇勝，南山以清麗勝，南山以清麗勝，伊初以渾樸勝。（《射鷹樓詩話》卷七，頁 145）

又曰：「粵東詩自三家後，多質少文，番禺張南山以清麗之才，別開生面，一時附其門下者甚眾……」（《海天琴思錄》卷四，頁 90）

黎簡是書詩畫三絕的奇才，袁枚曾至羅浮求相見，二樵不見之，其狂狷可見一斑，黎氏的詩歌作品，昌彝稱爲：「峻拔清峭，刻意新穎，劌目怵心，戛戛獨造。」（《射鷹樓詩話》卷十三，頁 263），觀其詩有「長孤嘯扁成碧苔，一絲冷夢尋不回」，造境奇詭，非可猜想。又如〈曉日村舟中作〉寫出「江雲漸高山漸小，初日平鋪萬波曉」的恢宏氣象，又如〈邕州〉寫出荒城屼屼，畫角哀感，〈春寒〉寫出「一枕春寒閣鄉夢，千家人語入江聲」的情境，果眞造語奇兀、新穎。昌彝說：

> 浣花天分，別有所得，非鮑謝所能及。近代惟黎二樵「獨花如有怨」句，足以追步，他詩少能有此神妙也。（《射鷹樓詩話》卷五，頁 110）

昌彝所言，對黎二魂的「獨花如有怨」非常愛賞。

馮敏昌的詩創作以七爲佳，多爲長篇鉅製，昌彝稱「其〈唐子畏摹趙文敏馬九十三疋〉，極縱横之奇，〈大禹廟六十韻〉，雄深博麗，可覘梗概。」（《射鷹樓詩話》卷十三，頁 304），（唐子畏爲唐寅）

## （三）其　他

未列入閩詩、粵詩系統者，皆入此中。

在清朝二百八十六年當中，詩家輩起，明末遺民者，力推顧炎武、屈大均、陳元孝，對於錢謙益批評閩詩甚爲不滿，加上錢氏身仕二朝，故昌彝對於他的人品與詩品大打折扣，「月旦評詩拂水狂，兩朝裙屐話滄桑。頹齡才似春花謝，一褚淵生實可傷。」，人品不堪之外，詩才易與春花一謝，實則錢氏的詩歌成就不可以用人品來規範。他又說：

> 江左三家詩以吳梅村爲最，錢虞山、龔芝麓不逮也。嶺南三家詩以屈翁山、陳元孝爲最，梁葯亭不逮也。（《射鷹樓詩話》卷十八，頁 411）

昌彝對於江左三家力推吳梅村，嶺南三家力崇屈翁山及陳元孝，卻未明確指出其所以批評的理由與原因。

王漁洋力王神韻說，昌彝非常推崇，所以論詩亦受其影響，主張絕句應能表現神韻不匱，其贊云：「大雅扶輪萬卷儲，風流弘獎老尚書。君看入蜀詩中境，詎獨羚羊挂角餘。」。至於與王氏交惡的趙執信，則不甚欣賞，稱他為「錄著談龍頗自誇，詩家風味小名家，矜才到底傷輕薄，科第如開頃刻花。」

清朝詩家中，推崇朱竹垞、王漁洋之外，對於主性靈說的袁枚，毛西河及楊倫非常不悅，主要是昌彝不貶唐抑宋，主張風格多樣化，而楊倫則強分唐宋的界限，遂不喜。昌彝特重要學問的蘊積，而袁枚主性靈，非昌彝所鍾。對於嶺南三家，昌彝有所論述：

晚清未造，詩人以詩歌記錄當時時事者，是昌彝愛賞的對象，例如張際亮、張維屏、龔自珍、魏源、林則徐、等人，有學問的大儒者，亦是他推崇的詩一家，例如陳壽祺、程恩澤等人。又有所持詩學理論同於昌彝者，亦是褒揚的對象，例如潘德輿即是。其他則多是平日交接的對象，例如：林仰東、溫訓、方濬頤等人皆是。

### 三、昌彝對歷代詩家的見解與局限

力主風格多樣化的昌彝，在評騭歷代詩家時，能夠以各種欣賞的角度來評論，故而所論的詩家當中，並無截然不可取者，從漢魏六朝以降，各詩家皆能成為詩史中各種風格的典範，無論是清新俊發、沈鬱頓挫、雄健豪偉、氣象萬千，或是哀感頑艷者，皆能獨樹一幟，自成一家風格，所以昌彝在品評各詩家時，並不受限於個人的愛憎，是其最大的優點，然而以人品論詩使錢謙益、毛西河的成就被其掩蓋，是為失公之處，有待重新商榷。

大抵而言，在清朝各詩家中，較不能欣賞的是性靈派的袁枚，對於以詩為議論的媒材，昌彝並未加以蔑視，開出宋詩派，昌彝亦不加以討撻，而對唐詩派的雄渾氣象或神韻雋永的作品皆能細細品味。可知他主調和唐宋之爭的溝渠，欲納入同一軌道之中的作法甚為明顯。

## 第四節　歷代詩論之批評

本節屬於「批評的批評論」，主要是論述昌彝針對各家詩論的批評。今就其批評詩論所錄而觀，整合分為三種：一、摘錄他人詩話所論以爲批評。二、摘他人詩論以爲批評。三、摘錄他人論詩詩，或是論詩的文章予以批評。昌彝存錄此三種方式，本文乃據此展開「批評的批評論」，而所謂的批評又可以分爲：一、存錄他人之論見，予以印象式批評。二、存錄他人之論見，而不加以評騭。三、存錄他人之詩論，繼續闡述發揮。〔註5〕，不論以何種方式呈現，皆可窺見昌彝「批評批評論」不初心。本節乃從本質論、創作論、作家論、詩人批評、藝術風格五個角度來論述，其能對昌彝的批評論有更進一步的體認。〔註6〕

## 一、對詩歌本質論的批評

潘德輿論詩，認爲作詩只有一個字訣，即是「厚」，「厚必由於性情。」標舉出作詩必須有眞性情爲後盾，乃能積厚學養，而性情殊方，人各有其性情爲本，所作出來的詩才有個人的風格、氣韻存在，有清贍者、有典麗者、有慷慨者等等，要非一則，所以詩歌的風味才有不同，此皆以性情爲依歸，故性情爲作詩之本源，昌彝論詩亦一本於此。（《射鷹樓詩話》卷五，頁98）

昌彝非常重視詩歌的教化功能，他曾引用其師何紹基詩論說：「（何氏）嘗論詩，以厚人倫、理性情、扶風化爲主」（《射鷹樓詩話》卷五，頁 101），此說與昌彝相同，詩之爲用，必須有裨益於民生教化，才能彰顯出它的價值，否則空空寫去，不能呈現旨歸，與一般的浮靡文章有何異同？此即昌彝對詩歌所抱持的價值觀。又曾說：「遵朱子所論，而採摘精審，專一沈潛，庶乎其不悖於聖人之詩教，而足爲能詩之士矣。」，所謂的專一沈潛，是指「日治其性情學問，則詩不學而亦能之」（俱見《射鷹樓詩話》卷五，頁 101），其特重性情可見一斑。

〔註 5〕存錄他的作品，不加以評騭，基本上亦屬於批評的方式之一，參見黃維樑的《中國詩學縱橫論》、洪範書局。

〔註 6〕他人對詩歌作一品評之後形成詩論，昌彝再就其詩論對他人的詩論予以批評，而本文再對昌彝的詩論作評騭，其間曲折多端，充滿危險性的論證，也充滿詮釋的弔詭。

## 二、對詩歌創作論之批評

元遺山〈感興〉詩說：「好句端如綠綺琴，靜中窺見古人心。陽重不比華黃曲，未要千人作賞音。」，指出作詩不可一味的討好世人，以求人知爲尙，昌彝深深的服膺此言，認爲作詩，應如玄酒太羹不必求人人皆知。

黎簡的〈與人論詩〉說：「士生古人後，詎有不踐跡。始則傍門戶，終自豎槊戟」說明作詩開始需依傍古人，其後才能自立門戶，獨樹風格。正符合昌彝論詩必須以古爲師，然後自闢蹊徑。

作詩時最忌諱一昧的追求新奇，單可惠〈題王逢原詩後〉說：「古之作者惟天眞，降而不能求生新。鑿幽縋險疑鬼神，文章怪絕天所嗔……」，指斥追求新奇者，不可爲法，昌彝以爲「明經論詩最精確」，贊同作詩應以眞雅爲根本，以學識性情爲作詩之圭臬，不應相率以鑿險爲作品之法則。然而並非認爲作詩不必求工巧，仍須錘鍊，使能追步古人。

焦循論詩，標舉出詩歌之創作應「本其志以爲詩，不剿襲，不堆垛，皆可以陳風而論世……」（《射鷹樓詩話》），對於此段論述，昌彝存錄其說而不加以批評，考察其論詩的總體觀念，可以得知昌彝論詩亦是力主詩歌之作必本於性情，不可的昧的抄襲，方爲作詩之道。

昌彝存錄陸游的詩論：「詩欲工，而工亦非詩之極也。鍛鍊之久，乃失本指；……」（《射鷹樓詩話》卷四，頁 85），雖存而不論，亦可知昌彝對於詩歌的要求以自然爲主，雖然作詩不免要經過錘鍊的功夫，卻不可斫削太甚，反易傷本義。

潘德輿論詩主張「詩宜痛刪，必浮靡之音去而眞愨之氣來，語語有用，方謂之言立。」，作詩要能割愛，刪句、改句皆能去除駢拇技指，保留眞義，昌彝同其說。

## 三、對作家論之批評

嚴羽的《滄浪詩話》引起爭議最多的「詩有別趣，非關理也，然非多讀書，多窮理，則不能極其至。」論者有兩派，一則同於嚴氏之說，一則反對嚴氏之論，然而論者若只從字面意義來認知嚴氏之後，恐怕不能知其用心。潘德輿的《養一齋詩話》特別爲嚴氏作辯駁，認爲滄浪之說乃在於破除宋詩專以議論爲詩的局面，期能挽回此勢，後者乃據此訾斥滄浪之說，要非能識嚴氏本心。昌彝則認爲作詩固然須要別趣，但是學問的積累仍爲必需的，並且援引朱竹垞的〈齋中讀書〉作爲助力：「詩篇雖小伎，其源本經史。必也萬卷儲，始足供驅使……」，從另一角度而言，昌彝是力主才與學並重，反對空疏爲詩，而沒有經史作爲根柢。因此可知昌彝對作家的要求，是要能才學兼濟，不可偏廢。

對於學問的重視又可以從他引述錢泰吉的〈論詩〉中窺知：「思有窒礙，涵養未至也，當益以學。」可知他認爲詩有別材非關學問的說法不足爲論。爲何昌彝論詩要以學問作爲創作根柢？清朝自始即有唐宋詩之爭，主要是承襲明朝詩壇上唐宋派之爭，清朝亦承其餘緒，而且愈演愈烈，例如清初主唐音者有顧炎武、毛先舒，主宋詩者有黃宗羲、錢謙益等人，其後乃衍出神韻說、格調說、性靈說，肌理說，要皆本於對於唐宋詩的不同意見與主張，肌理說的拈出，乃欲鎔裁神音與格調之說，作爲一個不偏倚的詩學，然而翁方綱的肌理說，重理、法，無形中遂成爲宋詩派的助力，清朝道咸以降，主宋詩者乃風起雲湧，此時欲調合唐宋詩者亦大有人在，然而宋詩派已成爲道咸以降的主要潮流，迄清末，同光體的出現，成爲另一個高峰。昌彝早年師承黃則仙，黃氏力勸他以少陵爲法，後因何紹基主閩地鄉試，昌彝拔爲舉人，繼以恩師陳壽祺亦爲宋詩的倡導者，所以昌彝乃能兼鎔唐宋二派，一方面主張作詩要有天才，不可力強而致，一方面卻又主張積學能儲寶，摶造出不貶唐抑宋的詩學見解。

## 四、論歷代詩家批評之批評

單可惠有〈題國朝六家詩鈔後〉共論六人：宋玉叔、施尙白、王貽上、趙伸符、朱錫鬯、查夏重。稱宋玉叔詩篇之佳者有一半是爲商聲，乃因其中年以後憂患頻仍，是故可以從其文章見其生平。論施尙白的詩雖然力稍遜，然而五絕已臻佳境。論王貽上的詩可稱爲一代的奇才，管領風騷，可惜他作詩的缺點是未能盡去陳言，也似韓翃有惡詩之稱。論趙伸符爲人奇狂傲物，所作詩歌亦輕薄爲文，與正道相違背。論朱錫鬯的詩以學問爲根柢，不滿滄浪的「未關學」之論，然而詩作風骨蕭疏，未能臻於至善，甚爲可惜。論查夏重的詩，力學白居易、陸游，卻未能如其超然，只好簪筆不書，以畫筆一爭長短。昌彝認爲單可惠論六家詩非常切的，惟不服他論朱竹垞「未到紅爐點雪時初」的說法，昌彝稱竹垞的詩淵雅雄秀，有漢魏唐宋之長，在六十歲之前的作品似無可議，六十歲以後作詩用隸太繁，然而非胸羅萬卷不能有此境界，顯然地，昌彝是爲朱氏作辯護，卻因此可以證明昌彝對於朱氏特有愛賞，且自己邃於經史，作詩亦以學問爲根柢，故而不認爲朱氏用典太多、隸事太繁爲其缺點。

趙執信的《談龍錄》曾經對朱竹垞、王漁洋的詩作比較，認爲「朱愛多，王愛好」，昌彝不以爲然，指出二者各有所長，未可厚非，他說：「朱以雄秀勝，王以神韻勝，皆大家也，第王詩不及朱詩之雄。」（《射鷹樓詩話》卷十七，頁 407），雖是不可強分高下，私心所鍾，仍以朱氏詩歌之雄偉勝過王漁洋的神韻，並且援引何長紹的論詩詩來作佐證：「新城秀水舊齊驅，供奉聲名稍不知。若但論詩休序爵，雄才似勝老尚書」，但以爲朱氏之詩勝過王漁洋之詩。從詩史上來檢視二人作品的成就，可以知道二人合稱爲南北二大宗，朱氏因爲才高學富，作詩不免喜歡用典、用險韻，以誇耀才學，而王漁洋的詩歌作品則能表現出澄澹自然的俊逸風韻，比之朱氏的詩歌評價爲高，昌彝所論未確中事實，乃因衷心所嚮，誠服於朱氏，甚至欲以自己媲美於朱氏，所以論詩不免存有個人的喜好。

趙翼《甌北詩話》批評宋琬的《安雅堂詩》：「荔裳全學晚唐，無深厚之」，何長紹則評爲「荔裳聲調匹崆峒，眞是泱泱大國風。不似晚唐家數小，雌黃休信趙雲菘」，二家各持一說，一則認爲專學晚唐詩，沒有深厚的學問作爲根柢，一則認爲有泱泱大國風的風範，不以聽信趙氏之言，以爲是晚唐小家子詩，昌彝對於二人所論俱有意見，首先指出趙氏之言是「瞽說」，不可誤信。再則指出何氏之謬誤處，乃在於將荔裳比作前七子的李夢陽，他糾正錯誤的說「余謂荔裳與崆峒詩，有骨肉之分，上下床之別耳」（俱見《射鷹樓詩話》卷三，頁51）。昌彝所論實爲確論，王漁洋的《池北偶談》稱贊爲「康熙以來『南施、北宋』之右」，宋琬所作詩歌能夠以性情爲根本，力追正雄，使騷怨化於才情之中，而無呻吟之病，例如〈重晤李舒章〉的「蛾眉自昔逢謠諑，嗟爾登高作賦才」即是。

## 五、對藝術風格論之批評

潘德輿說：「詩最爭意、格，詞意富健矣，格不清高，可作而不可示；格調清高矣，意不精深，可示人而不可傳遠」指出格、意是作詩的兩大要件，必要格、意兼善，才可以言詩，否則風格不清高，不可以示人，若格調清高，但是意境不夠精深，雖可以示人，卻不可以久傳。故二者須相輔相成，昌彝甚贊同，而在風格方面，要求多種風格，潘氏只取質實二字，昌彝甚不以爲然，認爲作品應能展現多樣化的風格爲佳。又指出創作時對藝術風格要求能善用比興，使興象高華、豐富，則詩歌價値方爲高人一等。

整體而言，昌彝的「批評的批評論」並未構成一個縝密的理論系統，據郭紹虞說，詩話的形式是以輕鬆的筆調，蘊藏詩學理論，而在嚴正的批評之下，又帶有詼諧的成份。（〈宋詩話輯佚序〉）所以昌彝的詩話也承襲此一作風，故而無嚴整體系呈現，但是若以此苛責詩話必須具有嚴正的體例，亦大可不必。因此，以詩話型式顯現出來的詩論，無章法可言，是可以理解的。雖然無縝密的詩學系統可言，但是其呈展出來的詩論亦可窺出與他整個的詩學見解相密合。

# 第七章　林昌彝詩歌創作之檢視與批評

本章旨在論述昌彝的詩歌創作與詩論之間的關係，亦即以其詩歌理論來檢視其詩歌創作的情形，共分為三部份來討論：一、先敘述昌彝詩歌創作的概況及其重要的類型。二、就內容來檢視其作品是否與理論結構相合。三、就藝術技巧的表現來討論其作品所表現的風格是否能與詩論相結合。

## 第一節　詩歌創作簡述

### 一、詩集介紹

昌彝有關詩歌創作，主要包括《衣讔山房詩集》、《衣讔山房詩外集》、《鴻雪聯吟》三部份〔註1〕。

《衣讔山房詩集》共有八卷八百五十首，刊於同治二年（1863）。昌彝在卷一古今體詩之下自注：「始旃蒙作噩，時年二十三歲」，可知詩集所收，始自二十三歲，而詩集末首是〈海天琴思圖〉，詩題自注為：「道州何子貞師相遇於羊城繪此」，考查昌彝繪

〔註1〕目前所見的詩歌作品有關《衣讔山房詩集》、《衣讔山房詩外集》二部份是收錄在《林昌彝詩文集》之中，由王鎮遠、林虞生所輯，卷一至卷八是《衣讔山房詩集》，卷九是《衣讔山房詩外集》。另有《東瀛唱答》，惜無緣一讀。

海天琴思圖時當同治二年（1863），他自言：「道州何子貞師癸亥夏游粵，相見於長壽寺，臨別繪〈海天琴思圖〉，以平昔知音之感，題詠甚多，各抒妙詣。」（《海天琴思續錄》卷六，頁 389）從二十三歲迄六十一歲止，幾歷十四年，詩集中的作品不僅能充份的反映出大半生的經歷，而且能抒寫他生平的遭遇，所以《衣讔山房詩集》的重要性不言而諭〔註 2〕。

《衣讔山房詩外集》共一卷五十首，內容爲試帖詩，輯自《衣讔山房詩集》，據王鎮遠所言，昌彝的姪孫敬烺會署籤《衣讔山房全集》，懷疑是昌彝後人以家藏舊版略作補充而匯成〔註 3〕。

《鴻雪聯吟》是同治七年刊於廣州，主要的內容是與方濬頤、文樹臣、蔣叔起往來酬唱的作品，尤以方氏爲多。昌彝晚年往來於閩粵兩地，此作品即是其晚年之作，因是酬唱作品故將酬唱往來的詩歌全部收錄，名爲《鴻雪聯吟》，內容不分卷數。

## 二、昌彝詩歌概述

《清史・文苑傳》卷四記載：「生平足跡半天下，所與游皆知名士」，昌彝八上公車未果，得以遍遊天下，故詩歌中的作品多以描寫山水景物、憑弔古蹟、羈旅鄉愁爲多。他在《感事留別詩二首》之二

〔註 2〕據王鎮遠所言，昌彝有五十五首詩與魏源的詩重複，其目如下：元祐黨籍碑歌、岱嶽吟、井陘行、潼關行、江南吟七首、泰山經石峪歌、牧羊圖爲默深賦、題魏默深蕉窗聽雨圖、睦杭舟次遇姚梅伯變成長歌送歸四明、月夜太湖泛舟作歌、遊洞庭湖歌、富陽董文恪山水屏風詩、楊椒山琴歌、聽雞曲、閱世二十一首、北旅雜詩七首、代龔仰白茂才景李上羅天鵬軍門舉凱旋詩集杜六首、送王見竺秋試下第歸二首、金臺秋感十六首，並對這些詩歌作辨正，其論證並非無據，然而目前有關昌彝的資料有限，本論文尚無法作一正確的論斷，故存而不論，以俟他日再作進一步的考證與分析。考察《魏源集》編校時曾參考《射鷹樓詩話》校勘，請參見《魏源集・編校說明》，鼎文書局，民國 67 年 11 月初版。

〔註 3〕參見《林昌彝詩文集・前言》頁 10，王、林二氏認爲詩文集與上述版本相同，不必再作校勘的工作

說：「意氣平生隘九州，雲山萬里快孤遊」，並在詩下自注：「徐、豫、秦、晉、齊、魯、燕、趙、楚、吳皆已歷覽。」（《林昌彝詩文集》卷七，頁 155）可知昌彝遍遊天下，將山水景物寫入詩中並非無據，且對於景物的描寫善長以強烈的對比來表現蒼茫的氣勢，例如：「江樓鐘急破寒煙，一葉扁舟落楚天」即是。又因爲昌彝身處國家遭遇困厄的時代，不僅新身經歷鴉片戰爭、洪楊之亂，且對於當時的時局有一般建設性的看法，故發爲詩歌，多關懷時局的變化，且表揚忠勇之士爲國犧牲，甚至對於歷史人物亦多感懷之作。

昌彝非常重視倫理道德，詩歌中常有關於倫理道德的作品。又有對風俗人心的警戒。〈廣州採風雜感八首〉寫出他對風土民情的記載，也有家鄉風味的記錄。例如〈家午峰封翁岳光春暮招飲海幢寺席間賦江瑤柱有憶家鄉風味〉。昌彝曾經由陳壽祺招攬修纂《福建通志》，對於方志特有喜愛，對於風土民情也特別重視。

另外，詩歌有〈論詩絕句〉一百零五首，用以評騭詩家的得失。並有論詩的意見存於題他人的詩卷，或是與他人往來論詩歌之得失的作品，皆可以窺出昌彝論詩的旨趣。（已見前論，此不在重複）

昌彝常以繪畫來表達詩歌所未能表達的情思，例如鴉片戰爭時感於時事之憤慨，曾繪〈射鷹驅狼圖〉以明己志，當時題詠者甚多，可以得知昌彝對於丹青素有情鍾，詩集中亦收有昌彝題畫詩近三十首，大率是當時友人所題的作品。其他尚有雜詠，或是抒寫自己的懷抱，或是以酬唱聯吟爲主的詩歌。昌彝晚年執教於廉州海門書院，來往於閩粵之間，接觸不少當地文人，並與之酬唱往來，故而《鴻雪聯吟》中的作品完全以酬唱爲主。又有試帖詩五十首，雖是應試作品，也可以探討昌彝的詩學造詣。

大抵而言，昌彝詩歌寫作的題材非常廣泛，不論是抒情、言志、描寫時事、諷誦時人，皆能一一入詩，可以從他的詩歌考察他的作品與詩論之間的關係。

# 第二節　檢視昌彝詩歌內容

本節分爲二部分來探討，首先就昌彝的詩歌內容作一論述，再就論詩要旨來檢視其詩歌創作是否能充分體現詩論的要求，俾能鉤稽其詩論與詩歌創作之間的關係

## 一、詩歌內容分析

據前節所言，茲將昌彝的詩歌內容分爲數種類型來闡述，冀能對他的詩歌有一全面性的了解。

### （一）以真性情描寫迍邅困蹇的經歷

昌彝在道光十九年中舉，時年三十七歲，與沈葆禎爲同年（沈氏曾從昌彝學，以師禮事），此後八上公車，皆未能一展長才，然而卻因此有幸遍遊天下，結交天下名士，曾經歷遊徐、豫、秦、晉、齊、燕、趙、楚、吳等地，詩歌中對於山水景物、古蹟、羈旅之苦的描寫甚多。

壯麗的山水景物可以開拓人們的胸襟、激發人們的靈思，所以《文心雕龍說・物色》:「若乃山本皋壤，實文思之奧府，略語則闕，詳說則繁。然屈平所以能洞監風騷之情者，抑亦江山之助乎？」大自然的風物是文思的奧府，騷人墨客莫不寄情於山水，徜徉於天地間，以其能抒解人世的湮鬱，成爲思想、精神上的一片樂園。

昌彝早期的詩歌，有關描寫山水景物的作品，多能表現山沓水匝、樹雜雲合的遐思，例如:「倏爾有游興，被蘿上翠微。天花雲外落，海燕與之飛。霧氣不離屐，嵐陰常在衣。僧樓一聲磬，鎮日坐忘機，」(〈游白雲寺〉頁 4，《林昌彝詩文集》，下同)。騷人墨客見山水佳境則興詠:「披蘿上翠微，俯視渾河小。塵沙飛若霧，城郭蒼未了。」(〈遊翠微山〉頁 92)

多閱山水可以豐富人生的經歷，亦可以開擴胸襟:「天下多名山，雁蕩獨奇秀。綿亙數百里，諸峰在其宥。遠瞻不見山，中有干霄岫。萬丈大龍湫，絕壁奔飛溜。初月谷常明，一水簾垂晝。下視高插天，

上視在地右。東西各晴雨，其理難研究。宇宙大巨觀，繪圖落吾袖。」（〈游雁蕩山〉頁 106）然而山河無異，人事有非，則歷史悲感與人世滄桑的心境會油然而生，少年遊山水，可以任意的寄情其中，而隨著年歲日長、國事不靖，遂興歷史悲感、憂民情懷，例如：「三年羈客希天涯，傷別傷春若憶家。一葉扁舟江上去，不聞漁笛聽哀笳。」寫的是羈旅懷鄉之情（〈渡三夾河〉頁 147），〈正定道中〉於詩中自注云：「余於滄州遇粵匪寇城，無恙，北河遇寇，又無恙。」（頁 146）寫的正是國事不靖，途中遇寇的情景：「滾滾征塵怨道途，戍樓又聽角聲孤。」文人或許可以自外於家國大事之外，可是親身經歷的匪亂，恐怕是心靈上難以抹滅的傷痛，昌彝數次遇寇，對於匪亂的感受應該特別的強烈，更何況他是一位非常熱愛社會國家的文人，國家的興亡，直接與他的感受密切貼合。透過他的作品，似乎也可以感受到這種欲振乏力的無力感，只能以詩歌寓寄這份憂懷了。例如〈燕臺曉望〉自注云：「所撰平賊十六策，每篇後歸重求才，王子槐少司徒奏進，上採納之。」（頁 144）具實的寫出自己對家園動蕩之關切，因而提出切實可行的平賊十六策以作爲平定內亂的方綱。

昌彝走遍大江南北，年少縱情山水之樂，伴隨著家園的杌隉不安，遂搏造出中年的憂民情懷，原來的山河無異，卻增添人事的變化，使得詩歌中呈現出縈懷的傷感：「詩思和煙澹，愁心逐水流。東南猶戍鼓，懶上酒家樓。」（〈舟發姑蘇至杭州〉頁 148）東南戍鼓，指的正是洪楊之亂，昌彝家在東南的福建侯官，與兵連禍的戰事相毗鄰，前有鴉片戰爭，後有洪楊之亂，昌彝居處其中，能不興嘆？繼以朝綱日敗，心中的痛楚，豈是隻字片句可以形容？因此藉由與古人的對話，或是將自己的憂國情思化成歷史人物或可稍慰塊壘：「海風吹月動明河，月色愁人照薜蘿。萬里煙波空過眼，此身原是百東坡。」（〈感懷絕句〉頁 150）把自己比成東坡，意象非常突出，東坡是文學史上的奇傑，其憂國情懷不以榮枯稍釋，以儒家擔當的精神挺立人世間，亦以道家的瀟脫，表現出「歸去，也無風雨也無晴」的境界，昌彝自比東坡，希望能在現實世界中，呈現理想、抱負，更能精神上尋覓一個瀟然快意的境地，以解消平生之鬱結。

## （二）以憂國憂民的襟抱記錄時代的悲歌

人生的困境往往是由大時代的環境及個人的生平遭遇所釀造而成的，時代的悲情，非人力可以抗拒，個人的遭逢，亦非任意可脫逃的。昌彝身處內憂外患頻集的世局，他以詩人特有的敏銳觀察力寫下時代的證言，透過這些記錄，可以讓讀者切實的感受時代的悲情感。文學未必可以如實的傳載史實，其中或許加上文人的想像力，然而並不妨礙其眞性情的流露，誦讀其作品，常能切實感受他悲切深刻的時代境遇感。而昌彝個人的仕途偃蹇困躓，更是無法擺脫的夢魘，八上公車的不順遂，雖未退避逃脫，然而時代的困頓，仍如長戟一般的直刺心靈：

「曾記江城如畫樓，憑欄擘荔漫消愁。而今高閣仙枝裡，何處飛來鬼蝶游。」（〈憶范公祠荔枝有感〉頁 71）詩中自注說：「荔枝曰仙枝，鬼蝶喜食之，見虞初新志。近范公祠積翠寺爲英鬼所穴。」此詩原感於英人挑起鴉片戰爭之後，佔據積翠寺所寫的，昌彝對於鴉片戰爭的感觸特別深刻，故詩中多有反映此事：

> 海涸山枯事可悲，憂來常抱杞人思。嗜痂到處營蠅蚋，下酒何人啖鰠鱇。但使蒼天有眼，終教白鬼死無皮。彎弓我慕西門豹，射汝河氛救萬蚩。（〈杞憂〉頁 125）

在昌彝的詩話中，嘗自引「但使蒼天生有眼，終教白鬼死無皮」二句，深切的痛責英人將鴉片輸入，爲害中國，在無力驅逐英夷之下，只好強烈的咀咒其死無葬身之地，以一個溫柔敦厚的學者而言，他強烈的呼聲，莫不是對當時的英人作痛切的批評與指責。又曾說：「包藏禍心英吉利，七萬里外輪船至。互市高樓鬼島連，挾山奇貨通天智。洋煙流毒劇堪哀，茶藥曷換洋米來？」（〈廣州採風雅感八首〉頁 194）把英人包藏禍心，將鴉片流毒中國的情形具實的寫出來，又以《射鷹樓詩話》來反映自己對英人的憤慨，詩中亦自言：「樓檻排山鬼島開，白頭

今詣粵王臺。射鷹詩話平夷志，載汝輪船渡海來。」(〈渡海〉頁 187)

除了對外患的關注之外，對於內亂也多所描寫，他在〈登樓江臺憩僧寺觀東坡參禪畫像〉詩中寫道：「虎門雄視西甌壯，極目長江落照邊。人代百年高下鳥，榮枯萬事去來煙，烽傳海上閒悲角，秋盡江東有暮蟬。我似蘇公誰記取，妙高未夢已參禪。」詩中自注云：「時台灣聞警。」(頁 103) 寫的正是台灣因有法軍入侵一事。至於其他的內亂尚有洪楊之亂：「莫負蒼生霖雨望，鑾江戍鼓起烽塵。」(〈家少穆先生招遊小西湖夜泛〉頁 125) 寫山粵西寇氛不靖的感懷。另有〈愚衷三首〉，詩前序說；「粵西不靖十有二載，未克消滅，可勝浩嘆，獻愚衷。」(頁 192)〈聞南京鎮江揚州相繼失守為之愴然〉寫的是南京、鎮江、揚州失守 (頁 133)，〈妖氛〉寫：「楊賊最猖獗，嘗以人血飲所掠兒童，使打仗，必兇悍。」(頁 139) 寫楊秀清之暴戾。

除人為禍事之外，尚有自然的災害，更是無躲避。〈感事三首〉詩序說：「客有從江南歸者，述吳、楚歲荒，兼憂水患，浮尸橫江，餓莩載路，為之愴然。」(頁 10) 昌彝在內憂外患之中，對人嚴懷有無限的關懷：「我哀廣陵民，恐有刀兵劫。」(〈廣陵感事〉頁 118) 又有：「多少深閨感刀尺，關河戍火萬山紅」(〈聞警〉頁 132)。又有〈市價行〉詩序說：「咸豐六年閩中省垣士農買通行鐵錢，市價不平，百物昂貴，每鐵錢二十文抵銅錢一文，閭閻疾苦，作市價行。」(頁 170) 詩中寫出貧民的苦境，令人感慨萬千。

不論是內憂或外患，人為災禍或是自然禍害，最可憐的是當一群無辜的老百姓，他們必須承受一切的憂患，所以昌彝對於無辜的人民，常寄以無限的同情，例如〈市價行〉：「力拔涸轍魚，哀矜出肺腑。隻手挽銀河，天公笑我腐。許種仙人璧，濟汝饑寒戶。市價倘不平，試以摩天斧。」(頁 170) 寫出咸豐六年時，閩中省垣士農工賈通行鐵錢，市價不平，閭閻疾苦，昌彝夢見願以己力來挽回這種頹勢，天公笑其腐，願種仙璧來救寒民，否則願以己力來摩天斧為人間執行正義。又詠〈白雲〉詩說：「白雲未歸山，作勢在天際。何不化霖雨，下澤人間世。」（頁 39）其念茲在茲，莫不是要解除人民的困境，連仰視悠悠白雲，都能想及人間萬民的需要。

昌彝心懷萬民，時思爲人民解憂除困，然而其生平遭遇又豈是平順自然？「苦寒未已還苦饑，八歲五歲三歲伉。山妻喁喁向我語，昨夜梁間落饑鼠。」（〈昨夜〉頁 55），又云：「英雄淪落皆如此，一襟我亦愁蒿萊」（〈淮陰侯乞食圖爲社亭題〉頁 55）寫盡自己飽受饑困之苦，正因爲他自己曾經有過這樣的經歷，所以特別能體會饑民之苦。

他的境遇感來自個人親身的經歷、社會的現況、以及時代的衝擊，故而寫出來的詩歌充份的表現時事不靖之後的感傷流離。

## （三）以至情至性抒寫倫理親情

顏之推曾說：「夫聖賢之書，教人誠孝，愼言檢跡，立身揚名，亦已備矣。」（《顏氏家訓・序致》），指出誠孝、愼言檢跡、立身揚名三者是古代聖賢所傳釋的道理。其中尤以孝順爲人倫的基礎，一切倫理道德皆由此衍生而出。父母之恩昊天罔極，所以《詩經・蓼莪》能夠傳載千古，其意即在此。昌彝亦有〈莪蒿篇〉二首詩，寫出對父母思念的孝順情思：「……我心徒悲傷，墓門空築屋。渺渺望孤雲，哀哀形影獨。思昔承歡時，眞爲人子福。……」（頁 31）此詩眞有「子欲養而親不待」的哀思，然而生我之恩，送死之戚，人所同也，何以昌彝特有感念呢？乃因其母曾燈下課子讀書，故而感念尤深，曾自繪〈一燈課讀圖〉以誌此恩，並有題詩：「寸草難酬罔極親，井燈回道淚猶新。種瓜負米今無分，天下傷心第一人。」（〈自題一燈課讀圖後〉頁 48）寫出他能稍致甘旨之養時，母親竟無福享受。其後屢屢懷念其母：「九京何處反親魂，霜葉棲鴉冷墓門。迴憶寒燈嚴課讀，枰鎚猶哭舊瘡痕。」（〈追慕〉頁 22）

〈哭樫兒〉七首則寫出六歲兒子因病暴殤的思念：「玉樹凋傷可奈何，思兒一夕鬢雙皤。銅盤夜火空垂涕，萬縷愁絲逐逝波。」（〈哭樫兒〉之五，頁 66）

又有哀悼亡妻之詩：「十年南北苦奔馳，家計糟糠累汝持。典盡裙釵操井臼，濟人猶記縫衣時。」（〈亡室周孺人遺鏡詞〉頁 172）共有十首，每首皆能寫出其妻操持家務的辛苦，周氏十九歲于歸昌彝，此後三十年辛苦營家，昌彝八上公車，南來北往凡有十年，端賴周氏勤儉操勞以成。

有關描寫倫常之情的作品，率皆出之肺腑，故眞性情的流露，感人至深。昌彝早年喪子，在妻子周氏亡故前一年喪長媳，又孫女基官於次年以七齡中暑暴殤（其自注「前歲失母」頁 175），經此人倫鉅變，其寸寸肝腸亦應化作繞指柔。

## （四）以詩教寓寄警世之戒

昌彝對道德非常重視，詩歌中常以警戒之語告誡時人，應以處身端正爲念。〈貧交謠〉：「破衣不典，可以禦寒。貧交不棄，可以彈冠。」（頁 26）指出貧困之交不可任意棄之。〈榮辱謠〉：「小言如桔梗，大言如金玉。用之不得當，百駟莫能贖。桔梗有時榮，金玉有時辱。」（頁 26）指出吾輩應謹愼言行。又〈詠錢和秩庭〉明確說明錢財「能使鬼神通禍福，直教骨肉變親疏。恃才傲物奴難免，作態凌人臭未除。」（頁 27）說明世人以錢財之多寡來定骨肉之親疏，實爲不智之舉，千金散盡還復來，豈可因此而破壞千金難買之情誼。又對世人的貪、嗔、癡質疑：「人生貪嗔癡，一身皆梏桎。當懷天下憂，奚患止或尼。」（〈吾年二十七〉頁 34）欲望之於人，實爲天生自然，所以聖賢教人要導正情性不爲悖禮忘義之事，然而自甘在塵世爭名奪利者，莫非將枷鎖網於一身之中，終不得解。昌彝勸誡世人當以天下之憂爲己任，否則名利場中，終非託身之所：「死者在生時，名利營期暮。富貴位已極，貪欲不肯悟。相見彌留日，性命危朝露。尙爲子孫計，田園金石固。誰知百世後，饑渴莫能度。何不飲醇醪，徘徊紈與素。」（〈言懷〉頁 69）

昌彝極力的鼓吹莫爲名利逐物喪志，然而其處世態度究竟如何？

是否能有道家的清靜無爲？抑是儒家果敢的擔當精神？基本上，他仍懷抱儒家人文情懷，欲以匡救世人爲己任，在現實的挫敗之中，未嘗稍減其心，以民生疾苦、國家安危爲己任。偶而也有「古來今，一夢耳。人間世，花在水。大千界，等螻蟻。」（〈王茱蘭山人夢遊蓮花洞圖〉頁 48）也有「浮生何事祇空茫，金谷繁華說夢鄉。悟到人天無我相，落花飛絮兩茫茫。」（〈讀虞伯生武夷慢題後〉頁 71）然而這些浮生若夢的作品，並非其最後關懷的重點。「自笑書生思何戟，同仇有淚灑秋風。」（〈妖氛〉頁 139）。又曰：「扁舟千里碧波遙，射虎雄心久不銷。」（〈夜泊鵝洋〉頁 18）又有：「濟世思長楫，浮生此短艖」（〈舟中同李繡宸秀才作〉頁 18）皆用以說明他有用世之心，可惜在進退之處之際，用捨由人，不可逆料。所以難免有壯志未酬之憾，至晚年遂轉移此種心情，多有歸於寧淡之思。

### （五）以諷諭之筆記載風土民情

陳恭甫曾有小瑯嬛館藏書八萬卷，邀昌彝讀於其間，昌彝詩中記道：「瑯嬛八萬卷，記誦方成帙。」（〈吾年二十七〉頁 34）又邀其參予修纂《福建通志》，故而在風土民情方面的學問蘊積甚厚，對於採風之舉非常重視，且有獨到的見解。有〈廣州採風雜感八首〉，寫出自己對於廣州風土的雜感。其內容有描寫風人以鴉片入侵中國「洋煙流毒劇堪哀，茶藥曷換洋米來」。有寫出當地的學風：「學海堂開文瀾峙，經生詞客烝烝起。樸學許鄭詩曹劉，士習日趨尙書履。民風毋乃尙澆漓，重倚吏治相維持。」昌彝以詩歌來記錄各當的風土民情，對詩歌領域的開拓，意義非同小可，其意乃承自詩經上以風化下，下以風刺上的功能，所以詩歌的價值不僅僅止於欣賞而已，更有教化世人的正面意義。

### （六）以論詩詩來談論詩歌理論

談論詩詩理論，而以詩歌的方式來表達的有〈論詩詩〉一百零五首，其他尚有爲他人詩集作序、或直接論詩的作品。統觀昌彝的詩論首重才學並濟，胸羅萬卷之後詩作才能典實厚重，，然有此亦不足稱詩，尚須繼以天才，方能達人所未達，言人所未言，他說：「萬卷羅心胸，天籟出口吻。君看好女子，不用施脂粉。」，又曰：「別才非關學，嚴叟論難定，鼓瑟覓知音，休求俗耳聽。」（〈論詩〉頁 63）指出必有學問之蘊積作爲根柢，才能培育天然的才質，作詩時就不必以華靡爲飾，自能表現特有的風格，而不必施以脂粉了。又對於嚴羽的「詩有別裁，非關學也」表示質疑：

「學詩如學畫，意惟求其眞。學詩如學書，風骨須磷磷。萬卷讀破如有神。」（〈書荃兒詩卷〉頁 169）昌彝一再重申蘊積學問的重要性，並且指出「意惟求其眞」，作爲詩歌創作必須遵守的法則，情意必須眞實，不可矯飾，才能表現磷磷的風骨。又特別指出「詩到無人愛處工，有如花未開時方爲美」，花爲蓓蕾時，含苞待放之美感與花朵開綻花顏之美完全不同，一爲蓄勢待發，蘊藏含蓄不盡之意，一爲坦露無遺，有光風霽月之姿。昌彝以含蓄爲美，認爲詩歌當以蘊含無限生意爲佳，而不以一語道盡爲優。

〈題嚴山人詩卷〉時談到閩派詩風時，認爲錢牧齋貶閩詩甚爲不當，列舉閩派詩家以反駁其誤，詩共有四首，首論錢氏之非，次論閩派詩家，再論「閩川壇坫豈無人」，終論嚴氏之詩風，以證明閩派之詩歌有傳人。閩派詩人中，昌彝舉出數人爲證：「風雅西甌鄭與孫，許藍丁趙有淵源。邇來詩伯多于鯽，不讓梅村況宛村。」（頁 183）〔註 4〕

論詩詩共有一百零五首，有談論各家風格與生平際遇者、有談論各家詩歌之得失、亦有談論詩家之師法淵源者、更有論及詩人因遭遇山河變色而詩風丕變者，各有所善，不可一一勝數，撮其要言之。昌彝在談論各家風格時，力主師法多家，以爲取徑，例如談到林仰東的詩「論詩誤墜野狐禪，爲勸移商盡解絃」，說林仰東初學詩未有家數，

〔註 4〕這些人是指：鄭善夫、孫學稼、許鐵堂、藍公漪、丁雁水、趙雙白六人，昌彝在詩下自注：「鄭善夫、孫學稼皆閩中詩人之雄者，鄭詩傳而孫詩佚，可惜也。」

昌彝勸其浸淫大家，其後乃能追步盛唐，此段記載又見於詩話之中。詩話之中，力勸其師法漢、魏、唐、宋之詩。又論詩「厭談風格分唐宋，亦薄空疏語性靈」，指出鎮洋彭兆蓀的詩歌不喜強分唐宋，實則昌彝亦力主唐宋各有獨至的風格，故而特別讚賞彭氏之主張。

### 二、檢視昌彝詩歌內容與詩論的關係

昌彝論詩要旨標舉詩必源於詩教，特別重視詩歌的功能，又指出詩歌必須出於眞性情的流露、不假雕飾，審察他的作品時，無論是描寫個人的生平遭逢或是寫國事不靖，皆可以窺見昌彝的眞性情在詩歌中展露無遺。其次，從比興而言，不一語道盡；從力主才學並濟而言，昌彝的詩歌皆充份表現典實、深厚的學養，可見他並非只有理論而已，且能恭行不悖。再從師法古人的角度而言，不一味擬古，而能展現自己的風格。

他的詩論重視倫理道德，創作時也透過詩歌來寓寄警世之戒，面對家國遭遇變亂時，詩中常表露關心時事的憂民悲國情懷，翔實的記錄自己的聞見及感憤，句句讀來莫不是忠愛爲國，憂天憫人的襟懷，大有「先憂後樂」的氣概。除了以詩歌記錄時局不靖之外，也用以發表詩歌的議論，品評清朝各詩家的優劣良窳，〈論詩詩〉特重才學並濟，作詩意惟求眞，由是觀之，他的詩歌創作與他的其論詩要旨若合符節。然而必須的是詩歌載負教化功能是否會減少其藝術價值？

## 第三節　檢視昌彝詩歌中的詩體與詩類

本節主要是從昌彝的詩論來檢視他詩歌創作中的詩體與詩類能否相互符應，共分爲三部份論述：一、檢視昌彝詩歌作品中各種體裁運用的情形，能否與自己論述的各種體要相結合。二、檢視昌彝各種詩類創作的情形，能否符合詩論。三、勾勒其詩歌創作的整體風格與特色，俾能對他的詩歌藝術作一總檢，並透過這些論述來了解其詩歌與詩論之間能否綰合。

## 一、昌彝詩歌作品中各種詩歌體裁運用的情形

古典詩與現代詩最大的不同，在於古典詩有格律的規定，包括：用韻、平仄、字數、句數等，現代詩則否，所以創作古典詩時，必須在一定的體裁限制內充份的表現所欲傳達的意象。本部份將以昌彝的詩論來檢視其各種詩體運用的情形是否能與自己的詩論相符合。

昌彝詩歌創作的情形，可以分爲幾部份來探討：

### （一）近體詩的部份

詩歌體裁可區分爲近體詩與古體詩二大類，近體詩又有絕句、律詩、排律三種，昌彝在論絕句時要求「神韻不匱」，檢視其詩歌作品時，發現其絕句作品甚少，能充分表現神韻不匱者有：「有無釵影燭初成，破夢窗前落葉聲。長憶佳人雲水路，捲簾紈袖隔霜清」（〈夢中得「有無釵影燭初成」醒續成一絕〉頁 23），絕句的字句精簡，要在短短的二十八字中表現情志，展示意象實非易事，故而能有意韻未盡者爲佳，昌彝的詩歌作品不在能表現字句的藝術美感，而是在於他濃烈的詩教功能，例如〈帳中蚊〉以世上君子當自重（頁 9），〈追慕〉一詩寫思親之哀（頁 22），〈阨過〉寫讀書於禪寺，幾遭廟門之阨，〈白雲〉寫「何不化霖雨，下澤人間世」的大儒襟懷（頁 39）。〈祭灶詞〉寫祭灶之風俗（頁 40），〈徐夕感懷〉寫年歲徒長，一事無成的悲嘆，表現情韻匱的作品以描寫山水景物、懷古作品、或是感懷之作爲多，例如〈通州旅舍題壁〉：「黃沙白草路蒼茫，老去風塵兩鬢霜。回首中原須管樂，關山立馬看斜陽。」（頁 141）寫的即是感懷的作品，又如〈邗溝懷古絕句〉：「垂楊斜日哭西風，玉樹瓊花一瞬中。三古六封書太急，雞臺有夢總成空。」（頁 148）這類作品，比較能表現他所謂的「神韻不匱」的詩風。而在神韻不匱、空靈縹緲之中，寓寄深沈的人世悲感。

律詩方面，昌彝的對仗手法非常精到：「乾坤莽莽雙來雁，身世茫茫一去舟。」（頁 155）又如：「桃花臨水魚盈尺，楊柳當簾燕一雙。

瀉屋露華供石硯，入樓山影覆銀缸。」（〈箋經南隩煙雲樓〉頁 101）其律詩除了對仗工整之外，尚有一特色，即是喜歡用典，往往在頷聯、頸聯時運用典故，使詩意逆轉，或是在末聯時以隸事、典故造成突兀的意境轉折，例如〈登雙江臺憩僧寺觀東坡參禪畫像〉首聯寫虎門雄踞西甌，頷聯寫榮枯皆成過眼雲煙，頸聯寫感時憂國的情懷，及至末聯以「我似蘇公誰記取，妙高末夢已參禪」逆轉與題意相切，既是觀東坡參禪之畫像，則結尾以參禪作結，能切主題，卻與前面三聯在意境上看似無關涉，實則深藏內蘊於其中，造成一種意境的轉折。又如〈秋風日感懷示荃兒〉末聯以「清商愁絕杜陵屋，蕭槭燈前擁卷頻」作結，以杜甫的「茅屋爲秋風所破」爲典，欲若得廣廈千萬間，盡庇寒士皆歡顏，點出自己的遭遇與杜甫相似，也有相同的襟懷。

五言絕句的創作量最少，多用以題畫，昌彝的五絕詩能表現出「詩情畫意」的神韻之姿：「水外滿秋煙，靜看江如鍊。山色拜向人，蒼蒼秋一片。」（〈題曲江許九霞大令炳章畫冊〉頁 193）其他五言詩亦能呈現自己民胞物與的襟懷，例如「不憂一家寒，所憂四海饑」（〈所饑〉頁 40），或如「醇吏死亦生，俗吏生亦死」（頁 98）。整體而言，五絕的創作量最少，非其力作，亦無特色可言，在寫景題畫時方能展現詩歌的藝術美感。

七絕除了一○五首的論詩絕句用以議詩家之外，其他尚有爲數龐大的作品，能寫出神韻之象，例如：「濛濛春樹正煙香，遠岸迷茫暗有村。回憶家山舊池館，杏花歸燕不開門。」（〈高桐舟次寄友〉）詩中點出一片煙樹濛濛的春景，又如「數聲清磬不知處，一樹梨花落晚空。解得非花亦非磬，詩家妙境悟禪中。」（〈清明日適郊見梨花盛開磬聲出遠林有悟〉頁 17）寫出詩家悟禪非緣於梨花謝春、清磬出林，詩有含藏不盡之意。

昌彝對絕句的要求是要能達到「神韻不匱」的意境，所謂「神韻不匱」是指創作時不論是寫景抒情皆能含蓄有味、蘊藉雋永，達到意猶未盡的沖淡、清遠的境界。昌彝的絕句，寫景的作品大抵能達到此一要求，惟有在發表議論時，以說理明暢爲主，無法兼顧含蓄蘊藉的要求。

律詩無論是五、七言，對仗表現得非常工巧，且喜歡用典故，排律則多爲試帖詩，雖是限韻、限句，但是整體觀之，猶能展現詩的意境，而不會流於教條式的說理，或是賣弄典故。其詩題亦深切有味，例如〈煙雨冥冥開橘花〉:「兩岸橘花天，冥冥曉放船。是沙還是水，宜雨又宜煙。……」（頁 219）另外詩題尚有〈淡雲微雨養花天〉、〈秋澄萬景清〉、〈扶桑影裡看金輪〉等，所顯示出來的意象，所能突破拘泥呆滯試帖詩的限制了。

昌彝在論詩體時曾說:「詩體以七言律爲最難，蓋必有挽弓挽強手段，方能爲之。」然而考察昌彝的作品之中，律詩的創作量非常豐富，而且對仗工巧，用事非常的精切，可以看出昌彝的詩學造詣。

### （二）古體詩部份

古體詩歌包括古詩、樂府、民間歌謠。昌彝的詩歌作品當中，有短至三句的歌謠，亦有長至數千言的長篇古詩，可謂各體兼備。

在短篇的歌謠中，以諷誦時人的作品爲主，例如〈古意〉:「千金買美人，萬金買園廛。十萬買高爵，無錢買少年。」意在諷勸人應珍愛光陰。〈貧交謠〉:「破衣不典，可以禦寒。貧交不棄，可以彈冠。」意在勸人應寶愛故貧之交。又如〈君勿爲名士〉:「君勿爲名士，名士本如娼。誰想眞顏色，空作野鴛鴦。」勸人莫汲汲於空名。

長篇的古詩中，記錄時事或是感懷時局的作品，大都用意深刻、沈鬱頓挫，用來紀念交情深厚或是記恩的作品，則氣勢雄渾，情誼至醇，用來寫景或是爲畫賦詞的作品，則氣韻生動，體勢偉健磅礴。例如〈遊翠微山〉:「披蘿上翠微，俯視渾河小。塵沙飛若霧，城郭蒼未了。……」（頁 92）即能寫出翠微山勢高踞高俯下的景緻。又如〈登泰山觀日亭〉、〈仙霞嶺〉、〈羊流店〉等皆是描寫山水景物的作品。又如〈錢舜舉伏生口授尚書圖〉、〈少穆先生屬題其尊人暘谷封翁飼鶴圖〉、〈陔蘭圖爲馮升軒廣文賦〉、〈比屋聯吟圖爲張茂才題〉都是爲圖賦詩的作品。〈揚州別魏默深別駕〉則是寫感別的情誼。綜觀昌彝的長篇鉅製，在在能顯示出他的學問涵養。題畫詩以長篇鉅製來表達，而且寓寄比興諷諭之旨。

昌彝在論古體詩時，認爲能表現魄力沈雄者爲佳，且最忌諱以長短句摻雜其中，乃因爲氣勢易受到中斷，考察其詩歌時，可發現他的作品亦有摻雜長短句的情形，然而卻無氣勢中斷之弊，是能深知其弊而避之。

## 二、檢視昌彝詩歌作品中各種詩類運用的情形

依昌彝論各種詩類來考察他運用的情形如何。

### （一）詠史詩的檢視

他對詠史這一類題材的體要，指出必須出以議論，否則空泛寫出，不能稱爲詠史詩，所謂詠史詩，在他的理解之中，必須有敘事、議論方爲詠史作品。考察他的作品，描寫時事、時局外，也能在敘事之外加以議論，例如〈聞南京鎮江揚州相繼失守爲愴然〉：

> 風高鐎斗撼秋深，羈旅聞聲淚滿襟。議守未能遑議戰，攻城不足況攻心。司農籌餉勞宵旰，大帥屯兵老羽林。我似杞人憂正切，撫時散髮獨呻吟。（頁133）

首二句寫出南京、鎮江、揚州三城失守，賊勢又蔓延至山西垣曲一帶，昌彝除了對於議和議戰惶惶未決深感痛心之外，對於琦善按兵不動，獨惻然呻吟怊悵。詩中有敘事，有議論，眞能符應他對詩史的要求，其它尚有〈聞武昌漢陽失守〉、〈感時〉、〈聞警〉、〈群盜〉等等皆是。

### （二）懷古詩檢視

懷古的詩歌，昌彝認爲必須能寫出一邦的沿革，不可以描寫懷古的情緒變化，考察他的作品，懷古之作不少，〈延平懷古〉寫出「寧陵許遠空弓鎧，淝水王淋失旆旌」的典故，而〈茌平懷古四首〉也能將一地的歷史典故、地理形勢寫出，正可以符合他對懷古詩的要求。

其他尚有〈樓桑懷古〉、〈金陵懷古〉、〈邗溝懷古絕句〉等皆然。

詠人的作品最忌諱言過其實，褒揚過度，他說：

> 擬人必於其倫，太過溢詞，便自失身份，學者不可不慎，余閱皖江《稼門詩鈔》其自題〈吳清大壽予七十文冊〉七言古云……稼門先生詩本自謙之詞，而吳清夫以岳忠武比之，不乃不倫。皆人以楊伯起爲孔子，黃憲爲顏子，已贊揚失實，無益於人，語歸虛妄而已。（《射鷹樓詩話》卷四，頁 88）

昌彝在〈青田弔劉誠意伯〉中對於明朝的開國軍師劉基非常崇敬，言其「手定河山收王氣，坐令冠蓋壓仙曹。軍謀奇詭如孫武，主術梟雄等漢高。……」文才武略皆能超出倫輩，可惜明太祖與漢高祖一般，但爲梟雄，不爲明主，甚爲劉基嘆惋。

### （三）詠物詩檢視

昌彝論詠物詩時，勾勒出體要必須切題，且不能只著於色相、要能離神取貌、脫去窠臼，方爲妙品，若能寫出自己的身份，則境界更高；若境界更高，可以「神品」視之。考察他詠物詩，有〈詠物二首〉是藉由槃瓠（狗名）、醜螿（蟲名）來譬喻擁兵自重，臨危不肯出兵相救的將領，不若高辛狗能殺戎之首，不如纖蟲能當關扼蜂虎，眞可枕戈諸將士，汗顏無色。又如〈驛柳〉描寫勞勞塵路，能夠指出驛柳飄零向客青青的寂寂情境。其題不落俗套，內容也能切題，與題旨相合。

### （四）題畫詩檢視

昌彝對題畫詩要求表現瀏脫、情韻不匱的風格，他的題畫詩亦以五七言絕句律詩爲多，能符合自己的論見；而古體詩的議論性較強，例如：〈海上散人獨立圖爲陳蘭臣題〉、〈戶籍齡冥壽詩爲蜀中李曉林大令封翁賦〉等，皆以長篇鉅製來描寫，較缺乏情韻不匱、瀏脫的神采，雖則如此，卻反而證成他以學問爲詩的另一風貌。

## 三、總論昌彝詩歌的藝術技巧與風格

整體而言，昌彝的詩歌創作明朗爽暢，氣勢浩瀚滂薄而無小家氣、蔬筍氣，長短篇古體詩有宋人風味，多議論、多說理，而少性靈作品，例如〈讀諸葛武侯傳十六韻〉(《鴻雪聯吟》頁 74)、〈馬伏波銅鼓和方箴方伯同韻〉(《同上，頁 34》)，這些作品多爲長篇鉅製的古體詩，特別能呈現深厚的學問根基，其用典、用事亦多，加上他精通文字學，曾有《二徐說文定本校勘》一書行世，影響其詩歌偶有僻字、奇字的使用。至於五七絕律能表現神韻之姿，詩作之中，以五七言絕律的藝術成就較高，能表現詩歌的美感，然而他最有特色的作品數應數長篇鉅製的古體詩歌，不僅能表達學問之豐厚，而且文氣浩瀚，如長江黃河一瀉直下，其勢不可當。

從藝術技巧而言，他喜用比興以表露隱微之意，善用時空對比，以呈現大小明顯對比的衝突。又特意的將人與歷史、景物對比，以顯示不勝蒼涼的悲情感，使意象浮現出歷史的悲感與人事全非的印象，整體的感覺是一種沈鬱迍邅之後的自我解脫。

# 結論

林昌彝生當晚清末造、內憂外患迭起的時代，他以詩話的形式記錄時人的詩歌作品。傳統的詩話用以「論詩及事」、「論詩及辭」，昌彝則以詩話來記錄他對時局的看法，《射鷹樓詩話》的撰作，即是緣於鴉片流毒中國，引起有識之士的抵制，昌彝乃以詩話來記錄時人及自己對時局的論見，主張禁食鴉片、驅逐英人，並曾獻策《平夷十六策》、《破逆志》用以驅鷹逐狼。並且用詩話記錄許多當代亂動的情形，例如洪楊之亂，他的詩話可作爲時代的證言。

昌彝對於詩歌的價值，標舉出詩歌可以補方志之闕，亦可以證史之不足，以詩證史正是基於時代的關懷，力求詩歌必須具備有史詩的作用，並且援引他人的詩作以作爲時代的證言。如是，昌彝的詩話迥異傳統詩話，所含載的意義已超出詩話的範圍，不僅用以評騭詩人，建構詩論更用詩話來傳釋許多價值：以詩話來補方志之不足、寓寄警世之戒、存風俗之遺、記錄時人的佳構雋句等。在詩學理論方面提出本於詩教、源於性情之說，又倡導才學並濟、力崇比興的說法。對於各種詩體、詩類也揭示自己的論見；在批評論方面，建構以比興、諷諭爲批評的原則，文學風格則力主多樣化，並且要求以詩品見人品，進而到以人品定詩品的觀點。

## 一、林昌彝詩論的意義

在中國詩話史上，以詩話方式記載歷史事件者，有宋朝朋九萬《烏台詩案》、清朝張鑒《眉山詩案廣證》，昌彝《射鷹樓詩話》也是以詩話的型態記錄晚清鴉片戰爭之際，當時知識份子對此一事件的看法，有異於傳統的詩話，其後有梁啓超《飲冰室詩話》用以討論詩界革命，在類型上是同一屬類的〔註1〕。

昌彝的詩論，提供了三個價值：

1. 在文獻方面，提供許多清代詩家佳構雋句，使一些遺佚的作品，有再面世的機會。並且保存當時閩、粵詩人的一些作品，使後人得以知道地域性詩人作品是中國詩歌史上不可忽視的一個環節。
2. 在詩學理論上提供一些思考的問題，例如唐宋詩之爭、才與學之間的關涉與如何綰合。又如詩歌創作的過程中，如何掌握技巧，使能充份的發揮詩歌美感的效能。如何表現作家個人的風貌等。這些觀念雖非首出於昌彝，亦無創獲處，然而從他論詩的角度觀察之，可以窺見他詩論的觀點與整個詩話論述的傾向。
3. 在作品批評上，提供一些詩家的特殊表現才能，有專善絕句律詩，有擅長古體詩的創作，皆可以作爲欣賞這些詩人作品時的一個藍圖。

## 二、林昌彝詩論的省思與檢討

基本上，昌彝的詩論呈現了歷代發展過程中的風貌，並且存錄許多詩歌、詩論的精華，以與他的詩論系統相契，我們可以根據他所標舉的詩論，爲同一主張者畫出基本的構圖，以明晰相同見解的詩論中究竟有何人。例如他的詩論標舉詩教的功能，又特別重視詩歌的教化作用，在清朝之中，是順著何紹基等人的路向而發展。

---

〔註1〕參考蔡鎮楚的《詩話學》第二節〈詩話分類的標準〉，頁86。

在詩論的論述過程之中，昌彝的詩論，基本上是對中國的詩歌作一次申論，並無太多傑出精湛的見解可以超出前人，只能表現出他個人對於詩歌、詩論的一般看法，不能稱爲詩論上的開創功力。尤以論詩體與詩類部份，以各種風格兼備的方式來論述個中的作家，並無批評縝密的詩論，可以作爲詩論的推闡者。

對於歷代詩家的批評，仍然以傳統的摘句批評、印象式批評作爲評騭詩人的方法，亦足以顯示出他仍未跳脫出傳統的批評方式。對於詩學理論的建構，以詩教爲本源，主張作詩必根於性情，使能達能展現個人性情風貌，以表現整個的詩歌風格。

從詩學的角度來審視昌彝的詩論，可以察覺他的詩論在創作上要求比興手法的運用，與整個清詩系統緊密結合，反對句模字擬、力主才學並濟，此皆與當時詩風相合。

## 三、林昌彝詩論的發展性

昌彝的詩話保存許多晚清詩人的作品，可以據此作爲探尋晚清詩人的基本藍圖，以廣博蒐羅遺佚的作品，得以鉤勒清朝詩學與詩藝發展的基本輪廓。

汪辟疆在《近代詩派與地域》中指出，清朝詩歌至道咸始極其變，至同光乃極其盛，昌彝身處極變的時代，詩學理論能反映當時的詩風趨向，藉此可以考鏡源流，查索近代詩學與詩歌發展的軌轍，使能朗現清詩的規模，又汪氏將近代詩派區分爲六大派別：湖湘派、閩贛派、河北派、江左派、嶺南派、西蜀派。此一分法或不能盡得近代詩派之全貌，大抵乃能呈現詩派與地域的關係，昌彝在詩論之中，對於地域性的詩派著墨甚多，尤以閩詩、粵詩、江左三者論述爲多，據此，可以逆溯近代詩家羽翼閩、粵、江左者，以考其地域流派發展的軌轍。

昌彝身處道咸同光極變之際，對於當時的社會風氣及詩風的發展有相當程度的反映，藉此，可以納入詩歌、詩話史上，作爲考查清詩理論系統中的一環。

# 林昌彝年譜簡表

## 說　明

1. 林昌彝簡譜乃自《射鷹樓詩話》、《海天琴思錄》、《海天琴思續錄》、《鴻雪聯吟》、《衣讔山房詩集》、《小石渠閣文集》、《硯桂緒錄》等書中檢索出來，名爲簡譜乃因掌握資料十分有限。
2. 本表臚列順序先列中曆，再列西曆。因昌彝所處時代爲鉅變時代，可用以對勘時局變化。
3. 本表先記昌彝簡歷，再記國家、時代之大事，以對照參看大事變化。大事紀參考蕭一山《清代通史》。
4. 每一條皆註明資料來源，以利檢索。爲方便計，書名皆以首字簡稱。

| 中　曆 | 西曆 | 昌　彝　簡　歷 | 大　事　記 |
|---|---|---|---|
| 嘉慶　八年 | 1803 | 昌彝生年 | 法人始設商館於廣州。 |
| 九年 | 1804 | | |
| 十年 | 1805 | | |
| 十一年 | 1806 | | |
| 十二年 | 1807 | | |
| 十三年 | 1808 | | |
| 十四年 | 1809 | | |
| 十五年 | 1810 | 嚴禁鴉片入京城。 | |

| 中　曆 | 西曆 | 昌　彝　簡　歷 | 大　事　記 |
|---|---|---|---|
| 十六年 | 1811 | | |
| 十七年 | 1812 | | |
| 十八年 | 1813 | | 天理教起事。 |
| 十九年 | 1814 | | 河南捻亂起。查禁鴉片 |
| 二十年 | 1815 | | 定禁煙章程。 |
| 二十一年 | 1816 | | 英使不行禮，遣歸。 |
| 二十二年 | 1817 | | 雲南夷人作亂。 |
| 二十三年 | 1818 | | |
| 二十四年 | 1819 | | |
| 二十五年 | 1820 | | 回人張格爾作亂。 |
| 道光　元年 | 1821 | 秋，病幾殆。（射、295） | 兩廣總督阮元查禁鴉片。 |
| 二年 | 1822 | 三月之朔，大孺人年五十歲以疾卒。（射、327），年二十遭家不幸，久傷屯戹。（射、127），家人有欲余棄舉子業而行賈。（射、352），昌彝既冠即失怙恃。（射、130） | 命廣東嚴查出口洋船及鴉片 |
| 三年 | 1823 | | 定失察鴉片煙條例。 |
| 四年 | 1824 | | |
| 五年 | 1825 | 始旃蒙作噩，時年二十三。（詩、1） | |
| 六年 | 1826 | | |
| 七年 | 1827 | 遭家不幸。（射、280、140），詩社倣蘭亭癸丑之事。（文、36），完娶。 | |
| 八年 | 1828 | 遭家不幸。（射、140），作「吾年二十七」文。（文、34） | |
| 九年 | 1829 | 遭家不幸。（射、140） | |
| 十年 | 1830 | | |
| 十一年 | 1831 | | 定查禁內地行銷鴉片章程。 |

| 中　曆 | 西曆 | 昌　彝　簡　歷 | 大　事　記 |
|---|---|---|---|
| 十二年 | 1832 | 春，應龔壽齊聘，校其祖海峰先生遺集。（射、221），秋，同里李蘭卿觀察彥甫觴於石畫園。（射、293），與張少軒試遊庠座主。（射、354），陳恭甫命協修福建通志。（射、458），陳恭甫命箋絳跗草堂鈔呈一百韻，時應聘修福建通志。（詩、44） | |
| 十三年 | 1833 | | |
| 十四年 | 1834 | 吳鍾駿爲鄉試座主。（射、354），何愼修與昌彝爲甲潭科同年（海、482） | 以英船入內河治盧坤罪。 |
| 十五年 | 1835 | 偕林石甫遊城西諸勝。（射、187） | 責英船駛入劉公島洋面。 |
| 十六年 | 1836 | | 英命義律爲廣東貿易領事。 |
| 十七年 | 1837 | | |
| 十八年 | 1838 | | 林則徐往駐廣東查辦海口禁煙事件。 |
| 十九年 | 1839 | 與閩縣家少佶孝廉方譪爲同年。（射、215），鄉試中舉，與沈幼丹舉於鄉爲同年。（射、325），何紹基爲鄉試座主。（文、324） | 林則徐查燬鴉片並定處罰章程。 |
| 二十年 | 1840 | 初上公車。（射、165），夏從京師回，於南浦旅次聞子萊訃。（射、221） | 英犯廣東不克，分犯沿海，陷定海，林則徐、鄧廷楨革職，召琦善赴粵。 |
| 二十一年 | 1841 | 二上公車，這溫州公車入都。（射、458），夏，子慶焞持箋子索張亨甫孝廉書。（射、236），蔚林辛丑公車，與昌彝同車。（射、321），與汪喜孫殤於京師龍樹等。（射、470），重九登大妙山。（詩、178），閩縣陳耀卿昌彝兄之子婿，辛丑與昌彝計偕北行。（射、479） | 英軍陷虎門。 |

| 中　曆 | 西曆 | 昌　彝　簡　歷 | 大　事　記 |
|---|---|---|---|
| 二十二年 | 1842 | | 林則徐遣戍伊犁，清廷英定南京條約，開五口通商。 |
| 二十三年 | 1843 | | 命耆英辦廣東通商事宜，訂補遺條約於虎門。 |
| 二十四年 | 1844 | 三上公車四月底，病亟死而復生。（射、172），獲交孔憲彝於京邸。（射、469），初遇江開於京師。（海、74），北行山東道。（海、174）、重九登泰山。（詩、178） | 耆英與美定澳門條約，與法定黃埔條約。 |
| 二十五年 | 1845 | 四上公車，應禮部試。（射、114），與劉茮雲訂交於京師。（海、61），與姚燮、魯一同定交。（射、117），二遇江開於京師。（海、74），重九登五台山。（詩、178）、謁阮元於揚州時贈揅經室詩錄。（射、525） | |
| 二十六年 | 1846 | | |
| 二十七年 | 1847 | 五上公車。（射、165），重九登鼓山。（詩、178） | |
| 二十八年 | 1848 | 冬過晉江訪摯友陳慶鏞。（射、325） | |
| 二十九年 | 1849 | | 徐廣縉與英督更定廣東通商條約。 |
| 三十年 | 1850 | 六上公車（射、165），自京師回，過西湖。（射、233），公車南旋，與粵東溫訓、葉棲鸞二孝廉同行。（射、320），夏，至揚州。七月落第，林則徐寫衣讔山房詩題詞，論射鷹樓詩話書。十月林則徐赴粵病逝。（射、326） | 林則徐赴廣西道卒。洪秀全起兵於廣西。 |
| 咸豐　元年 | 1851 | 寓默生刺史官廨，時默生任高郵州。（詩、128） | |

| 中　　曆 | 西曆 | 昌　彝　簡　歷 | 大　事　記 |
| --- | --- | --- | --- |
| 二年 | 1852 | 應禮部試。(海、50)，上三禮通釋。(海、332)，與江開訂交於京師。(海、74) | 太平軍篡亂，曾國藩於湖南辦團練。 |
| 三年 | 1853 | 四月呈三禮通釋二百八十卷，賜官教授，任福建建寧、邵武二府司教，寫寓言四首。(海、200)，自京師還閩過姑蘇，後十七年再至。(鴻、50)，九月出京。(海、54) | |
| 四年 | 1854 | | 太平軍破武昌，後爲曾國藩克復。 |
| 五年 | 1855 | 重九登熙春山(詩、178) | 清軍復上海。 |
| 六年 | 1856 | | |
| 七年 | 1857 | 重九登釣龍台(詩、178) | 太平軍攻湖北，英法聯軍入廣州，虜粵督葉名琛。 |
| 八年 | 1858 | | 太平軍入閩。 |
| 九年 | 1859 | 夢群蛇盤學舍(詩、177) | 英軍攻大沽。 |
| 十年 | 1860 | | 英法聯軍陷天津、北京，英軍焚圓明園。 |
| 十一年 | 1861 | | 與俄定北京條約。 |
| 同治　元年 | 1862 | 遊歷廣州。(海、247)，正月旦到粵(詩、187)，遊粵，越二年。(海、365)，游嶺南遇鄭少谷，相見甚歡。(海、188)，七月朔日寫風災行。(詩、200)，遇座師何紹基。(詩、207) | 太平軍攻上海，英法軍擊卻之。 |
| 二年 | 1863 | 廣州課徒無量寺，刊刻表讔山房集。(海、46、147、385)夏，遊粵，繪海天琴思圖。(海、389)郭嵩署廣東巡撫延招課子(海、365)在廣州府置校童試卷(海、116)年六十一，長子慶炳自建寧郡署寓書乞回閩。(海、355) | 設同文館於京師 |

| 中　曆 | 西曆 | 昌 彝 簡 歷 | 大 事 記 |
|---|---|---|---|
| 三年 | 1864 | 劉熙載督學廣東，招昌彝襄校文卷。（海、438），仲秋寫《海天琴思錄》弁語於嶺南海天琴思舫。（海、4），季冬方濬頤序《海天琴思錄》。（海、3），歷城毛鴻賓甲子任兩廣總督，出金刊三禮通釋。（海、276） | 太平天國亡。 |
| 四年 | 1865 | 正月回閩，未滿一月，廉州失戴，肇辰又延昌彝掌海門書院，不半載，士風丕變，以後往來粵閩兩地。遊滬。（海、303）曾國藩剿捻。 | |
| 五年 | 1866 | 丹徒戴肇辰延昌彝掌海門書院，文風寖變。（海、361），柔兆攝提格之歲，掌廉州海門書院。（文、289），自壬戌遊粵、丙寅回閩。（海、365） | 左宗棠設船政局於福州。 |
| 六年 | 1867 | | |
| 七年 | 1868 | | |
| 八年 | 1869 | 《海天琴思續錄》在廣州刊板。秋，遊端州七星巖，於子嚴見吳玉綸。（海、298、495），遊端州三閱月。（海、496），鄞縣董作模己巳三游嶺南，訪於海天琴思舫。（海、231） | 席寶田平苗教各區。 |
| 九年 | 1870 | | 天津教案發生，焚燬教堂，殺法領事。 |
| 十年 | 1871 | | 命李鴻章與日本定修好條約，於天律。俄佔伊犁。 |
| 十一年 | 1872 | | 伊俄定伊犁通商章程。 |
| 十二年 | 1873 | | 為王韜甕牖餘談作序。 |
| 十三年 | 1874 | | 日兵艦犯臺。 |
| 光緒　元年 | 1875 | | |
| 二年 | 1876 | 卒。 | 命李鴻章與英定煙台條約。 |

# 林昌彝著作簡表

## 說　明

昌彝著作繁多，今就資料檢索出書名及出版年一併臚列於下。排序順序以先後面世爲序，有重複者以先見者（或先刊者）先列，體例爲先列中曆，次西曆，次書名，次爲備註。

| 中　曆 | 西曆 | 書　名 | 備　註 |
| --- | --- | --- | --- |
| 嘉慶八年 | 1803 | 林昌彝生年 | |
| 道光三十年 | 1860 | 衣讔山房詩集 | 有林則徐寫〈衣讔山房詩題詞〉，見〈論射鷹樓詩話書〉 |
| 咸豐元年 | 1861 | 射鷹樓詩話 | 有溫訓〈序〉，沈葆楨〈例言〉 |
| | | 三禮通釋<br>小石渠經說<br>溫經日記<br>說文二徐本校證辨僞<br>平逆志<br>平夷十六策 | 溫訓於咸豐元年寫《射鷹樓詩話・序》已見過這些書 |
| 咸豐二年 | 1862 | 破夷志四卷<br>平賊論二卷 | 上《三禮通釋》時已知有這些書 |
| 同治二年 | 1863 | 衣讔山房詩集 | 六月開雕於廣州，結集甚早，有阮元、湯鵬之評贈，二人於道光年間下世 |

| | | | |
|---|---|---|---|
| | | 硯桂緒錄 | 同治二年十一月冬有王家齊〈序〉，同治四年季冬有方濬頤序，同治五年秋，刊於廣東省城 |
| 同治三年 | 1864 | 海天琴思錄 | 於嶺南刊板 |
| 同治四年 | 1866 | 西甌文集<br>母德錄<br>四維堂經問<br>蘇經測篙記<br>周易邃讀<br>周易寡過<br>今文尚書考定（今文尚書二十九篇定本）<br>六朝經說萃編<br>書傳逸禮考<br>詩經概<br>衛氏禮記集說補義<br>辨萬充宗周官公羊禮說<br>爾雅邵郝說折衷<br>禮章句辨正<br>儀禮天文闢妄<br>算學存眞<br>簡學中西法抉微<br>毛西河全集刊謬<br>十四史刊僞<br>西甌金石考<br>南詔德化碑注釋<br>達德錄<br>聖學傳心錄<br>三畏錄<br>七閩藝文錄<br>防淫種德錄<br>參同契淺注<br>近代十二家文選<br>海內藏知詩錄（錄人存知詩錄） | 方濬頤於同治四年寫《硯桂緒錄・弁言》時已見這些書 |
| 同治六年 | 1867 | 三廉贈別錄 | 刊行 |

| | | | |
|---|---|---|---|
| 同治七年 | 1868 | 鴻雪聯吟 | 不分卷本 |
| 同治八年 | 1869 | 海天琴思續錄 | 在廣州刊板 |
| 光緒五年 | 1879 | 小石渠閣文集 | 刊於福州海天琴思舫 |
| 不詳 | | 龍鴻閣文鈔<br>讀易寡過<br>左傳杜注刊僞<br>禮記簡明經注<br>西河全集刊僞 | 昌彝在《海天琴思續錄》卷八頁490說明自己尚有這些著作。 |
| 不詳 | | 遂初樓詩鈔 | 見《侯官鄉土志》，述者謂合汪堯峰、吳梅村、朱竹垞、宋荔裳爲一手，猶風雅之餘事。 |
| 不詳 | | 東瀛唱答 | 見《海天琴思續錄》頁366 |
| 不詳 | | 近代駢體文鈔 | 昌彝自言有此著作 |
| 不詳 | | 詩玉尺 | 昌彝有《詩玉尺・弁言》 |
| 不詳 | | 敦舊集 | 收嘉慶、道光二朝詩作，見沈葆楨《射鷹樓詩話・例言》 |

# 存錄清代詩人及作品表

## 說　明

本表以姓氏筆畫順序排列；單名在後，雙名在前；複姓列於最後；資料不詳者列於同姓之後；頁數爲射鷹樓詩話頁碼。

| 籍貫 | 姓名 | 字、號 | 作品 | 頁數 |
|---|---|---|---|---|
| 二畫：丁、十 | | | | |
| 晉江 | 丁煒 | 鴈水 | 問山集 | 549 |
| 建寧 | 丁汝恭 | 樸夫 | 樂堂詩集 | 87 |
| | 十硯翁 | | | 220、264 |
| 四畫：王、元、毛、孔、方 | | | | |
| 歷城 | 王苹 | 秋史 | 二十四泉草堂集 | 288、289 |
| 福州長樂 | 王溱 | 成旗 | 足雨宧詩稿 | 284 |
| 秀水 | 王復 | 秋塍 | 樹堂詩集 | 488 |
| 新城 | 王士禎 | 貽上 | 古詩選 | 46、85、103、122、150、232 |
| | | 阮亭 | 唐賢三昧集 | 237、296、348、403、408、500 |
| | | 漁洋山人 | 唐人萬首絕句選 | 505、549、233 |
| | | | 漁洋詩話 | |
| 仁和 | 王文誥 | 見大 | 蘇海識餘 | 168、88 |
| 武進 | 王玉瑛 | 采薇 | 長離閣詩稿 | 473 |
| 寶坻 | 王保乂 | 鷺汀 | 借綠軒詩存 | 499 |

| | | | | |
|---|---|---|---|---|
| 監利 | 王伯心 | 子　壽 | 螺洲詩草 | 31 至 34、120 至 122、130 |
| 福山 | 王祐慶 | 子　符 | 述德堂詩稿 | 369 |
| 仙遊 | 王紹燕 | 穀　貽 | 不忘初齋詩草 | 87 |
| 山陰 | 王紹勳 | 鶴　峰 | 綺霞軒詩鈔 | 370 |
| 閩縣 | 王景賢 | 子　希 | 義停山館詩稿 | 478 |
| 太倉 | 王時憲 | 若　干 | 性影集 | 289 |
| 侯官 | 王道徵 | 茉　蘭 | 石室詩存 | 232、283 |
| 嘉定 | 王鳴盛 | 禮　堂 | 耕養齋集 | 514 |
| 寶應 | 王懋竑 | 予　中 | 白田草堂存稿 | 147 |
| 嘉興 | 王　庭 | 邁　人 | | 354 |
| 山陰 | 王　霖 | 弇　山 | | 288、289 |
| 仁和 | 王　錫 | 百　雪 | | 498 |
| | 王少鶴 | | | 95 |
| 寶應 | 王式丹 | 樓　村 | | |
| | 王廷俊 | 偉　甫 | 樵隱山房詩鈔 | 243、351 |
| | 王偉甫 | | | 45 |
| 濟南 | 王象春 | 季　木 | | 233 |
| | 王瑞蘭 | 筠　卿 | 榆塞聯吟草 | 74 |
| | 王蘭泉 | | 湖海詩傳 | 105 |
| | 元道憲 | | | 126 |
| 寶山 | 毛嶽生 | 生　甫 | 休復居詩集 | 257 |
| 歙縣 | 方正澍 | 子　雲 | 伴香閣詩鈔八卷 | 465 |
| 大興 | 方履籛 | 彥　聞 | 萬善花室詩稿<br>對嶽樓詩錄二卷 | 497 |
| 曲阜 | 孔昭虔 | 荃　溪 | 鏡虹吟室集 | 487 |
| 曲阜 | 孔衍栻 | 石　村 | 題畫詩一卷 | 490 |
| 曲阜 | 孔傳鉞 | 節　倩 | 錯餘詩文集 | 490 |
| 曲阜 | 孔憲彝 | 繡　山 | 曲阜詩鈔 | 271、469 |
| 五畫：甘、田、包 | | | | |
| 漢軍 | 甘道淵 | 運　源 | 嘯崖詩存 | 188 |
| | 田　雯 | 山　薑 | 古懽堂詩存 | 488 |
| 番禺 | 田上珍 | 西　疇 | 自鳴詩鈔 | 215、515 |
| 涇縣 | 包世臣 | 慎　伯 | 倦遊閣詩文集 | 275 |

| 六畫：朱、伊、任、全、江 | | | | |
|---|---|---|---|---|
| 錢塘 | 朱　彭 | 青　湖 | 抱山堂集 | 562 |
| 臨桂 | 朱　琦 | 伯　韓 | 來鶴山房詩草八卷 | 5 至 8、11、12、24、402、495、30、102、285 |
| 大興 | 朱　筠 | 竹　君<br>美　叔<br>笥　河 | 笥河集 | 153 |
| 臨桂 | 朱依眞 | 小　岑 | 九芝草堂詩存 | 391、336、545 |
| 秀水 | 朱崑田 | 西　畯<br>文　盎 | 笛漁小稿 | 89 |
| 臨桂 | 朱鳳森 | 蘊　山 | 蘊山詩稿 | 336 |
| 秀水 | 朱彝尊 | 竹　垞 | 笛漁小稿 | 89、289、223、244、288、301、376、408、458、458、50、85、96、119、143、156、222、327、358、277、406 |
| 福州 | 朱懿卿 | 芳　徽 | 綠天吟社詩草 | 216 |
| | 朱　弁 | | 風月堂詩話 | 367、375 |
| 海鹽 | 朱　炎 | 笠　亭 | | 558 |
| 高安 | 朱　舲 | 芷　汀 | | 144、287 |
| | 朱　智 | 敏　生 | | 359 |
| 大興 | 朱啓仁 | 雲　門 | | 326 |
| 寧化 | 伊秉綬 | 墨　卿 | 留春草堂詩 | 155 至 6、495 |
| 汀州 | 伊墨卿 | | | 107 |
| 興化 | 任大椿 | 幼　植 | 芝田遺稿 | 188 |
| 鄞縣 | 全祖望 | 紹　衣<br>謝　山 | 鮚埼亭集 | 110 |
| 七畫：宋、李、吳、汪、何、阮、呂、沈、余 | | | | |
| 嘉應 | 宋　湘 | 芷　灣 | 不易居齋集<br>豐湖漫草、續草 | 211、515 |
| 萊陽 | 宋　琬 | 玉　叔<br>荔　裳 | 安雅堂詩 | 51、376、341 |
| 政和 | 宋人傑 | 栒　侯 | 知不足齋遺草二卷 | 543 |
| 仁和 | 宋大樽 | 茗　香 | 茗香詩論 | 118 |
| 長沙 | 李　杭 | 梅　生 | 少宇香館詩集 | 169 |

| | | | | |
|---|---|---|---|---|
| 嘉應 | 李光昭 | 秋　田 | 鐵樹堂詩鈔 | 148、564 |
| 綿縣 | 李雨村 | 調　元 | 童山詩集 | 557 |
| 嘉興 | 李重華 | 玉　洲 | 貞一齋集 | 127 |
| | 李　瀅 | 鏡　月 | | 275 |
| 番禺 | 李　鱗 | 秋　浦 | | 73 |
| 寧化 | 李元仲 | 世　熊 | | |
| | 李元昭 | 闇　如 | | 261 |
| 安谿 | 李文貞 | | | |
| | 李石桐 | | | 369 |
| 浙人 | 李念孫 | 節　貽 | | 359 |
| 臨川 | 李宗瀛 | | | 95 |
| | 李彥章 | 蘭　卿 | | 293 |
| | 李彥彬 | 蘭　屏 | 榕亭詩鈔 | 157、222、231、248、293、162、174、230 |
| 侯官 | 李家瑞 | 香　苹 | | 386 |
| | 李賡堯 | 古　陶 | 與竹齋詩草四卷 | 80 |
| | 李薌苹 | | | 374 |
| 建寧 | 吳　淳 | 厚　園 | 厚園遺集 | 57、82、358、375、457 |
| 蒲洲 | 吳　雯 | 天　章 | 蓮洋集 | 500 |
| 全椒 | 吳　鼒 | 抑　菴 | 夕葵書屋詩集 | 75 |
| | 吳　來 | 淵　穎 | | 408 |
| 吳江 | 吳兆騫 | 漢　槎 | | 85、331 |
| 東鄉 | 吳嵩梁 | 子　山 | 香蘇山館詩鈔 | 93、145、235、6、237、361、140、230、322、538、90、458、480 |
| | | 蘭　雪 | | |
| 南雁 | 吳省欽 | 白　華 | 白華詩鈔 | 563 |
| 吳江 | 吳惠羽 | 松　巖 | 梅花草堂詩集 | 295 |
| 歙縣 | 吳紹澯 | 蘇　泉 | 論詩蠡說 | 173、493 |
| 金陵 | 吳國俊 | 伯　鈞 | 伯鈞詩集 | 539 |
| 吳縣 | 吳偉業 | 梅　村 | 梅村集 | 341、370 |
| 錢塘 | 吳錫麒 | 聖　徵 | 正味齋集 | 187 |
| 侯官 | 吳鍾嶽 | 壽　仙 | 荔紅館詩鈔 | 40 |
| 江陵 | 吳鍾駿 | 崧　甫 | | 354 |

| | | | | |
|---|---|---|---|---|
| 侯官 | 吳聯穗 | 瑞　人 | | 286 |
| 江都 | 汪　中 | 容　甫 | 述學內外篇 | 491 |
| 皖江 | 汪志伊 | 稼　門 | 稼門詩鈔 | 88 |
| 休寧 | 江惠生 | 子　芸 | 尺園詩存 | 498 |
| | 江次舟 | | | 353 |
| 秀水 | 江孟鋗 | 康　古 | | 558 |
| 江都 | 江喜孫 | 孟　慈 | | 470 |
| 閩縣 | 何青芝 | 希　修 | 耘芳亭吟草 | 525 |
| 閩縣 | 何則賢 | 道　甫 | 蘭水書塾詩草 | 452 |
| 光澤 | 何秋濤 | 景　源 | 一燈書舍詩草 | 174、175 |
| 道州 | 何紹基 | 子　貞 | 借道味齋詩鈔 | 101、191、322、356、357、496 |
| | | | 使黔詩草 | |
| 蕭山 | 何道謙 | 六　皆 | 六皆詩草 | 370 |
| 閩縣 | 何玉瑛 | | 疏影軒詩稿 | 92、93 |
| 光澤 | 何長詔 | | 敝帚齋詩集 | 48 |
| | 何春元 | 乾　生 | | 10 |
| 道州 | 何紹京 | 子　愚 | | 179 |
| 儀徵 | 阮　元 | 伯　元 | 揅經室集 | 269、335、401、525、535 |
| | | 雲　臺 | | |
| 旌德 | 呂賢基 | 鶴　田 | | 525 |
| 新安 | 呂謙恆 | 天　益 | | 287 |
| 平湖 | 沈　初 | 文　恪 | 蘭韻堂集 | 483 |
| 錢塘 | 沈　璜 | 竹　虛 | 江水雲辟琴歌 | 457 |
| 華亭 | 沈近岑 | 道　映 | 鴻跡軒稿 | 507 |
| 嘉興 | 沈祖惠 | 虹　舟 | 三秦遊草 | 127 |
| 常州 | 沈德潛 | 確　士 | 竹嘯軒詩鈔 | 104、127 |
| | | 歸　愚 | 師愚詩文鈔 | |
| | | | 說詩晬語 | |
| | | | 古詩源 | |
| 嘉善 | 沈大成 | 瘦　客 | | 512 |
| | 沈永禋 | 漁　莊 | 選夢亭集 | 389 |
| | 沈葆禎 | 幼　丹 | | 325 |

| | | | | |
|---|---|---|---|---|
| 諸暨 | 余　坤 | 少　頫 | 寓庸堂詩草 | 406 |
| | 余兆燕 | 椋　亭 | | 558 |
| 侯官 | 余瑞蘭 | 上　通 | | 374 |
| 八畫：林、杭、柳、屈、金、孟、宗、法 | | | | |
| 湘潭 | 周　星 | 星　虞 | 九煙先生遺集 | 276 |
| 閩縣 | 周嘉璧 | 蒼　士 | 享帚編詩草二卷 | 140、446 |
| 荊谿 | 周保緒 | 介　存 | | 380 |
| | 周亮工 | 櫟　園 | | 334、353、362 |
| 沔陽 | 周揆源 | 鐵　臣 | | 523 |
| 閩縣 | 周瀛暹 | | | 24 |
| 侯官 | 林　直 | 子　魚 | 壯志堂詩稿 | 385 |
| 侯官 | 林　藩 | 介　巖 | 學喫虧齋詩草 | 492 |
| 閩縣 | 林方藹 | 少　佶 | 輿堂詩草 | 215 |
| 閩縣 | 林仰東 | 子　萊 | 小芙蓉舫詩鈔 | 220、260 |
| 侯官 | 林茂春 | 崇　達 | 暢園詩稿 | 509 |
| 侯官 | 林則徐 | 少　穆 | 雲左山房詩鈔 | 13 至 6、26、34 至 5、40、65、327 |
| 侯官 | 林崑瓊 | 醇　叔 | 學圃詩宗 | 265 |
| 閩縣 | 林開瓊 | 長　川 | 西痴居士集 | 517 |
| 福鼎 | 林滋秀 | 紉　秋 | 快軒詩集 | 266 |
| 閩縣 | 林萬忠 | 世　臣 | 菊潭詩鈔 | 350 |
| 閩縣 | 林萬春 | 梅　心 | 十四經集韻 | 348 |
| 閩縣 | 林夢郊 | 石　甫 | 此中軒詩稿 | 389 |
| | 林　煐 | 崑　石 | 崑石詩文稿<br>蚓吹集塡詞 | 318 |
| | 林又章 | | 種德堂遺草 | 349 |
| | 林振濤 | 松　門 | | 76、322、323、426 |
| | 林高漢 | 卿　雲 | | 449 |
| 閩縣 | 林景福 | 自　求 | | 270 |
| 閩縣 | 林筠英 | 珂　亭 | | 456 |
| 閩縣 | 林壽圖 | 穎 | | 524 |
| | 林澍蕃 | 于　宣 | 南陔詩集 | 353 |
| 侯官 | 林錫庚 | 星　航 | | |

| | | | | |
|---|---|---|---|---|
| 侯官 | 林禧臻 | 喬　雲 | | 559 |
| 仁和 | 杭世駿 | 天　宗 | 嶺南集 | 84 |
| | | 堇　浦 | 道古堂集 | |
| | | | 榕城詩話 | |
| 閩縣 | 柳眞齡 | | | 88 |
| 番禺 | 屈大均 | 翁　山 | 翁山詩集 | 103、176、237、389 |
| 錢塘 | 金　農 | 壽　門 | 冬心集 | 281 |
| 全椒 | 金北燕 | 棕　亭 | 棕亭詩鈔 | |
| | 金尚憲 | 叔　度 | | 316 |
| 閩縣 | 孟超然 | 瓶　菴 | 瓶菴居士詩鈔 | 463 |
| 江都 | 宗元鼎 | 梅　岑 | 芙蓉詩稿 | 508 |
| 蒙古 | 法式善 | 時　帆 | 存素堂稿 | 522 |
| 九畫：姚、倪、柯、柯、星、胡、俞、祝、紀、洪、施、計、姜 | | | | |
| 婁安 | 姚　椿 | 春　木 | 通藝閣詩錄 | 426 |
| 桐城 | 姚　瑩 | 石　甫 | 後湘集 | 497 |
| 桐城 | 姚　鼐 | 姬　傳 | 惜抱軒集 | 193、483 |
| | 姚　燮 | 梅　伯 | | 117 |
| 歸安 | 姚文田 | 文　僖 | 邃雅堂集 | 517 |
| 侯官 | 姚懷祥 | 履　堂 | 履堂遺稿 | 78 |
| 歸安 | 姚學爽 | 錢　塘 | | 397 |
| 侯官 | 倪　珙 | 粹　卿 | 粹卿詩集 | 479 |
| | 倪雲林 | | | 109 |
| 膠州 | 何心蘭 | | | 561 |
| 膠州 | 柯培元 | 易　堂 | | 189 |
| | 星錫庚 | | | 171 |
| 山陰 | 胡天游 | 雲　特 | 石筍山房集 | 259、260 |
| 吳興 | 俞開甲 | 霽　寰 | | 384 |
| | 俞照堃 | 耘　花 | | 186 |
| | 俞照墉 | 夢　池 | 採芝集 | 185 至 6 |
| 鑑湖 | 祝大年 | 秋　齡 | 雪鴻詩草 | 278 |
| 海寧 | 祝德麟 | 止　堂 | 悅親樓詩鈔 | 483 |
| 河間 | 紀　昀 | 曉　嵐 | 紀文達公遺集 | 457 |
| 陽湖 | 洪亮古 | 稚　存 | 附鮚軒詩鈔 | 470 |

| | | | | |
|---|---|---|---|---|
| 侯官 | 洪龍珍 | 秋崖 | 效顰集 | 82 |
| | | 蘭士 | | |
| 儀徵 | 施朝幹 | 鐵如 | 正聲集 | 556 |
| 宣城 | 施潤章 | 尚白 | 學餘堂詩 | 105、505 |
| | | 愚山 | | |
| 瑞安 | 施爊 | 廣恩 | | 540 |
| 吳江 | 計東 | 甫草 | 中州集 | 521 |
| | | 改亭 | 改亭集 | |
| | 姜承雯 | 蘭羽 | | 216 |
| | 美雪蒼 | 江都僧 | | |
| 十畫：孫、翁、桂、唐、袁、高、徐、能、殷、託 | | | | |
| 瑞安 | 孫衣言 | 琴西 | 鴻雪詩鈔 | 407 |
| 侯官 | 翁祖勳 | 玉甫 | | 139 |
| 侯官 | 翁時穉 | 蕙卿 | | 280 |
| | 翁雀錦 | | | 280 |
| 曲阜 | 桂馥 | 未谷 | 同席錄 | 98至100、486 |
| | 唐子西 | | | 110 |
| 錢塘 | 袁枚 | 子材 | 小倉山房詩文集 | 149、191、402 |
| | | 簡齋 | 隨園詩話 | |
| | | 隨園居士 | | |
| 嘉興 | 袁棟 | 漫恬 | | 294 |
| | 袁壽 | 瑤華 | 簪筠閣詩稿 | 162 |
| 吳縣 | 袁景休 | 孟逸 | | 507 |
| 吳江 | 袁景輅 | 樸村 | | 493 |
| | 袁穀廉 | | | 144 |
| 侯官 | 高素芳 | 藝馨 | 榆塞吟詩草 | 74 |
| 山陰 | 高其垣 | 雀堂 | 試行蠶桑說 | 372 |
| 宣城 | 高詠 | 阮懷 | 遺山堂集 | |
| | | | 若巖堂集 | |
| 武康 | 高文照 | 東井 | 闌清山房詩稿 | 511 |
| 光澤 | 高雨農 | | | 179、461 |
| | 高屋雲 | 菰村 | | 89 |
| 陽湖 | 孫星衍 | 淵如 | 雲粟樓詩鈔 | 472 |

| | | | | |
|---|---|---|---|---|
| 仁和 | 孫　義 | 質　爲 | | 287 |
| | 孫秀芬 | | | 335 |
| | 孫秀逑 | | | 470 |
| | 孫芝房 | | | 21 |
| 善化 | 孫鼎臣 | 芝　舫 | | 30、31 |
| 金匱 | 徐　嵩 | 朗　齋 | 玉山閣詩稿 | 307 |
| 合肥 | 徐子陵 | 易　甫 | 易甫詩稿 | 172 |
| 仁和 | 徐本義 | 薌　圃 | 申椒詩草 | 267 |
| 和平 | 徐旭曾 | 曉　初 | 梅花閣吟 | 557 |
| 長洲 | 徐昂發 | 大　臨 | 畏壘山人詩集 | 288 |
| 武進 | 徐書受 | 尙　之 | 教經堂詩稿 | 510 |
| 懷寧 | 徐鵬年 | 伯　符 | 枳大齋詩稿 | 512 |
| | 徐　炌 | | | 216 |
| 閩縣 | 徐　㶻 | 興　公 | | 119 |
| 衡陽 | 徐青鸞 | | | |
| | 能　持 | | | 408 |
| 博羅 | 殷師尹 | 耕　野 | | 555 |
| 滿洲 | 託　庸 | 誠　愨 | 瞻園詩鈔 | 188 |
| 十一畫：黃、商、鹿、陳、張、梅、梁、許、符、莫、陸、曹 | | | | |
| 泰州 | 黃　雲 | 仙　裳 | 悠然特集 | 489 |
| 羅源 | 黃　銓 | 南　村 | 南村詩存 | 510 |
| 侯官 | 黃其棻 | 則　仙 | 薈粹編 | 486 |
| 餘姚 | 黃宗羲 | 黎　洲 | 南雷詩曆 | 354 |
| 侯官 | 黃紹芳 | 小　石 | 蘭陔山館詩鈔 | 199、210、215、538 |
| 香山 | 黃培芳 | 子　實 | 嶺海樓詩鈔 | 305 |
| 武進 | 黃景仁 | 仲　則 | 兩當軒詩集 | 105、422 |
| 侯官 | 黃漢章 | 卓　人 | 紫雲樓詩鈔 | 270 |
| 建安 | 黃曇生 | 護　花 | 蕭然居集 | 366 |
| 永北 | 黃耀樞 | 星　海 | 延耀閣詩稿 | 493 |
| 昆明 | 黃　琮 | 集　卿 | | 277 |
| 邵武 | 黃士遷 | 伯　喬 | | |
| 永北 | 黃伯穎 | 肖　農 | | 373、494、498、506、559 |
| | 黃茗生 | | | 201 |
| | 黃莘田 | | | |

| | | | | |
|---|---|---|---|---|
| 桐城 | 張　用 | 辛　田 | 黃海山人詩鈔 | 70 |
| 臨江 | 張培仁 | 少　伯 | 金粟山房詩草 | 385 |
| 遂寧 | 張問陶 | 仲　治 | 船山詩草 | 353、511 |
| | | 船　山 | 船山詩文集 | |
| 武進 | 張惠言 | 皋　文 | 茗柯文編 | 516 |
| 番禺 | 張維屏 | 南　山 | 松聲詩略 | 28、297、298、301、305 |
| | | | 聽松廬文鈔 | |
| 順德 | 張錦麟 | 玉　洲 | 少游草 | 558 |
| 建寧 | 張際亮 | 亨　甫 | 松寥山人集 | 21至22、91至92、231、335 |
| | | | 婁光堂集 | 363、438、446、485 |
| | | | 南來草 | |
| | | | 翠微亭稿 | |
| 濟陽 | 張爾岐 | 稷　若 | 蒿菴閒話 | 426 |
| 慈谿 | 張廣埏 | 雪　君 | 萬里遊草 | 333 |
| 寧化 | 張騰蛟 | 孟　詞 | 山海精良 | 285、314 |
| | 張　炳 | 亦　篪 | | 359 |
| 平定 | 張　穆 | 石　洲 | | 324 |
| 蘇洲 | 張　履 | 淵　甫 | | 179 |
| 長興 | 張　鱗 | 小　軒 | | 397 |
| 侯官 | 張人和 | 篪　仙 | | 462 |
| 楚南 | 張九鉞 | 陶　園 | | 317 |
| | 張怡亭 | | | 179 |
| | 張若需 | | | 358 |
| 蒲圻 | 張開東 | 白　蒓 | | 508 |
| 吳縣 | 張儀祖 | 研　孫 | | 76、77至78、374、422至6 |
| 順德 | 張錦芳 | 藥　芳 | | 532 |
| | 張錫庚 | | | 146 |
| 吳縣 | 張鴻基 | | 傳硯堂詩錄 | 17至20 |
| 侯官 | 張肇修 | 欽　臣 | | 141 |
| 上元 | 梅曾亮 | 伯　言 | 伯山房詩文集 | 181 |
| 錢塘 | 梁紹壬 | | 兩般秋雨盦隨筆 | 9 |
| 長樂 | 梁齊辰 | 聿　堃 | 在軒詩稿 | 477 |
| 長樂 | 梁韻書 | 蓉　菡 | 秀窗詩草 | 479 |

| | | | | |
|---|---|---|---|---|
| 順德 | 梁　泉 | 弼　亭 | | 558 |
| | 梁秀芸 | 梅　居 | | 480 |
| | 梁佩蘭 | 藥　亭 | 六瑩堂詩 | 320、355 |
| 侯官 | 許　遇 | 不　棄 | 紫藤花菴詩鈔 | 548 |
| 德清 | 許宗彥 | 周　生 | 鑑止水齋集 | 516 |
| | 許　顗 | 彥　周 | | 505 |
| 番禺 | 許　遂 | 楊　雲 | | |
| 宗元 | 許梅生 | | | 82 |
| 宜黃 | 符兆綸 | 雪　樵 | 夢梨雲詩鈔 | 289 |
| | 莫元伯 | 曜　山 | 柏香齋詩鈔 | 189 |
| 常熟 | 陸秋玉 | 元　浤 | 水墨廬詩 | 510 |
| 閩縣 | 曹學佺 | 石　倉 | 江代詩選 | 524 |
| 十二畫：曾、溫、單、彭、程、喬、湯、馮、超 | | | | |
| 閩縣 | 曾元海 | 少　坡 | 不能詩齋遺草 | 523 |
| 閩縣 | 曾元澄 | 亦　廬 | 養拙齋未定草 | 234、553 |
| 湘鄉 | 曾國藩 | 滌　生 | 曾文正公全集 | 287 |
| 侯官 | 曾燦垣 | 惟　闇 | 即菴詩草、遊草 | 415 |
| 閩縣 | 曾霽峰 | 暉　春 | 自怡軒詩存 | 552 |
| 延平 | 曾世霖 | 雨　蒼 | | 20 |
| 湘陰 | 彭　玡 | 玉　吾 | 嶽鹿雜詠 | 75 |
| 蒙化 | 彭　翥 | 竹　林 | 海天吟 | 561 |
| 鎮洋 | 彭兆蓀 | 甘　亭 | 小謨觴館詩存 | 193 |
| 平南 | 彭昱堯 | 子　穆 | 蘭畹詩草 | 406 |
| 高密 | 單可惠 | 芥　舟<br>白羊山人 | 白羊山房詩鈔 | 51、219、404 |
| 益陽 | 湯　鵬 | 海　秋 | 海秋詩集 | 449、172 |
| 臨川 | 湯儲璠 | 茗　孫<br>布　帆 | 無恙草 | 193 |
| 元和 | 惠　棟 | 定　宇<br>松　崖 | | 282、326 |
| 長樂 | 溫　訓 | 伊　初 | 梧溪石室詩鈔<br>登雲山房文稿 | 107、146、323、335、400<br>458、475 |
| 宛平 | 溫松雲 | | 聽濤書屋詩集 | 461 |
| | 程恩澤 | 春　海 | | 86 |

| | | | | |
|---|---|---|---|---|
| 寶應 | 喬崇烈 | | | 130 |
| 善化 | 賀長齡 | 耦　耕 | | 102 |
| | 馮　緡 | 笏　耕 | 甑甀稊米集 | 478 |
| 錢塘 | 馮山公 | 景 | 解春集 | 285 |
| 欽州 | 馮敏昌 | 魚　山 | 小羅浮草堂詩集 | 302、376 |
| 江都 | 焦　循 | 里　堂 | | 71、270 |
| 黃梅 | 喻石農 | 文　鼇 | 紅蕉館詩鈔 | |
| | 雲　台 | | | 287 |
| 仁和 | 超　源 | 蓮　峰<br>紫衣道人 | 未集 | 351 |
| 十三畫：董、葉、楊、萬 | | | | |
| 海鹽 | 董　潮 | 曉　滄 | 東亭詩草 | 555 |
| 婺源 | 董桂敷 | 少　櫨 | 自知堂吟草 | 80、169 至 70、181 |
| 嘉應 | 葉　鈞 | 貽　孫 | 方亭詩文集 | 564 |
| 龍泉 | 葉子奇 | 士　傑 | 草木子 | 91 |
| 閩縣 | 葉修昌 | 旬　卿 | | 322、488 |
| 文昌 | 葉棲鸞 | 鏡　洲 | | 320 |
| | 葉潤臣 | 名　澧 | 敦夙好詩鈔<br>雁門詩集<br>沂灖詩集 | 107、117、130、403 |
| 陽湖 | 楊　倫 | 西　禾 | 九栢山房詩集 | 489 |
| 鉅鹿 | 楊思聖 | 猶　龍 | 且亭集 | 357 |
| 福州 | 楊慶琛 | 雪　茮 | 絳雪山房詩敘 | 554 |
| 武陵 | 楊彝珍 | 性　農 | 瑞芝室存稿<br>紫霞山館詩 | 145、146 |
| | 楊性農 | | | 146、165 |
| | 楊夢山 | | | 87 |
| 襄城 | 萬邦榮 | 西　城 | | |
| 十四畫：鮑、漆、黎、劉、趙、夢 | | | | |
| 番禺 | 漆　璘 | 東　樵 | 思古堂詩草 | 556 |
| 南昌 | 漆修綸 | 雲　窩 | 雲窩賸稿 | 73 |
| 順德 | 黎　簡 | 簡　民<br>二　樵 | 五百四峰堂詩稿 | 109、263、299 |

| | | | | |
|---|---|---|---|---|
| 長汀 | 黎士宏 | 媿　曾 | 托素齋詩文集 | 353 |
| 武進 | 劉　綸 | 文　定 | 繩庵內外集 | 281 |
| 桐城 | 劉大櫆 | 才　甫<br>海　峰 | 海峰文集 | 485 |
| 番禺 | 劉彬華 | 藻　林 | 嶺南群雅 | 28 |
| 閩縣 | 劉萃奎 | 薇　卿 | 瓊臺吟史詩初編 | 518 |
| 香山 | 劉鶴鳴 | 禹　旬 | 松崖詩鈔 | 563 |
| 閩縣 | 劉存仁 | 炯　甫 | | 513 |
| | 劉　馘 | | | 145 |
| 漢陽 | 劉傳瑩 | 雲 | | 110、114、268 |
| 萊陽 | 趙　暄 | 冬　郎 | 忘憂草<br>排悶詩集 | 282 |
| 漳浦 | 趙　濳 | 蕁　客 | 冷鷗堂詩集 | 551 |
| 陽湖 | 趙　翼 | 雲　松<br>甌　北 | 甌北詩集 | 51 |
| 固始 | 趙彩麟 | 少　欀 | 琴鶴軒詩草 | 498 |
| 武進 | 趙懷玉 | 味　辛 | 亦有生齋詩文集 | 359 |
| | 趙旦先 | 浣蓮隱士 | | 80 |
| 蒙古 | 夢　麟 | 文　子 | 太古山堂集 | 105、492 |
| 十五畫：蔣、魯、厲、鄭、潘、盧、錢、察 | | | | |
| 鉛山 | 蔣士銓 | 心　餘<br>清　容 | 忠雅堂詩集 | 145 |
| 閩縣 | 蔣　鎔 | | 玉筍堂詩稿四卷<br>晉安樂府 | 54 |
| 常熟 | 蔣因培 | 伯　生 | | |
| 山陽 | 魯一同 | 通　甫 | | |
| 錢塘 | 厲　鶚 | 樊　榭 | | 123、237、316 |
| 魯州 | 鄭存紵 | 少　谷 | 小谷詩草 | 5、177、248、389 |
| 閩縣 | 鄭鵬程 | 松　谷 | 聊以拙齋詩文集 | 289 |
| 餘姚 | 鄭世元 | 黛　參 | | 286 |
| | 鄭淑娟 | | 淑娟存稿 | 357 |
| 侯官 | 鄭褒揚 | | | 280 |
| 會稽 | 潘　諮 | 少　白 | 少白文集、<br>詩集詞少白常語 | 152、397 |

| | | | | |
|---|---|---|---|---|
| 正陽 | 潘德輿 | 四　農 | | 96、97、100、105、19、123、192、220、291、296、358、359 |
| 德州 | 盧見曾 | 抱　孫 | 雅雨堂詩 | 403 |
| 侯官 | 盧蘊眞 | 倩　雲 | 紫霞軒詩鈔 | 506 |
| 錢定 | 錢大昕 | 辛　楣 | | 369、515 |
| 嘉興 | 錢炳森 | | | |
| 嘉興 | 錢泰吉 | 輔　宜 | | 97 |
| 常熟 | 錢謙益 | 牧　齋 | 初學集<br>有學集 | 361 |
| 晉江 | 蔡道憲 | 元　白<br>江　門 | | 128 |
| 十六畫：薩、謝、閻、鮑 | | | | |
| 閩縣 | 薩玉衡 | 檀　河 | 白河詩鈔 | 240、401、162、408、436、501 |
| 閩縣 | 薩虎拜 | 珠　士 | 珠光集 | 513 |
| 南海 | 謝澧浦 | 蘭　生 | 常惺惺齋詩集 | 557 |
| | 謝　淞 | 杏　根 | | 269 |
| | 謝　震 | 甸　男 | 櫻桃軒詩集 | 339、341 |
| 昌樂 | 閻循觀 | 伊　蒿 | 西澗草堂集 | 558 |
| 平陽 | 鮑　蠹 | 石　芝 | 一粟軒吟草 | 509 |
| 歙縣 | 鮑桂星 | 覺　生 | 覺生初稿 | 75 |
| | 鮑　台 | 石　芝 | | 509 |
| 十七畫：魏、鍾、蕭、藍、戴 | | | | |
| 寧都 | 魏　禧 | 勺　庭 | 魏叔子集 | 522 |
| 邵陽 | 魏　源 | 默　深 | 海國圖志<br>古微堂詩鈔五卷 | 3、27、36、41、66 |
| 鄉 | 魏裔判 | 文　毅 | 兼濟堂集 | 353 |
| 蔚州 | 魏環谿 | | | 146 |
| 海昌 | 鍾承業 | 玉　溪 | 學爲圃詩文稿 | 279 |
| 新會 | 鍾啓韶 | 鳳　石 | 讀書樓詩鈔<br>笛航遊草 | 72 |
| 海昌 | 鍾徵瑞 | 仲　山 | 敬誠堂詩稿偶存 | 381 |
| | 鍾　元 | 靜　菴 | | 385 |

# 徵引及參考書目

## 說　明

1. 本文參考徵引書目、資料依類臚列，以性質相同者同列，不另分古今。
2. 本目共分五部份林昌彝著作、傳記及時代背景資料、詩話與詩學相關資料、文學論著、林昌彝單篇研究論文。
3. 每一書先列書名，再列作者，次列出版地、書局、出版日期，大陸出版以西元紀年，臺灣出版以民國紀年。

## 一、林昌彝著作


1. 《射鷹樓詩話》二十四卷，清咸豐元年侯官林氏刊本，中央圖書館善本室。
2. 《海天琴思錄》八卷，清同治三年刊本，台灣大學文學院圖書館。
3. 《三禮通釋》二百八十卷，清同治三年刊本，台灣大學文學院圖書館。
4. 《硯桂緒錄》十六卷，清同治五年廣州刊本，台灣大學文學院圖書館。
5. 《三廉贈別錄》不分卷，清同治六年海門書院刊本，中央研究院歷史語言研究所傅斯年圖書館。
6. 《鴻雪聯吟》不分卷，清同治七年刊本，台灣師範大學總圖書館典藏室。
7. 《海天琴思續錄》八卷，清同治八年廣州刊本，中央研究院歷史語言研究所傅斯年圖書館。
8. 《海天琴思錄》、《海天琴思續錄》合刊本，據同治三年及八年刊本點校，上海古籍出版社，1988 年 3 月一版。
9. 《射鷹樓詩話》十二卷，輯入《清詩話訪佚初編》杜松伯編，台北新文豐出版社。
10. 《射鷹樓詩話》二十四卷，據咸豐元年刊本點校，上海古籍出版社，1988 年 12 月初版。
11. 《林昌彝詩文集》王鎮遠、林虞生標點，上海古籍出版社，1989 年 8 月初版。

## 二、傳記及時代背景資料

1. 《清史列傳》，文苑傳卷四。
2. 《清史稿》，趙爾巽、柯劭忞等編纂，台北：樂天書局，民國 70 年 8 月一版。
3. 《清代史》，孟森，台北：正中書局，民國 73 年 11 月八版。
4. 《清代通史》，蕭一山，台灣商務印書館，民國 74 年四版。
5. 《劍橋中國史》〈晚清篇〉，張玉法主譯，台北：南天書局，民國 76 年 9 月初版。
6. 《清代思想史》，陸寶千，台北：廣文書局，民國 72 年 9 月三版。
7. 《中國近三百年學術史》，錢穆，台灣商務印書館，民國 69 年 1 月七版。
8. 《晚清政治思想史論》，王爾敏，台北：華世出版社，民國 65 年 4 月二版。
9. 《中國近代思想史》，王爾敏，台北：華世出版社，民國 71 年三刷。
10. 《近代中國思想人物論》〈晚清思想〉，張灝等著，台北：時報文化出版公司，民國 74 年 11 月出版。
11. 《近代中國的變局》，郭廷以，台北：聯經出版公司，民國 79 年二刷。
12. 《晚清五十年經濟思想史》，趙豐田，台北：華世出版社，民國 64 年 12 月版。
13. 《清代傳記叢刊》，周駿富編，台北：文海出版社。
14. 《鴉片戰爭文獻資料彙編》，楊家駱編，台北：鼎文書局，民國 72 年初版。
15. 《侯官縣鄉土志》，輯入《中國方志叢書》、〈華南地方〉冊 227。

## 三、詩話、詩學有關資料


1. 《歷代詩話》，何文煥輯，台北：漢京文化公司，民國 72 年 1 月初版。
2. 《歷代詩話續編》，丁福保輯，北京：中華書局，1983 年版。
3. 《清詩話》，丁福保輯，台北：西南書局，民國 68 年版。
4. 《清詩話續編》，敦紹虞編，台北：木鐸出版社，民國 72 年 12 月初版。
5. 《百種詩話類編》臺靜農編，台北：藝文印書館，民國 63 年版。
6. 《宋詩話輯詄》，郭紹虞輯，北京：中華書局，1980 年版。
7. 《石遺室詩話》陳衍，台灣商務印書館，民國 65 年 11 月二版。
8. 《明詩綜》，朱彝尊，台北：世界書局，民國 78 年 4 月三版。
9. 《清詩匯》，徐世昌，台北：世界書局，民國 71 年 10 月三版。
10. 《列朝詩集小傳》，錢謙益，台北：世界書局，民國 74 年 2 月三版。
11. 《中國詩話史》，蔡鎮楚，湖南文藝出版社，1988 年版。
12. 《詩話學》，蔡鎮楚，湖南教育出版社，1990 年。
13. 《詩話概說》，劉德重、張寅彭，北京：中華書局，1990 年版。
14. 《古代詩話精要》，趙永紀編，天津：古籍出版社，1989 年版。
15. 《詩話摘句批評研究》，周慶華，淡江大學中文所碩士論文，80 年 6 月。
16. 《中國詩歌流變史》，李曰剛，台北：文律出版社，民國 76 年 2 月版。
17. 《詩言志辨》，朱自清，台北：漢京文化公司，民國 72 年元月版。
18. 《中國詩學》，黃永武，台北：巨流圖書公司，民國 69 年版。
19. 《中國詩學通論》，范況，台北：河洛圖書出版社，民國 69 年 8 月初版。
20. 《中國詩學縱橫論》，黃維樑，台北：洪範書店，民國 71 年 9 月三版。
21. 《詩經研究論集》，林慶彰主編，台北：學生書局，民國 72 年 11 月。
22. 《讀書隅記》，龔鵬程，台北：華正書局，民國 71 年 7 月初版。
23. 《漢語詩律學》，王力，（無出版資料）。
24. 《詩文聲律論稿》，啓功，華中書局，（無出版年月）。
25. 《古典詩的形式結構》，張夢機，台北：尚友出版社，民國 70 年 12

月初版。
26. 《詩詞曲叢譚》，黄㬶吾，台北：洪氏出版社，民國65年9月版。
27. 《近體詩發凡》，張夢機，台灣：中華書局，民國67年10月三版。
28. 《詩詞曲格律淺説》，呂正惠，台北：大安出版社，1991年一版三刷。
29. 《中國古代詩歌體裁概論》，麻守中，吉林大學出版社，1988年9月一版。
30. 《詩歌分類學》，古遠清，高雄：復文書局，民國80年9月初版。
31. 《中國詩歌美學》，蕭馳，北京大學出版社，1986年11月初版。
32. 《禪學與唐宋詩學》，杜松柏，台北：黎明文化事業公司，民國67年12月版。
33. 《清代詩學初探》，吳宏一，台北：學生書局，民國75年元月再版。
34. 《唐詩宋詩之爭研究》，戴文和，中央大學中文所碩士論文，79年6月。
35. 《論詩絕句》，周益忠，台北：金楓出版公司，1987年5月初版。
37. 《清代同光詩派研究》，尤信雄，師大國研所集刊第十五期。
38. 《清代廣東詩歌研究》，嚴明，台北：文津出版社，民國80年8月版。
39. 《廣東歷代詩鈔別錄》，陳槃，大陸雜詩第六十九卷第一期。
40. 《詩的意象與象徵》，朱學瓊，大陸雜詩第七十一卷第三期。
41. 《藝術的奧祕》，姚一葦，台灣開明書店，民國68年11月八版。
42. 《遂園書評彙稿》，張之淦，台灣商務印書館，民國75年1月初版。
43. 詩教「溫柔敦厚而不愚」述義，林耀潾，中華文化復興月刊十八卷二期。

## 四、文學論著

1. 《文學論》，韋勒克、華倫著，王夢鷗譯，台北：志文出版社，民國65年10月。
2. 《文學散步》，龔鵬程，台北：漢光出版社，民國74年12月再版。
3. 《晚清文學思想研究》，李瑞騰，文化大學中文所博士論文，民國75年。
4. 《文學、文化與美學》，龔鵬程，台北：時報文化出版公司，民國77年2月初版。
5. 《鴉片戰爭文學集》，台北：廣雅出版公司，民國71年4月初版。

6. 《中國文學縱橫論》，黃維樑，台北：東大圖書公司，民國 77 年 8 月初版。
7. 《詩史本色與妙悟》，龔鵬程，台北：學生書局，民國 75 年初版。
8. 《文學批評術語》，文訊雜誌社，第十六期至三十期。
9. 《中國文學發展史》，劉大杰，台北：華正書局，民國 76 年 6 月出版。
10. 《中國文學批評史》，郭紹虞，台北：盤庚出版社，民國 67 年 9 月初版。
11. 《中國文學批評史》，羅根澤，台北：龍泉書屋，民國 68 年 5 月初版。
12. 《中國文學批評史》，劉大杰，台北：文匯堂，民國 74 年 11 月初版。
13. 《中國文學批評史》，王運熙、顧易生，上海古籍出版社授權台北五南出版公司，民國 80 年初版一刷。
14. 《魚千里齋隨筆》，李漁叔，台灣中華書局，民國 59 年 7 月初版。

## 五、林昌彝研究單篇論文

1. 〈林昌彝和射鷹樓詩話〉，張永芳，《福建論壇》，1982 年 6 月。
2. 〈淺論林昌彝及其詩歌〉，王鎮遠，《中國近代文學研究》第三期，大陸中山大學出版，1985 年 12 月版。
3. 〈略論林昌彝的文學思想〉，黃霖，《古代文學理論研究》，上海古籍出版社，1986 年 8 月。
4. 〈林昌彝生卒考辨〉，官桂銓，《文學遺產》，1987 年第六期。
5. 〈昌彝生平補證〉，吳宗海，《文學遺產》，1988 年第三期。
6. 〈林昌彝射鷹樓詩話的射鷹思想〉，楊松年，《中國文學批評論集》，台北：文史哲出版社，民國 78 年 8 月出版。